司马辽太郎
1923—1996

毕业于大阪外国语学校,原名福田定一,笔名取自「远不及司马迁」之意,代表作包括《龙马奔走》《燃烧吧!剑》《新选组血风录》《国盗物语》《丰臣家的人们》《坂上之云》等。司马辽太郎曾以《枭之城》夺得第42届直木奖,此后更有多部作品获奖,是当今日本大众类文学巨匠,也是日本最受欢迎的国民级作家。

司马辽太郎作品集
SHIBA RYOTARO WORKS

[日]司马辽太郎——著
欧凌——译

功名十字路 [中]

しばりょうたろう
SHIBA RYOTARO WORKS
功名が辻

重慶出版集團 重慶出版社

家康

天下仍然躁动不安。

秀吉剿灭了最大的敌人柴田胜家，但在东海还有人保持着异常的沉默——就是德川家康。这位织田家曾经的同盟伙伴，就算继信长成为天下之主，也丝毫不足为奇。或许，他比秀吉这个织田曾经的手下大将，更能担此重任，更能为人所信服。

千代也问过一句："德川大人呢？"

"慢了半拍，可惜时不待人哪。"伊右卫门回答。

伊右卫门听说，本能寺事变时，家康只带了随从数人，身着常服在堺市观光。可以说那就是命运的分歧点。因为当时秀吉已经进入战斗态势，正领着大军与毛利军抗衡，他可以轻而易举调转矛头去解决光秀。而织田家再没有别的部将有这么好的机会了。

家康好歹保住性命回到三河。可等他做好战事准备，要讨伐光秀时，却得知秀吉已在山崎取了光秀的性命。

——罢了罢了，家康只好不去掺和。

之后，秀吉立刻入住京城，继而与柴田对峙，其势冉冉如旭日东升。家康一直保持着沉默。为何沉默？因他已经知道，自己从此以后便是一个地方军阀了。将来即便是有与秀吉争锋天下的那一日，以现在的兵力是绝对讨不到好处的。

——得增加领国数了。

家康就仿佛是对中央之地漠不关心一般，只默默地将周围邻国一一收入囊中。如今，他的势力范围已经包括三河、远江、骏河三国，而且还在思忖着如何夺下邻近的信州与甲州。

他马不停蹄地四处征战，想把日本阿尔卑斯山脉[1]以南的中部地区全部收归伞下。无论与秀吉是战是争，首要的一点就是养足实力。而且，他很快就达成所愿。正当秀吉与柴田斗得正酣之时，家康已经成为参、远、骏、甲、信五国一百三十八万石的大领主了。

不过，秀吉的势力范围膨胀得更快。各方各地的大名都经他劝降，归于他的统领之下。当时在日本六十四州之中，已经有二十四州六百二十八万石是他的领地。一一列举出来便是：山城、大和、河内、和泉、摄津、志摩、近江、美浓、若狭、越前、加贺、能登、丹波、丹后、但马、因幡、播磨、美作、备前、淡路的二十国，还有伊势、伊贺、伯耆、备中的一部分。

家康无论怎样都没有胜算，他能动员的兵力仅有秀吉的六分之一。不过，家康的军团素质是日本最强的，这算是有利条件之一。首先，他麾下的三河武士，性格笃实，英勇善战，而且比其他武士更服从指挥。另外，新并入的甲州武士，是经旧主武田家训练出来的精兵；信州武士又以小部队战斗之巧妙而闻名天下。

秀吉与家康终于不得不战了。天正十一年（1583）春天，当秀吉还处于与柴田胜家的交战状态时，双方战事已现端倪。家康的冈崎城里忽然来了一位隐秘的客人，是信长之子信雄。此人智力、能力、气质均属中下，可称之为鲁钝，而且鲁钝得让人很难相信他竟是信长之子。

这位信雄道："我想灭掉秀吉，咱们结盟吧。"

秀吉进攻柴田时，这位信雄曾做过秀吉的后援。也就是说，他曾是站在秀吉一方的。然而，信雄发现秀吉有抛开织田家遗孤、大权独揽、君临天下的企图，而且还听到这样一句沸沸扬扬的传言——秀吉要灭了自己。于是他惴惴不安起来——这样下去便是找死。

家康自身也有同样的顾虑。秀吉看似很怕家康，对他一直示以怀柔政策，但其真意实在暧昧难辨。

（这样下去只能是坐以待毙。）

因他也这么想，所以跟信雄一拍即合，结成了同盟。

家康决意与秀吉一战。最大的理由，是信雄带过来的兵力。信雄的势力范围包括尾张一国、伊贺与伊势的大部分，略估已经超过一百万石，兵力亦有两万五千人。再加上家康的一百三十八万石，以及可以动员的兵力三万四千人，只要战术战策运用得当，取胜也是有可能的。

（如若战败了呢？）

那就只有灭亡一条路可走，家康已经做好了心理准备。如若战胜又会怎样？对手强大至极，在战斗中取胜并不代表可以取而代之夺得天下。不过只要取胜，要寻一条活路应该轻而易举。

秀吉下达了军令。伊右卫门等人在大坂集结完毕，等待进发。

（到底谁会是赢家？）

若论兵强，当属家康；若论兵众，当属秀吉，是家康的三倍左右。

伊右卫门就是在此时，对德川家康这个人物感兴趣起来的，以至于后来成为他的家臣。

一直以来秀吉为获取家康的欢心，是如何煞费苦心如何上下周旋，这些伊右卫门都看在眼里。已经坐拥宫廷内外的秀吉，可以自在地调度诸将的官职，他特意为家康求得了

"从三位参议"这个职位，而自己却只是"从四位下参议"，故意将自己身份压得低家康一等。

对伊右卫门来说，没有比这次的战事更让他牵挂的了。因为就此一战，不光能够揭晓东海第一的武家家康的实力，还能明了秀吉的真正手腕。

秀吉时年四十九岁；家康四十三岁。

天正十二年（1584）三月十九日，大坂是一片浓雾。这天从美浓前线传来的消息让秀吉与其兵团大吃一惊。

——战败！

（情况属实？）

伊右卫门身体颤抖起来。常胜之师的秀吉军队，竟然战败？当然并非全军溃败，大军还在大坂。虽说是局部战败，但这毕竟是最初的野战，其溃败带来的冲击力可想而知。

队长是外号"鬼武藏"的美浓金山城主森武藏守长可。他率领三千兵力，侵入尾张的敌领内，夜里在丹羽郡羽黑村的八幡林里野营。

家康的斥候官酒井忠次见状，立即回营告知家康，道："敌方有支孤军深入我境，队长是人称'鬼武藏'的能人。如若能在秀吉大军到来之前就将其击溃，敌军士气便可受大挫。"

"好，只许成功！"家康命令酒井忠次担任先锋队长，奥平信昌、榊原康政等担任大将，率五千精兵，于十七日凌晨奇袭敌军，旭日东升时已作战完毕。

"家康厉害！"这个印象如刀刻般印在伊右卫门心里。

最受打击的是秀吉。

"这就输了吗？"秀吉咬牙切齿道。两天之后，他率领号称十二万五千，实数六万的大军从大坂出发。当然伊右卫门也在军中。

可不管怎样秀吉总是慢了一步。迄今为止，秀吉都是立于军队先头，灵活机敏地指挥着战斗，这样的失败从未有过。他知道这次的对手实在强大，因此才在大坂耽搁数日，考虑战略战术。他不仅派人去与北国的同盟军丹羽氏沟通，让越后的上杉氏给予必要的协助，而且还安抚了京城的宫廷舆论，整个儿给家康来了个大包围战，可战斗却交给了现场指挥官。

结果失策了。无论森武藏守魔鬼的名号多么响亮，终究不敌家康。

秀吉进入犬山城，随后立即亲自带了轻骑队，外出侦察敌情，并制订歼灭家康的作战计划。秀吉很聪明。他坐拥数倍于家康的兵力，却舍弃了与之一决雌雄的大会战形式，采取的是构筑长而大的野战要塞，使敌军疲于奔命的战术。

(原来如此，真是可怕的人哪。)

伊右卫门也这么想。利用要塞群来包围敌军的理由之一，是因为秀吉考虑到家康是野战的名将。理由之二，站在坐拥天下的立场上，一味地蛮斗毕竟有失身份，不如以逸待劳。第三，万一不小心派出的小部队战败，这种消息要是在天下以讹传讹，将是很可怕的一件事。

秀吉数日后在乐田建了个战斗指挥所，正好与家康本营的小牧山遥相对峙。两者的距离只有一里。

秀吉寸步不动，只从山上望着家康的阵营。这时秀吉的装束可是璀璨夺目之极，头戴唐冠头盔，身披孔雀尾羽织就的阵羽织，哪怕在家康的小牧山上也能轻松辨明。

"家康小贼，有种出来呀！"这种言语激将法，秀吉每日里用了无数遍。

"吃俺一屁！"有时他竟掀起阵羽织下摆，朝家康的阵营挑衅，其粗陋鄙俗的姿态甚至让亲随们都觉得难堪。

家康却对此视而不见。他筑了一条与秀吉阵地平行，且同样长而大的野战阵地，还在阵地与阵地之间修好了联络用的军用道路。

不过，双方都按兵不动——只要对方一出来，就迎头痛击。双方都是猫捉老鼠一般，等待对方发起轻率的突击。可是，哪方都不动。

数年后秀吉与家康夜话家常，他想起此时的事情，于是问家康："那时，你为何不出来？"家康回答："只要您出马，在下就出马，那时就是这么决定的。"秀吉苦笑："俺也一样啊，在山上一直下围棋来着。"这段插话，就好似围棋高手对局的佳话一般，在武将之间广为流传。

言归正传。

秀吉军之中，寄希望于马上建功立业的人开始渐渐厌倦起这种相持不下的局面。代表之一，便是备前冈山的池田家家祖池田胜入斋。

他来到秀吉面前，道："家康的小牧山阵地上，人数看似一日比一日多，其本国三河必定已经空空落落了无人烟。如果从小路偷偷攻入，夺取家康居城——冈崎城，那家康不就是无家可归的丧家之犬了吗？在下请求领兵建功。"

对他几次三番的谏言，秀吉都以"深入腹中，极其危险"为由，予以拒绝。"深入腹中"是当时的战术用语之一，指在与敌军对阵时，派一部分兵力绕到敌军后方，攻击敌军本营。

就纸上谈兵来说，这种方法看似很有道理，实际执行起来却很难奏效。稍不注意，这支奇袭部队便会成为瓮中鳖，被对方关门打狗，由此而导致全军溃败的例子数不胜数。就在去年，柴田胜家的大将佐久间盛政就是不顾胜家的反对，固执己见，从而导致敌方秀吉军的大胜。

"太危险了。"秀吉这样判断道，但池田胜入斋听不进去。最后，秀吉经不住软磨硬泡终于答应下来。

"既然要去，就带大军去。"秀吉派外甥秀次任总大将，池田胜入斋作先锋，森武藏守长可任第二队长，堀久太郎秀政任第三队长，编成一支二万人马的大奇袭兵团。伊右卫门也在里面。

这个兵团于四月六日夜半，踏上了宿命的行程。

秀吉他们相信，只要这二万奇袭兵团坚持夜间行军，就能躲过家康的眼睛。可是，家康竟知道了。最初是两位当地的百姓前来密报。

"怎么会？"家康不信，还认为是敌军使诈，故意派人前来虚报。

可服部平六这位伊贺的忍者也回来禀报："这消息绝对可靠。"家康听了这才相信。于是即刻行动起来，派部队去追敌军的尾巴。

夜间，家康亲自率领主力部队，离开小牧山的前线基地。而对他的离开，秀吉方的斥候官们谁也不曾注意到。家康命令大军保持行踪隐秘，小心翼翼跟在秀吉的骑兵团后面。

九日，即将天明之时。家康的先锋部队水野忠重等终于咬住了对方的尾巴。战场上还是昏暗一片。不幸的是，以羽柴秀次为总大将的这支奇袭兵团，竟无一人觉察到对方已经来到自己的眼皮底下。

天亮之时。"吃饭啦！"伊右卫门等将士们开始在山林田地里炊饭早餐，很是悠闲的模样。秀吉的军队被家康麾下的三河、信州、甲州武士们戏谑为"上方军"。因为得了天下的军队，很是骄横跋扈。这次竟连警戒都未设置。

家康的大须贺队三千人就这样突然现身，一齐攻来，弓箭、铁炮等一阵乱射。羽柴秀次的本营即刻便分崩离析，逃跑者、胡乱放炮者、脑袋被割者，简直乱作一团，情形惨不忍睹。

德川军一气猛攻。家康麾下勇将榊原康政带手下袭击了辎重队，秀吉军全盘溃败已成定局。

总领羽柴秀次便是后来被称作"杀生关白[2]"的年轻人，此时竟撇下大军徒步逃亡，连马都来不及牵。他偶然见到掠过身旁的一人一骑，发现马上之人是当时被赞作豪勇之士的美浓武士可儿才藏，于是大声叫道："才藏，才藏，把马借我。"

可儿在马背上冷然一笑，回首道："雨天的伞，怎好借人？"说罢一溜烟跑了。对溃逃之人来说，马匹就如同雨天的伞一般，旁人是不予借的。

伊右卫门也开始逃跑，且也是徒步。千代买给他的十两黄金的大马，在乱军之中也不知去向。他也曾想过回身去找，可再找就没命了。

（唉，就当丢了。）

伊右卫门把头盔扔掉，铠甲也扯烂扔掉，只一味逃跑。

总之，秀吉这次奇袭兵团的溃败惨象，在战史上算是绝无仅有的。总领羽柴秀次带头逃离，根本无人敢恋战。

不过话说回来，"逃"也算是战国武士的能力之一，正所谓"留得青山在，不怕没柴烧"。若是一个不小心丢了小命，就算有功名有战绩，主家对其家里人也不会有任何承诺。

奇袭兵团长羽柴秀次的大部队如蒸发一般溃败逃窜后，最前线的"鬼武藏"森长可与池田胜入斋的队伍依旧按原计划持续行军。他们丝毫不知大部队退却的消息。家康率主力对这支队伍进行了剿灭。

鬼武藏这时二十七岁，对此前自己的败北十分羞愧，这次出征竟在盔甲下穿了白色寿衣，是打算战死方休。他成了家康队伍的射击目标，终于乱箭穿心，落马而死。池田胜入斋奋起反抗，终因疲劳不敌，把自己的脑袋交给了家康的旗本永井传八郎。

待家康成为天下之主后,胜入斋之子池田辉政(后成为播磨、备前二地八十三万石之主)曾与家康谈起往事,问道:"那位打败了在下之父胜入斋的永井传八郎还健在吗?"家康回答还在,并差人去叫了这位永井传八郎前来伺候。

辉政这样问并无他意,只是想知道一些父亲过世时的详情。永井传八郎详细告知了经过。辉政流泪听完后,问道:"这位旗本永井传八郎身家多少?"家康回答,记得应该是五千石。

"取了在下父亲性命之人,若只是五千石的身份,恐怕有辱在下家门名声。还请给予加封。"他这样恳请道。家康也认为说得在理,于是就将永井封作一万石的大名。后来又加封至常陆国笠间一地三万两千石,其子孙亦是枝繁叶茂,作为德川的谱代大名一直繁荣到幕府末期。

言归正传,当秀吉得知秀次的奇袭兵团遭遇惨败的消息时,心中的震惊非同小可,于是发起大军赶去救援。

他一面叱责"秀次这个呆子",一面计划着趁此机会对偷跑出要塞的家康给予迎头痛击,所以争分夺秒疾行而去。

可当他行至龙泉寺这里时,有家康军的消息来报:"德川大人已经抽身回到小幡城,锁上了城门。"家康痛打了一顿秀次的部队,然后就跟蝾螺盖上盖子一般躲进城中闭门不出。

秀吉在马背上听到这个消息的瞬间，席卷全身的挫败感无以复加。可若是一味失望后悔，就等于是清楚告知部下自己深感挫败。于是秀吉一击掌，道："妙啊妙！真是又开花又结果啊，不愧是狡兔三窟的名将。除了家康，恐怕以日本之大也难以找出第二人来。你们等着瞧，我秀吉就要让这种人才今后穿了正装上京来，臣服于我。"

秀吉对家康，成了持久战。两军数万将士都困在各自的要塞堡垒里，任谁都不肯先现身一步。

山内伊右卫门一丰奉秀吉之命，去修复废羽黑村的废城，并与其他将士一起守在城内。

有一天，他对侍从祖父江新右卫门道："新右卫门，看来战事得拖很久了。"

"正是如此。这次对阵实在是精彩。"新右卫门道。其实，敌我双方都在屏息凝神关注着秀吉与家康的下一步棋。

"毕竟他们两位都是罕有的大器量之人哪。"伊右卫门也想从这次合战之中学到各种各样的智慧。这次可以说是名家对局。无论哪方都不是平凡武将，对这次合战的考虑并不仅停留在战事层面上，还从政治层面加以考虑。双方均是一面在要塞线上怒目相向，一面又派人到处展开全国性的外交。

家康已经与四国地区之霸——长曾我部元亲取得联系，准备让他登陆大坂，突袭秀吉的居城，来个措手不及。而纪州平野所率之军，称得上是大坂的后方军队，已经转投了家康麾下。纪州平野的乡士团"杂贺党"已率领三万人马揭竿而起，打出了反秀吉的名号。另外，家康还联络北陆的佐佐成政，让其进攻北陆秀吉同盟军的前田利家、丹羽长秀；更与北关东的豪族佐竹氏结成同盟，充分显露了他细致周到的外交手腕。

秀吉更是外交名家。

秀吉对家康的新同盟佐竹氏，采用怀柔政策加以拉拢；对北陆的佐佐成政，则利用越后的上杉景胜加以牵制；对四国地区的长曾我部氏的渡海攻击，则用毛利的水军与淡路的仙石秀久来加以抗衡；对纪州杂贺党的大坂攻击，则派遣部将中村一氏、黑田官兵卫、蜂须贺家政去予以拦截。由此，家康的外交策略被一一封死。

另外，为了缓和家康的紧张，秀吉还常对亲随说"俺可不愿把那样的名将置于死地，俺想让他当俺的大将"之类的话，并故意让家康派来的间谍几次三番地听了去。

秀吉外交最大的杰作，就是对家康同盟织田信雄采取的策略。在对信雄提出讲和建议，并列出极富吸引力的条件之后，信雄满面欢喜，竟没跟家康商量便独自签署了和约。本来家康决定参战最重大的理由就是因为信雄跑过来哭诉"秀吉要剿灭织田一族，只有仰仗您了"，可如今当事人却轻率地撇下家康要跟敌人媾和，或许只能归咎于这位不知世道艰辛的公子哥本人的愚钝了。

如此一来，家康便瞬间失掉了一支强大的同盟军，甚至连对战秀吉的理由都失掉了。

家康在听到这个消息时，对信雄的两面三刀与秀吉的老奸巨猾自是深感愤怒，但他仍然礼节周到地让使者把祝福带给秀吉与信雄："真是可喜可贺！二位的和睦可谓天下万民之福——"可以说他做到了外交的极致。

秀吉与家康终于停战。不过也只是暂时处于休战状态而已，问题还未圆满解决。因为家康并未臣服于秀吉，反而强化了国境的戒备。

这段时期伊右卫门回到了秀吉的新城大坂。千代从近江长浜来到大坂观光，是天正十三年（1585）早春的事情了。在大坂城下，有关家康的议论满天飞，这自然也成了伊右卫门与千代之间主要的对话内容。

"德川大人真让人意外啊！"千代饶有兴致地触碰到这个话题。千代的"意外"一词，是指本以为会轻易臣服于秀吉的家康，结果只把儿子小义丸（后来的结城秀康）作为人质送至大坂，自己却在东海寸步不动这种奇妙的形势。

——家康是个怪人。

这种评价已经存在。虽说秀吉大军的极少一部分，在小牧、长久手两地为家康所败，可那也不能证明秀吉下次就一定会败。无论怎样秀吉都是天下之主，而家康只不过是地方大名。

"所谓英雄，指的就是那位吧？"千代道。在她眼里，家康大概有着无比的魅力。面对主宰天下七成的霸主秀吉，竟毅然决然独善其身，千代对家康的钦慕有些类似于恋爱般的感觉。

而且不仅如此，她还觉得家康的疑虑里藏着一个了不起的政治家的影子。可谓怀柔名家的秀吉，使了各种手段尽心竭力想要把家康拉到自己的阵营里。但家康就是不为所动。他认为轻易顺从最终会遭致杀身之祸。

"可如今，德川大人到底是怎么打算的呀？"

"大人一定是——"千代说，"经过全盘考虑的。即便有臣服于羽柴大人的那一天，也总要想尽办法使之焦虑，其间再多占领地，羽柴军若是攻来就给予痛击，最终让自己有与之对等的本钱之后，才会真正臣服吧。"

可家康所想的并非臣服，而是合并。

"是要抬高自己的价值？"

"呵呵，夫君一语中的。就跟马商一样，要先把马儿养得肥美以后才能卖得好价钱嘛。"

"有看头！"

"本来若是从织田家来考虑，由德川大人来继承天下，可比羽柴大人更为合理呢。怎么说德川大人都是信长大人的拜把兄弟啊。"

"千代你怎么老是替德川大人说好话？"

"我哪里有替谁说好话啦？"

"啊哈哈，难道是喜欢？"伊右卫门敏感地察觉了千代的感情变化。

千代摇头道："又不是只有千代一人这么认为。天下的武士大概现在都屏息凝神关注着德川大人的一举一动呢。一丰夫君也关心一下嘛。"

千代滞留大坂的这段时间，伊右卫门加封至七千石，这不得不说是个好消息。新受封的领地在若狭国西悬郡。

"千代，让你高兴高兴。"这天伊右卫门回来就这么嚷道。

千代显得比伊右卫门所期待的更为开心。千代本是一有喜事便格外开心的性格，可算是她的美德之一吧。

"怎么样？俺也并非泛泛之辈嘛。虽说离大名还远了点儿——"伊右卫门有些得意忘形。不过千代内心里其实并没有脸上的笑颜这般开心。

（真是迟到的荣升啊！）

这才是她的心里话。有个叫石田三成的年轻人，在秀吉还是长浜城主时便以少年之身被看中，之后因才气横溢很快便安身立命，现在年仅二十六岁就已经是近江水口一地四万石的身份了。

伊右卫门这个秀吉麾下最年长的下属，如今已近不惑之年，才好不容易得到这区区七千石。跟石田三成比起来，真是一个天上，一个地下。

"祝贺夫君！看来又得去招募手下了。"

七月，羽柴秀吉因内大臣的推荐，官位又升一级，成了关白。

不过秀吉自己原本想当的是征夷大将军。因他是武将出身，而且有源赖朝、足利尊氏的先例可以遵循。可征夷大将军迄今为止几乎都是源氏一族包揽了的，就算曾有过先例，但在宫廷之中不是说想当就能当的。

所幸，前将军足利义昭带着落魄之身，正亡命于中国地区的毛利家。秀吉便差了使者，说愿意成为将军的养子，想取得源氏的姓。可哪知这位没落贵族倒是清高，不乐意出卖家门，弄得秀吉困惑不已。

将一切都看在眼里的是以前就一直支持秀吉的公卿菊亭

晴季。

——还有关白这条路。

菊亭晴季如此提议道。的确，从官位上来说，关白是位于征夷大将军之上的。不过任命关白的惯例，是只授予公卿之中家格最为尊贵的五摄家。因此，秀吉就成了前任关白近卫前久的犹子[3]，这才当上了关白。

关白手下应有诸位大夫，于是秀吉就任命自己亲自培养的十二位部将为大夫。这之中也包括石田三成，官位治部少辅，而且兼任五奉行之一。

"三成这小子可是一步登天啦。"伊右卫门对千代说。

不过，就在三成升任之后不久，多年来备受冷遇的老将们也被逐一提拔了上来。伊右卫门也得到通知。他兴高采烈地回到府邸："大名！千代，大名！"说罢一把抱住了坐在里屋的千代。千代好容易才相信确有此事——近江北部，二万石；赐长浜城。

伊右卫门终于得偿所愿，成为一城之主。

伊右卫门成为近江长浜的二万石城主之时，去大坂城向秀吉答礼谢恩。同一日，秀吉夫人特意叫了千代进城内叙话，这实属特例。

秀吉之妻宁宁，在七月里秀吉荣登关白之位时，亦从朝廷得了"北政所"的封号。她本是织田家下级武士杉原（木下）助左卫门的次女，在秀吉二十六岁时，借了宁宁妹夫家浅野氏的长屋，在木板上铺了稻草，再盖一层薄垫，就当是榻榻米，然后坐上去喝了结婚祝酒并互赠祝言。

宁宁是个美人，身子丰腴，肤色白皙，再加之因为没有生育，看起来比实际年龄年轻。她为人亲近洒脱，聪慧机敏，又善言谈，在织田时代的将校夫人之中，显得英气勃勃，十分出众。

"北政所"是从三位官阶，她却跟从前一样毫无分别，在侍臣面前也常常毫无顾忌地跟关白秀吉大吵大闹。两人都是快嘴，而且用的是尾张方言，弄得在座侍臣一愣一愣的，不明白他们到底吵到了何等地步。

有天在观看能乐舞[4]时，夫妇俩又吵了起来。秀吉忽然转头问能乐师："这个吵架该怎么表现？"

敲鼓乐师随即回答道："夫妇吵架，就好似敲鼓敲到了边儿上。"而后吹笛乐师又道："不知谁是又谁非哦。"

这一句形象的即兴创作惹得夫妇俩捧腹大笑。真可谓是剪不断理还乱的夫妇关系。

秀吉初当大名之时，与别的女人有染，宁宁十分嫉妒恼火。那时信长给她写了一封信。开头一段是答谢宁宁呈上的礼品。"夫人所赠之礼实在精美，感谢之情难以言表。本想找些东西作为回礼，可还是放弃了。"接着写的是宁宁最近愈加美貌出众。"夫人的眉目容姿，是越来越让人惊叹。如果原来是十成的美貌，现在就是二十成（加倍漂亮了）。藤吉郎竟然还不知足，简直难以理喻，太不像话了。不过话说回来，那只秃头老鼠（藤吉郎外号）还是相当优秀的。这样的丈夫普天之下恐难再找。夫人是他当之无愧的正妻，有时候还是要大度宽容一些，别气坏了身子才好。"

她就是这样一位女性。

当两家还在岐阜之时，千代与她多少还有点儿交往，但之后就一直未曾见过。这次她特意叫了自己前来，因身份实在悬殊，千代的身子不禁因激动而微微颤抖。

这位北政所在大坂城再次见到千代时，口无遮拦便道："哎呀，你可胖了！"弄得跪拜在地的千代尴尬不已。

千代却惊异于上座的从三位北政所宁宁，相貌身材竟与原来一般无二。千代毕竟聪颖，于是转瞬微笑道："北政所夫人您也丰腴了些呢。"

当时妇人是以胖为美，所以说人胖了也并不一定就是坏话。

"千代还是老样子啊。与祢小姐长大了不少吧？"

啊！千代小小地吃了一惊。北政所竟知道自己十岁的女儿与祢的存在。

（是在此前探查过吧。）

千代虽这样想，但还是不得不折服于她捕捉人心的技巧之精。这点可以说是他们秀吉夫妇的特殊技巧了。

"是的，已经十岁。"千代爽快地回答道。宁宁的这番心思，大概是因为她洒脱的性格，绝难让人认为是要故意收买人心。

"我有时候老是会想起千代。在岐阜时，我总是唉声叹气，悲叹自己没有孩子。可每次都想到，千代也一样啊，这才好受一些。不过现在还是输给你了。"

"不不，怎么会——"

"别谦虚了。因天运庇佑，我现在是坐在根本未曾想过的位置上，可对一个女人来说，这些又有什么意义呢？孩子才是一个女人的所有幸福啊。"

"北政所夫人，"千代笑眯眯地说，"您这么一说，让如我一般的人实在无法回话了呢。"

"倒也是。"北政所对千代滴水不漏的回答很是满意。这位夫人极为喜欢这种聪颖机敏的同性。

千代先以"还礼来迟，还请原谅"为开场白，对伊右卫门受封长浜二万石从此踏入诸侯行列一事，表达了感谢。

"听说当了对马守，是吧？"北政所道。

这次还有诸侯的正式任命仪式。伊右卫门被奉行叫去，要他从但马守、志摩守、对马守三者之间取一个自己喜欢的。他也不知道哪个更好，最终选了对马守。

"山内对马守，听起来不错，而且字面上也漂亮。"北政所的这句话，好像没什么说服力。

（为何要叫我来？）

千代原本完全猜测不到原因。无论是秀吉还是北政所，对自己的丈夫一直都并非十分关爱。

"千代，到长浜城后，能否答应每个季度都来看看我？"

"好的……"

"西城郭处，有棵很大的山桃树。告诉我一下那树长得好不好呀，还有城下揔持寺里的那只猴子最近怎样了呀，就这些就好。"

"噢！"千代终于发现自己是多么粗心大意。她明白北政所为何要叫她来了。

北政所是在怀念近江长浜。

丈夫秀吉最初成为信长的大名时，所赐之城就是长浜。长浜对北政所来说就是旧居。当然秀吉一下子就是十八万石的大名，是伊右卫门的两万石所无法比拟的。但在同为长浜城主这点上，却是一样。

总之，千代的新居长浜城，对秀吉夫妇来说是值得纪念的一座城郭。

"就那座城，我是很不愿让生人入住的。听说伊右卫门大人就要乔迁，真没有比这更高兴的事情了。"

"……"千代垂首之间，忽然想到，莫非，伊右卫门的长浜二万石是北政所的提议？

"我与伊右卫门大人都是尾张出身，所以感觉就跟亲属一样。"

"真是不胜荣幸。"千代稍一低头，更为确信自己的直感无误。早就听闻北政所有时候会对人事变动发表自己的意见。

——让那个谁谁当大名。

只要她这么一开口，有时当天就有准信。

就千代的推测，既没有从祖辈就侍奉左右的家臣，也没有多少血亲与亲属的秀吉夫妇，在培养心腹大名、旗本上可是相当努力。自然，与他们夫妇同属尾张出身的人，则属于近似于亲戚的一类，有更易受提拔的倾向。

但最近秀吉喜欢上了茶茶（后来的淀姬），她是被信长所灭的近江小谷城主浅井长政的女儿。而且，因爱屋及乌，近段时间对侧室一派的近江武士大量录用，之中还成就了数位大名。石田三成就是其中之一。就任关白时提拔上来的十二位大夫也是一看便知，与尾张出身的北政所关系疏远的近江人士为数不少，五奉行里的人们也是近江色彩极重。

北政所定是对秀吉这样警告过："若是疏远轻视尾张出身的人，就等于失掉了自己的手足！"如果有所谓的尾张派，那北政所就是这派的首领。千代对北政所的尾张情结也略有耳闻。

（这么说来，眼前之人才是恩人。）

想到这里，千代重新抬头看了看上座的中年女人那张美艳的面庞。

"城主对马守，"千代对丈夫这个新称呼还有些不习惯，"当然会拼了命去保护这座城郭。千代也自当拼命保全北政所夫人这座重要城郭里的一草一木。"

"还有西城郭的山桃树。"北政所的语调特别亲切，"一定要好好照顾啊。"

千代夫妇从这一天起就不知不觉被归于北政所一派了。千代自是不知，这将会带给自己怎样一种意想不到的命运。

伊右卫门与千代搬到矗立在琵琶湖北畔的长浜城里了。

（好大！）

千代对"住宅"的规模之大不得不感到瞠目结舌。西面的石墙经受着琵琶湖水的涤荡，城下有畅通无阻的北国街道，城里有三方的窗口都可以眺望北近江的田园美景。

千代显得有些疲惫。因为以前住惯了小块儿的府邸，她的身体还未适应这个巨大的住所。可纷至沓来的工作却不饶人，压得她喘不过气来。首先，得募集与二万石身份数量相当的武士下属。找人、选人这些事情都是伊右卫门不太擅长的，所以一直都是千代代为操劳。

"将来说不定夫君就是百万石的身家了。一定得找一批出类拔萃的才行。"千代道。千代去娘家美浓，以美浓为主挑选了一批人才回来。

顺便说一下，在此前后所招募的武士大将之中，首先有乾彦作，一千五百石，是美浓池田郡东野村出身。这位乾彦作的手下里有位被赐予乾姓的武士，其子孙中出了一位幕府末年的名人乾（板垣）退助。

其次有福冈市右卫门。他本是大和国添上郡狭河的人，在流离美浓期间，被千代看中，后来成为家老之一。从这个家系里出了一位幕末维新的福冈孝弟（子爵）。

还有深尾汤右卫门，美浓山县郡出身，有一层与千代娘家不破家联姻的关系。他后来成为家老之一，伊右卫门入主土佐国后，领一万石。这个家系里也出了一位幕末维新的深尾鼎。

更有一位后来代代都是土佐藩家老的安东家出身的祖太郎左卫门佐，也是这个时期招募进来的。

千代在人事担当上忙得不可开交。

伊右卫门担当的是军事，也是忙碌非常。因为，自伊右卫门入主长浜后，秀吉便很快发动了对北国佐佐成政的征伐战。而且长浜城在地理上是征伐北国的重要后方阵地。伊右卫门奉秀吉之命去收集这次征伐战所需的兵粮弹药，也就是所谓后勤负责人。

另外，每天都有秀吉的军队经过长浜城下。士兵们的食宿安排也都是伊右卫门负责的，也就相当于食宿总监督。

"千代，俺经历了无数次合战，这种工作还是头一次。"他这样说道。其实，伊右卫门在这种工作上可算是十分有才了。

要让伊右卫门拿着刀枪战斗，也算是合格的武士；但若要让他指挥大军进退，主宰一国命运，让他发挥军事才干决胜于战场，便很不合格。说实话，能当上城主都让人觉得不可思议。当伊右卫门被赐予长浜城时，很多人都不屑一顾："就那人？"

总之，中规中矩的伊右卫门的性子，很是适合这些兵站事务。他过去的武功并未让他变得有名，可繁琐的兵站事务却被他搞得头头是道，因此，旁人的评价忽地高了起来。

这段秀吉的北国征伐战时期，是千代与伊右卫门最快乐的时期。因是第一次过城主的生活，而且伊右卫门的长浜城成为了兵站基地，所以每天都有大量的工作，日子过得紧张而充实。

"哎呀，还从没有过这么忙的时候呢。"千代从一大早就开始气喘吁吁。

虽说是城主夫人，可也不过是二万石的身份罢了，千代得亲自忙上忙下帮丈夫里外打点。

比如，高山右近大人带兵五百到达的话，就得把食宿计划表斟酌再三后提交给右近的奉行，另外再命令自己手下带领他们就餐住宿。若是他们兵粮不足，就从自己仓库里取些出来，弹药也会按对方要求给予提供。

总之，人马是来了一批又一批。当然也有不在城下住宿，直接经过的部队。对这样的部队，她通常都会命令沿道的村长、富农备好茶汤接待；若是需要兵粮、马粮，就让富农们先垫着，随后就从城里仓库取出同样数量给予兑现。

千代在此事上完全不计较金钱财物的得失，于是在途经城下的武将之间渐渐传开了一句话：长浜是最好的，山内对马守大人最是出手阔绰。

结婚后，伊右卫门是第一次见到千代这么大手大脚，唬了一跳，道："千代，你没发烧吧？这么毫不吝啬地开仓放粮，万一咱这里出了战事怎么办？会输的。"说罢，眉毛都拧到了一块儿。

可千代只是微笑着看他。

"什么那么好笑？"

"这里大概很久都不会有战事了。就算有，还有大坂的关白殿下顶着呢，差一粒米都可以请求支援的嘛。"

"战不战是另一回事，咱们总得为将来存上一些吧。"

"我说，难道一丰夫君打算今后一直就这么两万石？"

"那自然不是——"

"那不就得了？将来夫君肯定是一国之主的嘛。"千代语气很是开朗。伊右卫门听了却只能苦笑。

说到开朗，这本是千代性格的优点之一。可自从当上城主夫人之后，有时候会让人觉得好像开朗得稍微有些过分。

或许就是这个原因，她不是在这里摔倒就是在那里磕碰到。比如，在城郭内的陡梯上，两三步踩滑跌落了下来；还有，把伊右卫门白小袖的领子跟后背缝在了一起，平素她的女红可是很值得夸耀的。总之，有些不同于往常。

"千代，你怎么回事儿啊？"伊右卫门每天都会苦着脸这样问她一次。

"没什么呀，很正常嘛。人家镇定得很呢。"

"还镇定？你会这么大张旗鼓说出口，就已经很可疑啦。以前的你从不多说一句废话的。"

不管千代自以为多么镇定，这都是她第一次当城主夫人，这种经历让她多少起了些变化。伊右卫门倒好，仿佛已经做了百年城主似的，不事张扬，不动声色。

总之，千代很幸福。
——长浜的春天到秋天是最愉快的。
千代在晚年时这样回忆道。
然而，一场可怕的天灾完全改变了千代的长浜时代。那是秀吉的北国征伐结束后冬日里发生的事情。
后来听人说，这场天灾发生前，出现了许多不可思议的现象。据说，数日前城中的老鼠竟没了踪影。自然，猫也不见了。千代后来想起，好像那时老鼠真的是消失了。还有，一连几个晚上，鸟儿都叫唤个不停，城下的犬吠声亦是此起彼伏。千代记得自己当时也曾觉得"好奇怪"。最为鲜明的记忆莫过于城内树林里的雉鸡，事发前数小时，直叫得让人心烦。
"恐怕是有狐狸来了吧。"女儿与祢的乳娘初野这样说道。初野是足轻头大石主马的妻子，与祢出生时起就是她的乳娘了。
"今天我好寂寞，与祢跟初野都过来陪我一起睡好吗？"千代道。伊右卫门出远门了，正在京都侍奉秀吉。

可是，十岁的与祢却不愿意调换睡觉的地方，道："还是母亲过来跟我们一起睡吧。"

"那好吧。"

与祢听了很开心。对孩子来说，些许的变化就能带来欢愉。要在自己房间里迎接母亲这位客人前来住宿，是平素求也求不来的特别之事。

"那母亲早点儿来啊，我们等您。"说罢，与祢就由初野领着出了房间。

与祢住的地方与伊右卫门夫妇的寝室之间，连着一条回廊，属另一座建筑。千代备好点心，去见女儿时稍微晚了一点儿。她故意不走回廊，而是绕过庭院，装作旅人的模样，特意戴上斗笠，杵了竹杖。

"与祢小姐，请问，这里是与祢小姐的闺房吗？"

"是啊，您是哪位？"纸格门里面传来稚嫩的童声。

"请恕在下冒昧。今日跋山涉水，可怎奈暮色将晚，请问小姐能否行个方便借宿一晚？"

"阁下哪里人？"

"回小姐，在下美浓人。"

"哎呀，原来是从美浓远道而来的客人啊！"

"正是。"说到这里，千代再也忍不住笑了起来。

与祢对这个游戏很是中意，反反复复说来说去，就是不舍得让千代进门。外面很冷。城内林间，有雉鸡嘈杂的鸣叫声。

之后三十分钟左右，千代给与祢念了《伽草子》，又讲了些自己儿时的事情。

"对啊，母亲像与祢这么大的时候，已经没有父亲了，是在战场战死的。跟母亲比起来，与祢很幸福呢。"千代说着这些话的时候，总觉得极为心神不宁。却不知道原因。林间的雉鸡还是叫唤个不停。或许是这些叫声扰乱了心神，让她不安的吧。

"初野，有没有觉得心里躁动得厉害？"

"没有啊，一点儿也不呢。"初野跟平时一样慢条斯理地回答道。

"与祢呢？"今夜的千代很是奇怪。这种问题，仅十岁的女儿是无论如何都无法圆满回答的。

"什么呀母亲？"与祢偏了偏小脑瓜。

"没事儿……"千代只有苦笑。

"夫人——"见到千代如此模样，初野笑出了声，道，"是夫人多疑了。肯定是因为大人今日不在家，所以才这么疑神疑鬼的吧。"

千代想起伊右卫门走前说的一句话："啊，小心火烛。"

城郭的戒备是由各幢楼内的家老们担任的。千代只须负责最内层便好。她把夜间侍奉的侍女们叫过来,道:"三人一组,去各地查看有无火患。快!"随后千代自己也坐不住了,自己不亲自去各地走走,不亲眼看个明白,便无法安下心来。

今夜的千代很是奇怪。

"把薙刀带来。"她命人拿好武器。女性巡夜之时,按常规是应该配备薙刀。

她手持烛台就要离开。与祢道:"母亲,母亲就不用亲自去了吧?"

"与祢该就寝啦。母亲去去就回。"

千代沿着回廊返回。待走到另外一栋檐下之时,突然感觉一晃,身子一沉。与此同时,周围响起巨大的轰隆声,柱子随即折断,整个建筑都飞了起来。就在这一瞬之间,城郭尽裂。千代一失神,但立刻意识到发生了什么。可无奈身子动不了,千代的身子已被房顶盖住。

惨烈的震荡还在继续。这便是有名的"天正地震",发生在天正十三年(1585)十一月二十九日的夜晚。亦是伊右卫门受封长浜两万石仅四个月之后的事。

(与祢——)

千代跟世间所有的母亲一样,只苦苦念着女儿的安危,于是奋力地想要站起来。幸好，移开右肩上的方木后，她自由了些。

终于，千代爬了起来。大地仍在颤抖，千代在倒塌的废墟上行走，摔倒了好几次。还有两次踩到旧铁钉，浸出好多血她都浑然不顾。

"与祢——"她撕心裂肺地叫着，却无任何回应。

不久，好些人都跑过来，举着火把围在千代身旁。

"夫人安然无恙！真是谢天谢地啊！"

"与祢——"千代嗓子干涸得厉害。

周围人这才发现小姐不见了。"赶快去找！"

千代跑了起来，可十步不到便一个趔趄摔倒在地。刚才还在黑暗里高高耸立着的与祢的寝楼，如今竟成了一堆废墟。人们聚拢过来，七手八脚挪开那些瓦片、木材之类，一个劲儿地呼唤着与祢小姐。

作业进行了近一个小时，终于——找到了。

与祢的身躯已变得冰凉。她旁边还有乳母初野的尸身。两人好像都是在建筑倒塌的那一瞬间便撒手人寰了。

（死了——）

得知女儿不幸的千代，与所有丧子的普通母亲一样，悲恸失声。

"与祢——"千代不住地摇晃着女儿幼小的躯体，声嘶力竭想要唤回她已经飘逝的魂魄。

也不知喊了多久唤了多少遍，她终于回过神来。身旁趴着一个中年武士，是初野的丈夫大石主马。千代这才猛地发现初野的尸身，一直孤零零地躺在那里。周围的人都因与祢小姐的惨死与千代的悲恸束缚了手脚，都未能顾得上初野。

可千代不能一味地被悲恸所淹没。

其实她根本无暇为初野的死而伤怀，这种情形之下，作为战国时代的城主夫人，她也不得不想办法赢得手下的尊重与心服口服。

"大石主马，"叫来趴着的初野丈夫后，千代放下怀抱里的与祢，走近初野道，"一起抬起来吧，请帮个忙。"

千代扶起初野的身子，让主马抬起她的脚。

"怎……怎可劳烦夫人？"不只主马这么说，很多人都这么认为，可千代充耳不闻，只叫主马"快点"。两人把初野搬到五六丈外的草席之上，让她静静地躺了下来。

这之间，有人拿来一件锦缎小袖，盖在与祢的身上。

夜色褪去之后，僧人到访。

第二天伊右卫门从京城赶了回来，得知消息后他整个人都陷入了呆滞的状态。这个男人，整整诵了三天经，而后便再不开口。这个打击实在太大。

与祢逝世后的一个月，这对夫妻简直形同废人。两人第一次有模有样的对话，已是将近年关之时。

"真所谓祸兮福之所倚，福兮祸之所伏啊。咱们受封大名，不意间得到无比的幸福，可哪知老天竟夺走了与祢。"伊右卫门说话间，仍止不住泪流。

家里的顶梁柱竟一直哭哭啼啼，这让千代反倒觉得意外。

"俺想出家。"伊右卫门如此说道。丈夫的悲叹痛楚丝毫不见缓和，渐渐地，千代意识到自己不能跟着他再一味痛苦下去了。

"一丰夫君，打起精神来，好么？"她不得不这么劝慰。不能再沉沦下去了。她还用嗔怪孩子的口吻道："如果一直这样痛苦不能自拔的话，据说死者便不能入土为安，会阻碍他们往生的呢。就别再这么悲叹下去了好么？"

"可是，千代啊，与祢被老天夺走，咱们这一生就再也没有孩子了。今后，咱要为谁活着，为谁努力啊？"

"夫君别这么说——"千代一时语塞，无力争辩。

这对夫妻为了吊唁与祢，改变平素信仰的日莲宗，皈依了禅宗。第二年，在京城花园之地、临济禅宗的妙心寺里搭了一个塔头，并迎来当时德高望重的南化禅师做住持，以超度与祢。

然而，与此同时，时代正经历着巨变，不能这样一直把心思花在佛事上。

家康还坐镇东海地区，仍是丰臣天下的敌国之一。这之间秀吉为了投其所好，不惜采用各种手段。其中最为绝妙的一手，便是联姻政策。

秀吉有一个异父妹妹，叫朝日，是平庸武士佐治日向守的妻子。她并非美女，且年纪不小，都四十四岁了。为了让这个妹妹跟家康匹配，秀吉叫她的丈夫佐治——为了天下太平——跟发妻离了婚。佐治终因受辱不过，切腹自尽。

家康虽对这桩婚事并不高兴，但最终还是应承了下来，只是对秀吉的使者说希望增加一个附带条件："我们家已经有了后继者（即德川幕府二代将军秀忠），如果今后与朝日夫人有了儿子，也不会让他继承家业。"

秀吉应允此事后，天正十四年（1586）五月，婚礼的列队洋洋洒洒，朝东海而去。

可尽管如此，家康还是怀疑秀吉的真意，不愿离开自己的居城，更不上京去拜访秀吉。

"家康还真倔强呢。"千代实在佩服。

家康的倔强的确很出人意料，可竭尽所能要收服家康的秀吉，心思亦是十分有趣。

伊右卫门夫妇正坐于观众席上，观看秀吉与家康虚虚实实的大戏。如此一来，或许还能忘记些许失去与祢的悲苦。

秀吉为劝家康上京磨破了嘴皮。家康总是卑谦有礼，却决不答应。若是上京，就意味着臣服。家康过去连与信长都是同盟关系，处于对等的位置之上，难道对这位信长曾经的足轻小卒秀吉，他还应该臣服不成？

这是绝对不可能的。可以这么说，上京便是死，或许被包围残杀的可能性更大。

"三河大人可真是倔强啊！"千代感叹道。对这样的家康，千代感到了一种比秀吉更强的男性魅力。

秀吉虽说还没有把九州、关东、东北尽数收归囊中，但已经占据了京城，且位及关白一职，是远超信长的中央三十余国的主宰。而家康仅是区区五国之主，却一再拒绝秀吉的恳求。

终于，秀吉采取了一个众人皆惊的计策——将自己的亲生母亲大政所作为人质送往家康处，以此来换取家康的信任，让他相信上京后的生命安全是有保障的。

秀吉的重臣们对秀吉的这个计策均是极其惊骇，联名反对计策的实施，同母异父的弟弟秀长竟流泪阻止此事："要母亲大人做人质以换得对方的好脸色，简直为人所不齿。为何不派出大军，堂堂正正出兵讨伐家康？叫越后上杉景胜抄到家康背后，形成围攻之势不是轻而易举吗？总之，如此行为，根本没有先例可循！"

秀吉皱着眉头笑道："俺做的一切都是在日本没有先例的事，又不是仅此一件。俺就是先例。你看着好了，俺就要不费任何武力把这位在小牧、长久手不可一世的大将收拾得服服帖帖的。"

于是，秀吉的亲生母亲到了三河冈崎。家康让她住在城内，并妥善款待，这才下定了上京的决心。天正十四年（1586）十月二十日，家康带领酒井忠次、本多忠胜、榊原康政及一万大军出发西进。

双方会面的地点并非京城，而是大坂城内。家康于二十六日抵达大坂，在羽柴秀长的府邸下榻。第二天即二十七日便是正式会面之日。正当家康在秀长府邸休息时，一位贵客却趁着月色秘密到访。

那便是秀吉。

"三河大人已经歇息了么？"秀吉只带了两三个杂用小厮，来到府邸的居室。

家康惊骇之余，要行礼作答，秀吉却一摆手，道："不用不用，礼数明天再遵不迟，今夜俺就是以前的藤吉郎，是来求德川大人一个事儿的。怎样，能否答应俺一个小小的请求？"

"真是折煞在下了。只要是家康能做到的，大人但说无妨。"家康对秀吉的想法实在摸不着头脑。就现在，若是自己起了杀心，解决面前这个毫无防备的秀吉是轻而易举之事。可秀吉本人却仿佛毫不在意。

秀吉上前一步握住家康的手，道："这次多亏大人赏光，不远万里来到此地，这才让俺秀吉可以做个名副其实的天下之主，呃不，是大人让俺做的天下之主。"

不能不佩服秀吉，演技真是到位。随后，秀吉把带来的便当打开，为了表示没有下毒，酒和菜都亲自尝过后再让家康品尝。吃到酣处，只见他压低声音道："其实，今夜俺单身前来，是为了明日会面一事。"之后，他又俯在家康耳旁窃窃道："大人是知道的，俺秀吉本是一介草莽。如今虽然贵为人臣，手握天下兵权，四海之内的英雄豪杰近半数都是俺的家臣，但里面多是织田大人的旧臣，亦是俺曾经的同僚朋辈，说实话，很少有人真正打心底里认同俺秀吉的。"

"……"家康思忖，他到底想说什么？

"所以，俺有个不情之请。明日会面，诸位大名会登城列席。到时候，请德川大人务必庄重地给俺行一个礼，可以吗？"

"定不负嘱托，因为在下就是为此而来。"

"那真是太感谢了。那个时候的秀吉,态度会很倨傲,回话也很轻慢,还请大人不要在意。待诸位大名见到德川大人都对秀吉态度卑谦恭敬有加,而秀吉只是像对待一个普通的家臣一样答礼,那诸位自然就会在心里想——看来还是应该尊重秀吉啊——"

"啊哈哈——"家康听到此处实在忍不住笑了起来。

秀吉拍了拍家康的背,又道:"这事儿就拜托啦。秀吉就是专门为了这事儿来跟大人商量的。看在维护天下安定与和平的分儿上,务必请大人帮帮忙。"

"大人太客气了,请放心,家康定不负嘱托。"这可以说是家康第一次对秀吉有了好感,"不管怎样,在下已是大人的妹夫,况且如今既然来到这里,就决定一切唯命是从,决不会让关白殿下为难。"

"那俺就安心啦。"秀吉离开时大为高兴。

第二日,大坂城的大厅之内,家康与秀吉正式会面了。

家康跪伏在地。那毕恭毕敬的样子,怎么看都是屈服于秀吉的雄威,要发誓效忠秀吉的模样。秀吉正如昨日所言,神态倨傲言语轻慢。随后,新庄骏河守念了家康的贺礼目录:太刀一柄、骏马十匹、黄金百枚等等。

会面之后就是酒宴。秀吉那时穿着一件桐叶蔓草图案的红色阵羽织,家康随口求他能否把这件阵羽织赐给自己。秀吉却道："这可是俺的战袍，怎可给了他人？"谁知家康的演技更是炉火纯青，道："有在下在大人帐下效犬马之劳，大人今后想是用不着亲自披挂上阵了。"

秀吉一听喜笑颜开，立时便脱了阵羽织当场赐予家康。

注释：

【1】日本阿尔卑斯山脉：日本中部飞驒山脉、木曾山脉、赤石山脉的总称。

【2】杀生关白：关白是辅佐天皇的一个重要职位，丰臣秀吉、丰臣秀次都曾担任关白一职。杀生关白特指丰臣秀次，因其粗暴的行动极多。

【3】犹子：语出《礼记·檀公上》，指如同儿子，或指侄子。

【4】能乐舞："能"是日本中世艺能的一种，含有舞、剧的要素。

秀吉

秀吉准备修建一座华丽雄伟的聚乐第，已是千代失去与祢后的第二年，即天正十四年（1586）四月的事了。

秀吉极为喜好建筑，这点跟家康不同。

家康不同于信长与秀吉，是重实利而务实之人，不喜艺术。正是鉴于此种性格，相对于信长、秀吉来说，人们对家康的印象很是单薄。就好似一个村野里笃实的庄稼汉似的。

不得不说家康虽美德极多，可都是如节俭、谨慎、耿直等个人美德，是属于自发自卫式的，并不能在世间造成某种流行的效应。这是此人的有趣之处，也正是他在当时以至后世里都没什么人气的理由。

总之，说到家康在建筑上留下的遗产，就只有冈崎城、浜松城这种实用的乡下小城，另外还有一座江户城，其规模之小与如今的千代田城大相径庭。

闲谈之余再闲谈一句。家康作为秀吉的大名入住江户时，那座江户城还只是一座茅屋小城，用作房顶的甚至不是薄桧板，而只是一些日光[1]、甲州的茅草，再在茅草上涂了一些防火的泥，因此湿气很重，室内的榻榻米都腐坏不堪，入门处铺的木板只是重叠起来的两块旧船板而已。

家康对此做了一些改建，不过只是加修了一座西城，连天守阁都没建。

待他夺得天下以后，城郭规模势必要扩大，他命西国诸位大名帮忙筹措，而自己却到骏府（静冈市）隐居去了。第二代将军秀忠成为工事主宰。后来第三代将军家光又对江户城进行了扩建，其规模威容终才配得上将军居城的地位。

由此看来，江户城实在算不得是家康的作品。

可秀吉不一样。他是一个为了侧室都会大兴土木修建淀城的建筑迷。

秀吉在山崎之野剿灭明智光秀时，已经有了修建大坂城的计划。这座大坂城是按当时的世界级规模来营造的。一竣工，他便亲自带着南蛮人进城参观。若不是极为喜好建筑的人，是做不到这点的。他一人的建筑作品，除去信长时代的长浜城不算，就有大坂城、聚乐第、伏见城、淀城、肥前名护屋城等等。而且只有大坂城是实用的防守型城郭，其余四座都不是。可以说是想建便建的游乐之城。

秀吉是个喜好游玩之人。或许他的这些华丽的浪费，正是比没有浪费的家康更能博得后世人气的原因吧。

好了，来看看聚乐第。天正十四年（1586）四月十三日，这座聚乐第便在旧皇宫内院遗址上动工。千代也有所耳闻，有传言称："好像是要建一座极乐之城呢！"

伊右卫门这段时间多在京城、大坂做事。每当回到长浜，就把京城、大坂的见闻等详详细细告知千代。千代是个善听之人，对家臣都终日沉默寡言的旁听者伊右卫门，只有在千代面前才像个超出世间水准的饶舌家。

"聚乐第修得怎样了？"

"花钱如流水啊，工事是夜以继日不停不歇呢。人人都说可以活着亲眼拜访这个世上的极乐净土了，京城里从公卿到庶民，无不翘首企盼哪！"

"可是，秀吉大人已经有一座大坂城了，为何还要在京城修建聚乐第呀？"

"就是啊，大人真是奢侈。"伊右卫门只有这种感想。

可千代却想，建筑是天下之物。秀吉大兴土木，不仅肥了京城的土地；而且只要竣工，数百年来都过着贫瘠生活的公卿们，曾在战场出生入死的天下的英雄豪杰们，都能身着华美的礼服，洗去戾气，出入流连于聚乐第这座社交场所了。而这定是秀吉所祈愿的。虽属游乐，但秀吉这样做一定有他自己的政治深意。

"要是修好了，咱们也能去拜访一下么？"

"好像正是这么打算的。听说北政所（秀吉夫人）要招待所有的大名夫人，自然千代也是可以去的。"

在聚乐第工事正常进行期间，秀吉开始进攻九州，以完成他的统一大业。九州虽大，但真要征伐的只有一个萨摩的岛津。岛津氏在战国的风云变幻中崛起，从南部的萨摩逐渐往北延伸势力，最后几乎囊括了整个九州。而且，岛津氏不愿屈从秀吉。

九州的历代名门大友氏，一直遭受岛津的威胁，于是请求秀吉给予救援。秀吉当然应允，可九州对他而言还是一片从未触及之地。为了这次大远征，他必须动员麾下几乎所有的兵力。

秀吉到最近都一直未能有所行动，正是因为东海的家康。若是自己离开大坂，家康或许会直捣黄龙。秀吉以关白之位尊，对东海区区五国的领主家康不惜屈身求和，其原因之一，也有九州的因素在里面。

如今家康的威胁都尽数卸去。秀吉一面营造聚乐第，一面筹备着这次史上最大规模的攻伐战。诸位大名都受领了军令状，部署也已确定。

"千代，千代！"伊右卫门回来告知千代，自己并非被派往参与战斗，而是留守京都。

（这也挺好。）

千代思忖，比起在前线战斗，伊右卫门更适合于留守的工作。

千代对秀吉喜好建筑一事很感兴趣，原因之一或许是因为山内家自身也不得不跟建筑打交道的缘故吧。

长浜城的修葺、大坂新居的营造，都是需要花很多精力的。而且，还有传言说诸位大名都得在京城聚乐第的周围修建京都府邸，山内家也不得不建。

（真是花费不少啊！）

千代叹息。若是万石以下的身份，就没有这些烦恼了。小大名的家计真是紧巴巴的没有任何富余呀。

原本山内家成为大名之后，家计就不由千代操心，改为勘定奉行[2]的职责了。可掌控勘定奉行的，是伊右卫门，即山内对马守一丰，而伊右卫门是事无巨细均要跟千代商量的，因此，千代才是事实上的长浜城主。

府邸营造所需的费用，确实让人头痛万分。

"千代，咱们既然留守京都，那就得早些把府邸造好才行啊。"令伊右卫门苦恼的缘由，便是现在已无钱可用。

"先修修城墙等边缘配套吧，钱总会有的。"

"千代，可能相当长一段时间都不会有加封了。"这次出征没有他的份儿，所以根本没有战功可以期待。

"关白殿下总是吉人天相。这次平定了九州，还会继续平定关东、奥州之地的。一丰夫君总不会就一直这么一点儿领地的嘛。"

"你老这么说。"伊右卫门对千代的乐观很是不以为然。

"京都的府邸，要建就建一座豪华大气的。"

"喂！刚还说没钱来着，你这是什么话？"

"关白殿下是个喜好大气之人，他见了一定会认为山内对马守还有更大的期盼，那以后说不定就让夫君担任更大的官职了呢。"

千代这时，总是觉得节俭持家，做个殷实的小户，不如千金散尽以博更大的期盼。

"咱家无论什么时候都过得火烧眉毛似的。"

"总比火星都灭了，一盘死灰的好嘛。"

"千代总是有理。"伊右卫门苦笑道。

千代虽然并非是为了迎合秀吉，但多少也是受了一些他热气腾腾的建筑热情的影响。

千代还听伊右卫门说，秀吉在今年正月里造了一间纯金的屋子，献给了正亲町天皇的大皇子诚仁亲王。那并非玩具，而是一间真正的茶屋。房顶、地板、房门格子全都是纯金。还可以在里面沏茶饮茶。

秀吉拥有一座佐渡金山。佐渡岛上的黄金正与他夺取天下的步伐一致，滚雪球似的越产越多。虽说没有人能比他的运气更好，可要造一间纯金的屋子，到底也只有秀吉想得出来。

伊右卫门在京都的府邸，已经选好室町附近的一块地，动工了。当时诸国的工匠都集中到京城一地，各处都有土木工事正在展开。所有大名都在争先恐后营造自己的府邸。

工事进行到一半时，千代去了京都。而后又改道去了大坂的府邸。两处都在施工之中，此行的目的也有监工的意味。

这时出征九州的各位诸侯都已陆续踏上征途。

秀吉带领亲卫队出发时，简直就是一场华丽的演出。马匹三千，人数二万五千。喜好黄金的秀吉，挑了十二匹骏马打扮得花枝招展，并把黄金驮在马背之上。武士们盔甲的簇新靓丽自不必说，连他们妻子都出得阵来，其步轿、服饰，无一不绚烂夺目多彩多姿。

秀吉自己戴了一顶唐冠头盔，身穿绯红底色的铠甲，内衬一件红锦官衣，利利落落坐于一匹白马之上。

千代在大坂城内目送一行人远去，数日之后回到了京都。

秀吉出征的这段时间，由外甥秀次担任总大将。留守大名里，有加贺国主前田利家，另外还有中村一氏、一柳直末、堀尾吉晴、山内一丰等，兵力共三万。他们都驻留在京都。

"千代，真是无聊啊。"伊右卫门道。每天除了去秀次那里伺候，其他便无事可做。

不过，对千代来说，这段时间却甚为有趣。自结婚以来，除了战乱还是战乱，伊右卫门每次都会出征，只留千代在家。千代每次都为他的安危操碎了心，可这次却不同。

"人家倒很开心呢。"她像变了个人似的天天外出。

"千代，莫非京城的生活把你宠坏了？"伊右卫门很有些担心。

千代去拜访了京都各处的名胜。她找门路去门跡寺院等地，请求参观保存下来的宝物，特别是对古代的服饰最感兴趣。当然，她对新潮的丝织品也很感兴趣，比如舶来品的唐锦，真是极为喜欢。

"千代净喜欢些奇妙的东西。"伊右卫门道。他以前就知道自己的妻子喜欢衣料，却没想到竟喜欢到了如此地步。

可惜千代没有那么多闲钱，可以见到喜欢的就买。她喜欢看，也喜欢缝纫。而且，不只喜欢这么简单，她选择花色、质地的眼力，缝纫的功力，都不是泛泛之辈。可以说，千代在这点上有着万里挑一的天分。

她开始收集各色各样的唐锦碎片。

"你到底想干吗呢？"伊右卫门很是无奈地问。

"玩玩儿而已。"千代含笑道,可看得出来,她定是有什么打算的。只要一有空,她便在这些布料上忙活。

有一天,不经意间走进千代房间的伊右卫门"啊"了一声,定格在门口。目之所及,有一尊衣架。衣架上挂了一件小袖,美丽得仿佛不属于这个世上一般。

"千代,这是你做的?"

"嗯。"千代一边给伊右卫门沏茶,一边点头答道。

(这难道竟是——?)

竟是那些零零碎碎的唐锦布片做出来的?

有一种叫"千代纸"的,是一些各种颜色的四四方方的小纸片,这成为后世女孩儿们的折纸道具。或许,千代纸正是起源于千代的这件小袖。

当然这件小袖不是纸的,而是唐锦碎片织就的。虽是些碎片,但形状与后世的千代纸一样都打整得四四方方,再一针一线精细地缝纫起来。颜色的搭配亦是妙不可言,整体呈现出一种仅从材料上是完全想象不出的一种极有韵味的色调。

"你的才能可真是奇妙啊。"伊右卫门看得恍恍惚惚的,吞了好几次口水。面前的妻子,就好像换做了别人似的,让他感觉新鲜不已。

"我也是觉得无聊嘛。"这并非谦逊的话。千代已与过去拿方斗当菜板的时候不同了,怎么说都是名副其实的大名夫人,已经从家务上解脱出来。或许千代就是利用这些闲暇,开拓了一条新的人生之路。

"这……这你是要穿的吧?"想象着千代彩衣着身时的美丽,伊右卫门的喜悦很是纯粹,引得千代也微微笑了。

可随后千代却说:"我是不穿的。"

伊右卫门吃了一惊,忙问:"又不穿,那做来干吗?"

"兴趣使然罢了。"千代笑道。

伊右卫门又发现了千代的新的一面。

"那……你是打算送人么?送给谁?"

"适合穿它的人。"

千代真是变了。从第二天起,她说要去寺庙拜神,于是带了数名侍女,开始走访京都的大街小巷。走遍了清水寺、北野天神、誓愿寺、东寺、祇园社、三条往还等等地方,就为了找一位适合这件小袖的年轻姑娘。

在三条往还,出现了一位让人眼前一亮的美丽姑娘。她穿着粗麻衣,仿佛是住在附近。

"姑娘留步。"千代掀开市女笠[3]的纱帘,叫住了那位姑娘。当这位姑娘得知这位夫人竟要送一件小袖给自己,惊诧之至。

千代确实是变了。为了送小袖给那些京城里不知名的年轻姑娘们，忙得不可开交。她设计好了以后，便动员侍女们一针一线缝制起来。一天能做一件。

"这件适合肤色白皙的圆脸姑娘。"她这样说着，就来到街上去寻找这样的女孩儿。

"那位姑娘可惜眼睛太大了。"

"不行，那位穿了这件会显得太胖。"

等等，总之，找人是最难的。

（千代为何要这么做呢？）

伊右卫门百思不得其解。难道是为了艺术的追求？或许可以这么说吧。辛辛苦苦做出来的衣服自己不穿，就难以满足艺术的表现欲望。所以才让许许多多的姑娘穿在身上，走在街上，让所有人都来看，来评价。

（这或许是个原因。）

莫非，她是为了慰藉女儿与祢的在天之灵？

细细想来，在与祢还活着的时候，千代总说——与祢长大了肯定很配这种色调的小袖。还有——出嫁的衣裳，千代都要一件一件亲自做。

（难道是为了祭奠与祢？）

若是，那这个想法不是很风雅么？这种形式的祭奠虽然没听说过，但无疑是千代自己所独创的，有着千代的神韵。

（真是与众不同啊！）

伊右卫门不得不对自己的妻子称赞有加。他并未感到丝毫的不快，在成为从五位下品的对马守以后，仍以妻子为荣。世间的一般看法亦是如此。还有人在背地里说："夫人配对州大人甚是可惜啊！"可伊右卫门对这样的流言也并不生气。

千代亲手缝制的第二件作品是件紫色调的小袖。紫色是很难穿出彩的。

（这次给谁穿好呢？）

千代又戴上市女笠，行走在京城街道上了。她去了聚乐第的工地，其位置正处在一条南面与二条北面之间。向东以大宫为界，向西则一直延伸到朱雀街（即现今的千本街）。

迄今为止，已经完成七成左右。殿阁内到处都放着七宝，还有各地的名木奇石，都说是不亚于秦朝阿房宫、西汉未央宫的宝阁。工匠都忙碌个不停。有搬运工、削木工、组建工，还有很多女子穿插其间替人端茶送水，多是工匠的妻女。

千代见到了一位姑娘。她在一张大布凳上铺了绯红的毛毡，旁边烧着一个大茶壶，有累了的工匠前来，便用茶勺舀了茶递过去。她的肤色白得透明一般，脸颊稍长，但紧闭的樱唇弥补了这个小小的缺陷。特别是一双手，堪称奢华。而这种手，是最适合紫色小袖的。

（不错。）

千代心情激动。

"请问——"

姑娘转过脸来，表情就如同在问——什么？一种可爱的惊诧，藏在明眸之中。大概是她已经从千代的行装上判断出对方的尊贵身份了，所以脱下草履，双膝着地跪了下来。

千代故意做出一副困惑的神情。

（此刻最难办。）

她思忖道。若是太唐突，定会被人当做怪人，或许还会使人不快。她可不愿意被人当做是无聊的施予者。千代觉得自己是请求者，因为是自己想让人家穿上自己的作品。

"我有个不情之请。"千代道，"能否听我说一下？"

"您请说……"幸好这位姑娘不显得十分卑怯，言语态度很是得体。

"请放心，不是让你感觉为难的事情。如果方便，可否请你借一步说话？到那边尼姑庵的师太居室去可好？"

姑娘不知如何作答。

"能来么？"千代的语调很是轻快。现在这种简洁明了的话语最好。因为千代知道，若是弯来绕去说一大堆，反倒让人觉得可疑。

"虽然不清楚夫人的用意,但如果能帮上您什么忙的话,小女子深感荣幸。"姑娘好似对千代有了好感。

那附近有一座名叫千住院的尼姑庵。进门后,只见白色的茶花开得正艳。秀吉喜欢茶花,所以当年处处都流行种茶花。

师太领着两人来到居室,千代拿出小袖展开。这位姑娘见了,像是被其无比的美丽夺去了魂魄似的怔怔不语。甚至把适才满腹的疑惑与不安都忘得干干净净。

"送给你。"

"啊?"姑娘不解地望着千代。

千代为了打消她的疑虑,不得不语调干脆而轻快,实在是费神的一件事。

"这是我做的。为的是能找到一位适合穿它的人。"

"嗯?"姑娘更是不解了。这下千代有些着慌,该不会被她认作疯子吧?于是,她从头到尾把事情讲了个清楚。

"我是不是太好事了?"千代高声地自嘲道,"这件小袖可是非常适合你穿的。"

她给姑娘换了衣裳,于是一个全新的仙子诞生了。姑娘从数面小镜子里看到自己的姿容,自己都觉得恍恍惚惚的。

得到千代这件紫色小袖的姑娘，是京都一位有名的御用工匠石川承云的女儿，名叫加乃。加乃很快便将此事告知了父亲。

"是谁家的夫人？"石川承云素以脾气古怪闻名。他曾经在信长修复皇宫时，被选为栋梁之一，还被允许称作日向守。总之，是心高气傲的人。

"不会是疯婆子吧？"

"不，不会是那种人。"

"不管怎样，你是受了人的施舍。石川承云的女儿竟然受人施舍，这不是有辱为父的名号吗？"当时，任栋梁一职的工匠都是很有见识的人，根本不把小大名放在眼里。

"拿去还了。"承云道。

加乃听了很是困惑："都不知道人家是谁，更不知住在哪里。"

"见到家纹了吗？"

"要是有侍童帮忙拿道具什么的，倒是见得到。"

"这都不知道吗？"

"可是——"

"可是什么？"

"人家不是您想象的那种人。"加乃把跟千代会面时的情形细细说了出来。承云则好像慢慢明白了似的。

"世上还真有些不可思议的人哪！"这位栋梁道。在他手下干活的工人有一百多号，他的好友工匠亦是不少。这些人都经常出入各位诸侯府邸，对内情很是清楚。

一位出入山内家的栋梁山田喜右卫门道："怕是对马守大人的夫人吧？"再经他详细调查一番后，终于确定是她没错。

承云通过山田喜右卫门的关系，跟山内家提出想要拜见夫人。他很容易就得到了许可。这个时代的诸侯夫人，与德川幕府时代不同，行事随意，没有多少与世间隔离的不食烟火态。

不过，毕竟身份悬殊，无法在府邸内见面。于是，又借了一条的那间尼姑庵。千代前来拜佛，偶然间碰到石川承云，于是稍微聊了几句——以这种形式会面。

承云见到千代第一眼时便跪拜下来。

（这……这也怃——）

很美，而且她眼角蕴藏的笑意，是别人模仿不来的。只这一眼，其他的解释都是多余的了。他只一个劲儿地感谢千代赠与的小袖。

"该我谢谢您才对。加乃妹子还喜欢穿么？"

"那……那是当然。"承云不愧是工匠出身，对千代的艺术创作心思简直感同身受。经他之口，千代小袖的故事就这么传开了。后来竟传至九州征伐战中的秀吉耳里，由此可见，传言是多么可怕。

笔者必须为千代辩护一句。她在京都这样特立独行，并非为了炒作名声。可谁知结果还是传入了北政所的耳朵里。千代被召往大坂。

"啊，你终于来了。"北政所道，"我想跟你要样东西呢。"

宁宁哪怕成为关白正室这般的贵妇人，她的尾张方言还是一点儿没变。尤其是对千代这样，从信长的岐阜时代便有交往的妇人说话时，是决不会用京城女官腔的。这亦是北政所的魅力之一，在尾张出身的部将中有着绝对的人气。

"请问是什么样的东西呢？"

"唐锦碎片织就的小袖，我也挺想要一件的。"

"哦，这样啊。"千代稍稍面露难色。

北政所已经超过三十五岁。说实话，千代不大有兴趣来做适合这个年龄段的小袖。千代的创作欲望，是那些犹如新萌生的嫩芽般的少女所驱动，是为了那些美丽而神秘的生命，她才会在街上上演那种"奇怪的举动"。

（被要求做而做，不就跟裁缝一样了么？）

就千代来说，艺术是按自己的创作意愿而创作出来的。

所以即便作品的亮相方法甚是奇特，在京城内外仍然赢得好评如潮。

"或许有难处？"北政所不会妄自尊大，她是个聪明人，"那我也只好放弃啦。"

她这么一说，千代反倒不好拒绝了："我的作品或许不能尽如北政所夫人所愿，如若夫人不介意的话——"

"当然不介意，太高兴了！"北政所击掌言欢，"你真愿意给我做一件？"她的性情跟以前没有半分变化，还是多以物喜的心性。

千代也受了感染，高兴起来："我就试试吧。"说罢，这才退下。

退下之后千代才察觉到北政所的胸怀之大。那个时候千代自然应该回答——真是无上荣幸之事！——这是作为一个小大名的妻子应有的礼仪。可北政所的热情与友善，实在不容人说出那种千篇一律的套词来。她的身上完全没有那种贵妇人的冰冷、高高在上之感。说得更正确一点儿，是北政所在求千代，因此千代这才好不容易——我就试试吧——用这样施恩的态度结束了会话。

（我真是不懂事啊！）

尽管千代后来很后悔，但她知道这正是北政所的魅力所在，于是也就释怀了。经此一事，千代比以前更为喜欢这位同性了。这将为他们夫妇带来怎样命运,她现在当然还无从知晓。

完成了!好一件美丽的小袖!

"简直不是这个世间能有的嘛!"千代侍女们的话语里完全没有客套的成分。唐锦的华丽与千代独特的匠心做出的这件色、姿和谐的小袖,真可谓美得让人心醉。

现代人可能不知道,当时,从中国明朝舶来的绫、罗、绸、缎这些丝绸织品,在日本还制作不出来。室町幕府时代,开始了对明贸易之后,这些锦缎便随之舶来日本,从将军到富裕贵族们,都一掷万金想要一睹为快。特别是在斜纹软缎上用各种金线、银线、彩线所织就的蜀锦,那更是炒成了天价。就算那些唐锦碎片,在很多人家里都被当成了传家宝。

到了千代这段时期,多少有些日本产的唐锦上市,但都是明朝的织工为了躲避内乱逃至堺市,由收留他们的堺市手艺人让其织就出来的,生产量极少。生产量逐渐增多,是在此后秀吉将堺市的技术传至京城,开辟了所谓西阵机织地以后的事情了。

总而言之,那是个对唐锦十分仰慕的时代。北政所亦是不得不因此而感动。

千代把做好的小袖呈献给北政所后，北政所将其挂在衣架上，看了整整一天。数日后，北政所请来千代，作为还礼赐予了她很多东西。

"说不定千代是天上的织女星下凡呢。"

千代一听，不由得微微一笑，道："我才不愿当织女呢，一年只能跟丈夫牛郎见一次面，怪可怜的。"

听她这么一说，北政所又拍手笑道："哎呀，看来我才是织女啊。"秀吉自出征九州以后，便一直在外没有回来。

这之后不久，天正十五年（1587）七月二十五日，秀吉平定九州凯旋归京。两个月之后，便住进了聚乐第。

秀吉还去恳请后阳成天皇移驾聚乐第，而且得了应允。于是，他便开始着手准备，想办成史上最为华丽壮观的盛典。秀吉想借天皇出行聚乐第的规模之大，来彰显自己平定天下（还剩了关东以东）的伟业。不仅如此，他还要借此以证明自己地位仅次于天子，让麾下的诸位大名，乃至天下普通臣民都能亲眼见证。

秀吉喜欢游园，但没有任何庭园能比得过聚乐第的规模，而且对秀吉来说也没有任何庭园能比得过聚乐第的政治意义。

伊右卫门也掌管了这次准备事宜的一小部分，正全力以赴。

——千代呢？

接下来的一大段，将会讲述千代的事情。

没有人比秀吉更没有架子的了。为了这次空前的盛典，他就像是个礼仪组长似的亲自召集各位奉行前来，并一一做了详细指示。连盛典当天也是兢兢业业。

后阳成天皇在盛典当天穿了山鸠色[4]束带御衣，首先从皇宫南殿出行。只见御驾亲临的一条路上，南殿到长桥，均铺了一色毛毡，这自然是喜好奢华的秀吉想出的点子。天皇出了南殿，在毛毡御道上踱步而行时，秀吉躬身上前，拾起天皇衣裾跟随在后。之后天皇坐上了凤辇。凤辇这种车驾，怕是好几代天子都没坐过了。

只见凤辇启动，出了皇宫的四角门往北，再经正亲町街往西，离目的地聚乐第还有十几町的距离。路口、沿道上有秀吉麾下六千名武士整装列队。

首先经过的是天皇的队伍。

队伍前列是带官帽的武士；其次是太后新上东门院以及女御、女官之列，仅此一列便有至少三十抬轿子，轿子旁跟着百余个侍女；然后是亲王、公卿、殿上人的一支漫长队列，他们的随从、武士、杂役等数百人亦跟随在侧；终于，四十五人的乐队奏响"安城乐"走过后，凤辇姗姗来迟。

之后是左大臣近卫信辅、内大臣织田信雄，还有公卿乌丸光宣、日野辉资、久我敦道，然后是武家德川家康。

家康之后，是秀吉的异父胞弟秀长，之后是大纳言[5]、中纳言。

秀吉的队伍便在其后。前列大名有增田长盛、石田三成等七十余人，均骑马缓步而行，山内对马守一丰亦穿了官衣戴了官帽走在里面。关白秀吉坐在轿子里，前后经过的武士至少有一千以上。

凤辇终于到达聚乐第了。繁复的仪式，丰盛的酒宴，尽善尽美的言辞都不足以表达它的好。战国百年来，过惯了贫穷日子的天皇与公卿们，定是从没参与过如此开心惬意的游园活动。

本来预计是停留三天，可公卿们实在玩得开心，便恳请天皇去询问秀吉："五天如何？"秀吉自是大为高兴，又多加了好些玩乐的点子。雅乐、酒宴、诗歌，还有晚间的夜游之宴。

同一时间里，在聚乐第的某个房间里，还展示着一件小袖。正是千代为北政所做的那件。秀吉领着天皇来到小袖前，道："这是在下一位家臣的妻子想办法做出来的。"

年轻的天皇惊叹此衣之美，问："能做得如此美丽衣裳，到底是怎样的女性？"

正是北政所对秀吉提议,要在聚乐第展示千代的小袖。或者可以说相当于今天的"个人作品展",这很可能就是美术、工艺品等作品展览的鼻祖呢!

天皇、公卿都意外地给予了极高的评价,这可把秀吉乐坏了。在聚乐第盛典结束后,秀吉特意对北政所道:"宁宁啊,展出太成功了!"

"京城看衣裳的眼光很高呢。"北政所这么说,多少有些言外之意。

秀吉毕竟曾经地位低贱,说白了,就是尾张的乡下人。而他的诸侯大名们也多属此列。虽说此次盛典里大家都衣冠束带礼数有加,可追根溯底不过是尾张、三河、美浓等地的一些当地武士、野武士、农夫的出身罢了,即所谓沐猴而冠之列。

(俺也出人头地了!)

大家心里这么想,可与京城公卿们一对比,那股莫名的劣等感总是挥之不去。尤其秀吉更甚。这种心理也驱使他不得不办一场风风光光的聚乐第盛典。因此,才需要把千代缝制的衣裳拿给天皇、公卿看,用以证明——咱也不是野蛮人!咱也有高品位高手艺的人!更何况,千代的小袖不负众望,载誉而归,正所谓事实胜于雄辩。

"真是个好妻子啊!"秀吉道,"她丈夫一丰,论吏才远不及石田三成,论武功连加藤清正一根手指都比不上,可哪知他却娶了日本第一贤妻!"

"日本第一?"

"呃不,"秀吉大笑,"除了夫人您以外。"

"这么说来,"北政所改换了话题,"山内对马守一丰大人也算是咱的老家臣了,可怎么就没见多少出息呢?"

"好像他是长浜城主吧?"秀吉仿佛极力在脑中思索伊右卫门的影子,"有多少封地来着?"

"二万石多点儿。"北政所对大小名的封地、俸禄均记得一清二楚。

因她对行政上的人事很是关心,所以常常插手秀吉的人事安排。当然她并非是为了满足私心或凭一己所好,而只是对秀吉无法想得周全的一些细微处做些调整与补充罢了。因此,她虽"常常"插手,却不至于产生弊害。

"少得可怜呢!"她不经意吐露一句。

"的确。"就在此时,秀吉的脑子里才存了伊右卫门的待遇问题。这都是托了千代小袖的福。

注释:

【1】日光:地名,在今栃木县。

【2】勘定奉行：大名家中，掌管年贡收支等的官职。

【3】市女笠：从平安时代到镰仓时代，妇人外出时所戴的带纱帘的斗笠。

【4】山鸠色：是一种不鲜明的黄绿色，是日本皇族服饰所用色调，属禁色。

【5】大纳言：官职的一种。律令制中，相当于仅次于左右大臣的太政官的次官。

春日迟迟

盛典后不久的一日清晨，在京都的山内府邸发生了一件事。门卫跟平素一样出门打扫，却在地上发现一个婴孩儿。

"莫非是弃婴？"门卫上前定睛一看，才发现包裹得很仔细。婴儿被一件母衣包裹起来，一看便知是有相当身份的武士所弃，并非寻常百姓。

所谓母衣，是用鲸须撑开的披风，常披于铠甲之外，有防流矢的功效。不过归根结底，大抵是装饰性大于实用性。而且与其说是装饰，不如说是武士身份的象征更为确切。那些大将特别应允可以着此披风的一众上级武士们，甚至被称作"母衣众"。

此事很快掀起一番波澜，消息从门卫一层一层往上传，终于传到了伊右卫门与千代的耳朵里。已经当上重臣的祖父江新右卫门道：

"还是个婴孩儿，虽不知是聪明还是愚钝，但一双眼睛滑溜溜的。更奇怪的是，竟不哭不闹。"

千代听了甚感兴趣，命人即刻带来。

只见婴儿娇嫩的躯体由一件红色披风裹住，而且上面还有一枚织金唐锦所制的石清水八幡宫的护身符。打开包裹，一把短刀便掉了出来。那是美浓的关刀[1]，并非泛泛之辈的短刀。

"看来，是个相当有身份的武士的孩子呢。"千代对伊右卫门道。

（千代你也太好事了吧。）

伊右卫门脸上的神情暴露了自己心中所想。

可婴孩儿依然不哭，甚至，还对千代嘴角微翘笑了笑。千代不禁想起女儿与祢，道："这个孩子，咱们收留下来吧。"

"咱们家？"

千代这话所包含的意义非比寻常。因为山内家没有子嗣，所以就算是捡来的孤儿，如果在山内家抚养长大，便有继承家业的可能。

"千代，你竟也会说些不合时宜的话，咱们家已经是大名了啊！"

"是大名啊。"千代的表情仿佛在说：那又如何？

"若是开了先例，那些弃儿都跑咱家来了怎么办？都要捡回来抚养？"

"我没说过都要捡啊，只是说想收留这位'拾君'罢了。"

"拾君?"伊右卫门没想到千代连爱称都想好了,"你疯了?连姓氏都搞不清的弃婴——"

"呵呵呵……姓氏搞不清又怎么了?这个孩子若是聪颖勇敢,哪怕把整个山内家都给他不也挺么?"

当时这件事在京城上下传得沸沸扬扬,人们都叹"这孩子真好运"。山内对马守更是贤名远播,连庶民百姓都知道了。

这个孩子通常被称作"拾儿"。正如千代所预感的那样,后来成长为一名德才兼备的少年。

当时,伊右卫门收留他做了义子,正好家臣之一五月藏右卫门的妻子生了男孩儿,有奶,于是就让她做了乳娘。这个孩子极受大家的喜爱,可最终还是未能从义子变作养子,也就未能继承山内家。

武门是以血统为尊的。拾儿是捡来的孩子,这是事实,以后家臣们能否恭恭敬敬尊其为主人,这事儿实在很难断定。

拾儿长到九岁时,千代打算将他的身份变作山内家养子,于是去跟伊右卫门商量,伊右卫门又跟重臣们商讨。

"这可使不得。"重臣们一致反对道,"请大人从血亲之中挑选养子吧,若非如此,下属们实在难以誓死效忠啊!"

伊右卫门还有一个亲弟弟，即以后的山内修理亮康丰。捡到拾君时，他还只是个少年。后来，康丰的长子"国松"被迎为养子，成为山内家第二代，即土佐守忠义。

讨论拾儿能否成为养子一事，已是距现今八九年之后的事情了，那时夫妇两人所构筑的山内家又大了一圈，家臣亦多，对此种问题仅夫妇两人也是不能自由决断的。

"拾儿真是可怜。"千代一生之中都这么说。

拾儿十岁时剃度出家，以山内家连枝的身份皈依佛门，所住寺院便是伊右卫门夫妻的女儿与祢的埋骨之地——京都妙心寺大本山。他在此拜南化国师为师，长大后成为一代学僧，世称湘南和尚，尔后更以山崎暗斋的师尊而著称。湘南和尚与千代的母子情维系了一生。

还是书归正传，回到故事的现在吧。

秀吉的天下还未完成最后的统一，"异国"存在于关东，即北条氏。北条一族从战国初期的英雄北条早云到如今已经历五代，前后长达一百年。领国占据了关八州的大部分，二百八十万石左右。北条傍依箱根一地的天险，在小田原建了一座巨城，其城下的繁荣之态仅次于京都与大坂。

秀吉先是行外交之术，想令其臣服，可不料遭遇挫折，于是只能开战。

"千代，有战事了，高兴吧？"在秀吉发出军令的天正十七年（1589）十一月，伊右卫门一回到长浜城便这么说道。许久都与功名无缘了，这次机会难得。

天正十七年（1589），秀吉的势力范围已经囊括天下六十四州之中的五十八州，一千六百五十万石，能动员的兵力高达四十一万二千人。以此武力去攻击关八州的北条氏，胜败显而易见。可秀吉还是十分用心。因为这是一个英雄的时代，秀吉麾下的诸位大名之中，说不定也会有不满足于现状的野心家存在，愿意与北条里应外合，将丰臣的天下掀个底朝天。

为防万一，秀吉命令麾下诸位大名妻儿均要搬到京都。这便成了人质。

"关白殿下定是怕德川大人吧。"千代又开始了对伊右卫门的政治教育。

丰臣家最强大的大名便是德川家康。家康领地所在的东海一地，正与领国在箱根以东的北条氏相邻，地理上很近。若是两者一拍即合，则可构建一支五百万石以上的联合军，其实力足以逐鹿天下。更何况，家康与北条之间已经联姻，缘分极深。

千代认为："定是因为不能只扣留德川大人的家眷，所以这才对其他大名也一视同仁的。"

她搬去了京都。

天下诸侯的妻儿都集中到了京城，这里每日都像下了黄金雨一般一派繁盛景象，成就了京都市的一次空前盛世。还有各国前来的商人、手工艺者、劳力等也都一齐涌了过来，人口几乎一下子翻了番儿。

京城亦是舆论中心，从公卿到庶民大家都一致赞扬道："丰臣关白殿下真是福神哪！"秀吉生前的人气，此刻已达顶点。此番京城的繁荣一直为后世所称道，难怪秀吉会成为史上最受欢迎的人。

可是，千代猜测错了。

秀吉比她更为聪明。家康送来的人质，秀吉原封不动送还了回去。那是一个叫长松的十二岁少年，后来成为德川幕府第二代将军秀忠。

长松在家康麾下数人——井伊直政、酒井忠世、内藤正成、青山忠诚这些后来成为德川幕府亲信大名——的护送下，来到聚乐第拜见秀吉。

"好孩子！真是好孩子！"秀吉拉着长松的手，还去内庭见了北政所。

北政所是个热心肠的人，也道："真是好可爱啊！"说罢，亲自用梳子给长松梳头，重新打了个京城式样的发髻，给他换了一身新衣裳。秀吉还送了他一把黄金太刀嘱他带好。总之是照顾得十分周到。

"回你父亲身边去吧。"秀吉不久后便让孩子回了浜松。

秀吉这样做,自然是希望赢得家康的真心臣服。他的这番心思,只听到一些传言的千代很快便明白了。可是,这次北条征伐战的主战部队,秀吉选的就是家康的德川军。他肯定是做好了最大损失的准备,这也正是秀吉虚实难辨的政治手腕。

关东八州之王北条氏,是延续五代且历经百年的老资格大国,这个在前文已有提及。他是在逆时势而行。

秀吉得了天下——这点北条心知肚明。可他却太自不量力,而且不辨时势。他对以秀吉为中心的社会新秩序完全无法理解。"臣服了吧"——这样的谏言几次三番磨得他的耳朵都起了老茧,可他就是不愿静心考虑。终于,只剩了"战"这一种手段。

对秀吉来说,战比不战更划算。北条氏的领地大大小小加起来,毕竟有二百八十五万石左右。若战,这些都可以分给丰臣麾下的诸位将士。

在决战定下之时,北条方面也有人豪言不断:"兵是关东的强,咱们只要有关东的强兵在手,京城来的那些就跟木偶一般没什么两样了。"

还有人道："咱们还有箱根。"的确，箱根天险可谓战术上最强力的后盾。

说句题外话，后来在德川幕府的江户防卫中，也是凭借了此处天险。德川幕府自创设以来的假想敌，有地处防长的毛利与地处萨摩的岛津。如若毛利、岛津从西部举兵东进，首先就会在姬路进行阻击，不幸失陷的话就退至大坂城，第三道防线是名古屋城。此三城是德川时代最大的城郭，这样布局也是理所当然。可是，若是三城均不幸失陷，最后就在箱根借天险以御敌。

可是，看幕府末期维新战争的结果，箱根很容易就被击溃，江户城毫无阻碍地迎来了维新官军。只凭借名声响亮的坚城、天险而得享太平的例子，历史上实属少见。

再举一个例子，大坂城。秀吉造城之时确实是当时世界上一流的大要塞，日本史上如此大规模的城郭，可谓前无古人后无来者。

秀吉过世后，丰臣的遗老们豪言壮志："只要有大坂城在手，天下无论有多少大军，均不在话下。"正因为对大坂城的防御功能做了过高的评价，大坂方面只用了十万浪人来镇守。结果在夏之阵被攻陷。

还有，幕府末期最后一位将军庆喜进驻大坂城，率领幕军进发京都，却不料在鸟羽伏见一地战败。然而，鸟羽伏见之战只不过是一次单一战斗的失利，幕军并未遭受到毁灭性的打击。如果退回大坂城，死守抗衡，或许历史便会改写了。可是，谁知将军庆喜竟然弃城而逃。

以易守难攻著称的箱根与大坂城，均有两次大战经历，而这两次都被对方轻易攻破。由此可见，防卫战真不是靠天险或要塞便能取胜的。

北条方在小田原城做好了守城准备，兵力达七万余。

北条的小田原城，可不是今天的小田原城遗址那般狭小。怎么说也都是历经五代百年时间而筑就的一座巨城。曾经想攻破此城的武田信玄、上杉谦信，最后也都铩羽而归。

"不败之城"——这种自信，在城中上下均可感受得到。

而且，不只本城，还有另外八座支城，遍布于箱根山脉的山腰与山麓，分别是新庄城、足柄城、浜居场城、山中城、鹰巢城、韭山城、德仓城、泉头城。小田原本城周围还有许多军营：宫城野、汤本、片浦，均可驻守相当的兵力。骏河、伊豆这些海岸之地，作为海滨防守，建了无数的小营垒，还有狮子浜、重须、安良里、田子、下田这五处城垒。

以上是东海道方面。中山道上有松井田城与西牧城把关。防卫甲州街道与武州方面最大的城郭，是钵形城。

"如果一丰夫君——"千代问伊右卫门道，"是关白殿下的话，会怎么进攻呢?"这亦可算作千代对伊右卫门的教育。

"俺呀,"伊右卫门一脸愠气,"不过秀次大人手里捏着的一只小大名罢了,多想无益。"

"哎呀,怎么跟个小孩子似的。"千代扑哧一笑。

"你总是拿俺当笨蛋。"

"哪里呀?"千代可不愿承认,"人家才没有把夫君当什么笨蛋呢。正因为不把夫君当笨蛋,所以这才问夫君如果是关白殿下会怎么做的嘛。"

"你总是有理。"伊右卫门只有苦笑。

千代希望伊右卫门对大局形势开窍。只一味出阵、战斗的人,只能是个寻常武士,要想成长要想坐大,须对天下政治、天下军事了然于心,再去完成上级分配下来的任务。

"要是俺哪,就先放着小田原不动,其他支城先一个个解决了,剩那一座孤城让它慢慢耗着。"正是如此,秀吉大概也是这样打算的。可具体该如何行动呢?伊右卫门是不甚清楚的。

"若是天下之兵都围住小田原城,战场上无法筹集足够的粮食,最后关白军只有饿着肚子撤退这一条路吧?"

"是这样。"

"关白殿下肯定有一个运输兵粮的万全之策。一丰夫君认为该怎么办呢?"

"不知道。"伊右卫门不耐烦了。

待到帷幕拉开后谜底最后才揭晓。连千代也不得不惊诧于秀吉的作战计划之缜密、壮大!

伊右卫门朝战场进发了。另外还有六个丰臣秀次麾下的大名军团,在近江八幡集结完毕后,于二月十七日往小田原的战场开去。

诸军的第一集结地,是东海道黄濑川的平野之上。来到此地时,伊右卫门实在是被整个壮观的景象给镇住了。

(这……这……)

田原山野河原之上,人、马、旌旗密布,挤挤挨挨望不到边。陆陆续续还有更多前来的军团,可眼下至少已有十万余到达了。简直可以说是武士的大游行。这次作战就像一个庆祝大会,秀吉想借此完全确立自己的政权,以夸耀内外。

海上有水军。承载将士与物资的巨船首尾相接,绵延不断。这些水军多由濑户内海沿岸、志摩半岛、四国的太平洋沿岸的大名所负责。

历史上最早的水军大名,当属自源平时代便与熊野海贼颇有渊源的九鬼嘉隆(志摩国鸟羽城主)与同为村上海贼后裔的来岛通总(伊予来岛列岛岛主),另外还有淡路志知城主加藤嘉明,同洲本城主胁坂安治,土佐国守长曾我部元亲，和泉、纪伊、大和国主羽柴秀长，备前、备中国守宇喜多秀家，还要加上毛利水军。

秀吉比伊右卫门等人晚几日到达箱根山脉西方，从沼津进入三岛。

"走，瞧瞧敌情去。"秀吉开始爬山。沿着箱根山道攀爬四里，有一个芦之湖。可秀吉只走了一里。因为前方就是"北条王国"的最前线——山中城。

秀吉视察完周遭的地形，下山回到己方的长久保城。家康一直随行左右。

"大纳言，"到了城郭处，秀吉脸上浮起讨好的微笑，对家康道，"敌军最前线有山中城、韭山城两座。躲在后面的后面的那座小田原本城，看样子是指望着前线支城的防护，自己是不打算出来作战的。内府[2]大人可有什么作战计划？"

"是这样的，"家康也是个巧言令色之人，肉墩墩的脸上堆满微笑，察言观色道，"山中、韭山二城，可用强攻破其中之一。这样趁势夺了山中间道即刻往小田原城东部进发，便可阻断本城与支城的联络。在下愿担当先锋前去东部。之后大人率大军进逼城郭西口，则包围阵势便完成了。"

听此一言，秀吉乐了："德川大人为先锋，俺率大军，明韩（中国、朝鲜）百万之师亦不在话下呀！"这正是秀吉会说的那种奉承话。而且，他完完全全采用了家康的作战计划，亦可算作对家康的怀柔之策。

秀吉与家康之间，有着微妙而奇特的关系，古今之中怕是少有他例吧。阵营里开始谣言四起。

所谓谣言，便是家康会背叛秀吉，进而与小田原联手，要将丰臣的天下搅得天翻地覆这种话。

"好像是真的呢。"谣言也传入了伊右卫门耳朵里。他们知道得已算晚了，同僚敦贺城主大谷吉继对他们说："你们还不知道？阵营里连一般武士、足轻兵都听说了呀。"

"的确属实？"

"啊哈哈！谁知道呢！这世上本来就真假难辨。任何事实都有真假两面，是真亦是假，是假亦是真哪！真正的智者，得从事情的真假两面上去判断。"一位满腹哲学的武将说了这样一句仿佛很在理，却又让人摸不着头脑的话。

伊右卫门在战后终于得知好像是事实，总之，印证了"无风不起浪"的老话。

起因是织田信雄，即信长的儿子。秀吉对他很是照顾，还给了他内大臣的官位，让他做尾张清洲城主，是秀吉幕下仅次于家康的大名之一。但信雄对秀吉夺了自己父亲的天下一事耿耿于怀，始终心存芥蒂，还曾经唆使家康与自己联盟，有过小牧、长久手之战。

"三介（织田信雄小名）真是愚钝！"当时在与父亲信长比较之下，很多人都这么说，事实上也的确不过是个普通人。而且不仅平庸，更不知道自己的斤两，不明时势，只一味憎恨秀吉。这次，他率了一万五千人出征。

这位织田信雄，在某个夜晚突然造访了家康的阵营。

"噢，这不是内府大人（信雄）吗？深夜来此，可有要事？"家康语言柔和，态度恭谦。

"德川大人，"信雄环视了一下周围的将士，"请屏退左右。"

家康觉得甚是难办。自己与信雄本就遭人怀疑，毕竟两人曾联合武力反对秀吉夺取天下。

"这里都是与鄙人情同手足的人，就没有必要退下了。来，正好今日浜松送来好酒，咱们就喝点儿小酒，不说那些沉闷不快之事。"家康是在暗示他不要涉及政治，可信雄听不懂。

"没必要屏退？那好吧。真不愧是德川大人，有这么明理的手下。那我就在这里说了。"

"……"家康无语。

"我有一个妙计。"

"何种妙计？"

"秀吉在沼津。德川大人有三万兵马,我有一万五千,只要这两支军队以迅雷不及掩耳之势包围秀吉阵营,再突击猛攻,便可取下秀吉首级,夺回我织田家从前的天下。"

"哦,从前的天下——"如今可不比从前,家康对此最清楚不过。

"你是要伺机杀了关白殿下?"家康微笑道。

"现在就是个好机会。"织田信雄道。

"不可。"家康为了撇清嫌疑,声音陡然大了一倍,"人要以信义为重。正因为关白殿下对家康深信不疑,家康才能安稳地经过自己领地三河、远江、骏河三州,到达此地。若家康有叛逆之心,早就在那时改旗易帜了。一个武士怎可做出如此背信弃义之事?"

家康此人大道理一箩筐,到底是否真心无从知晓。他从年少时便以仗义守信而著称。"仗义守信的三河大人"指的就是家康。在与信长同盟的时代,有好几次都被信长所背弃,尽管如此还是不离不弃信守与信长的承诺。这已成为他的看板之一。

"德川大人坚守承诺。"

"德川大人只要点了头,便没有办不到的事,也决不会被出卖。"

这些都是家康的财产。家康的强大就在于他在世间的信用，与一直追随他的三河武士兵团。

后来，在秀吉病危前后，此人像是变了个人似的，使出数不尽的权谋，最终夺了秀吉的天下。此番人格变化，又是怎么回事？总之，当信长这个天才强盛之时，他便顺从信长；秀吉强盛时，他连一丁点儿谣言都会害怕。

奸恶——这或许就是后世对家康奇怪性格的印象。只要感觉斗不过，便跟贞女一般显得贤淑惠德；一旦时机来临，便跟老婆子一样唧唧歪歪想方设法不达目的决不罢休。用人间妖怪来比喻家康，兴许更为恰当。

"是吗？"笨蛋信雄像蔫了气儿一般沮丧地走了出去。

这便成了谣言的火种。

家康协同秀吉去箱根山上勘察敌情时，因孤军深入，有一瞬间秀吉身边只剩了十三四人左右。

"大人，就是现在了。"家康幕将之一的井伊直政拉了拉他的衣袖。可家康却不动声色。

回到阵营后直政问道："那时，咱们兵马有两百，远超对方。完全可以简简单单地取了关白的命。在下拉大人衣袖时，为何大人不动声色？"

"关白殿下是信得过咱们，才让咱们跟随在侧。我可不愿意斩杀一只笼中之鸟。"他继续说道，"能否夺取天下，除了人力以外，还有天运。若是违逆天意仅靠人力去抢夺，是得不到天下的。明智光秀就是一个绝好的例子。"

可是，家中有关家康谋反的谣言却依然不得消停。

终于，家康谋反的谣言传到了秀吉耳朵里。那是在沼津的阵营之中。

都说是石田三成告知秀吉的，但事实上不是三成。进入德川时代以后，御用史家们把所有坏事都推到了石田三成身上。

"怎么会？"秀吉大笑。他只教训了一句便再不言及此事。

第二天一早他吩咐左右："走，去德川大人的阵营玩玩儿。"说罢即刻出发。可是，他没带任何武士，只五个小杂役跟着，身上也没穿铠衣，只一件颜色鲜艳的小袖，外套绯色锦缎的裃子，用现在的话说就是夏威夷休闲装。腰间倒是插了把短剑，但刀是让随从拿着的。

一路上，他一如既往大声说笑，正午来到家康阵营。

"这……这不是关白殿下么？"家康对秀吉这种随意到访感到极为震惊。

"俺来玩玩儿。"他让人拿了酒出来，与家康共饮。

"真是不尽兴啊。德川大人阵中就没有可以跳舞助兴的风流人物么？"他又问。

"倒是有几人会，不过都是乡下人自娱自乐的玩意儿。"于是叫了人来跳舞。

秀吉玩得甚是开心，一直到日暮。

"还不过瘾呢！德川大人，咱这下去哪里玩儿好？啊对了对了，内府（信雄）那里如何？叫他拿酒出来招待咱们。"

家康闻言，无从拒绝，只好陪同前往。又因秀吉只带了几个小杂役，家康也没敢带上武士，只叫了一个小杂役跟着。

到了信雄的阵营，秀吉一进门就朗声道："咱们讨酒喝来啦！"

信雄被吓得不轻。

秀吉又道："只一些爷们儿晃来晃去的多无聊。去找些当地的姑娘来，眉清目秀的，会跳舞的，会打鼓的，咱三人快快乐乐喝到天明如何？"

"遵命。"信雄只能服从。

年轻女子二十来人找齐后，酒宴便开始了。秀吉并非善饮之人，可这种游乐最为拿手。只要他在场，无论手下随从还是姑娘们都会跟着他飘飘然起来。

一夜尽兴后，第二天旭日东升时，他才摇摇晃晃打道回府。

如此一来，不吉利的谣言自然就不攻自破销声匿迹了。

当然，这正是秀吉要消除谣言稳定人心的策略。在此事上，信雄与家康完全被秀吉的政治手腕压制得服服帖帖的。

秀吉军在小田原城的战事里，首先打算攻击前哨阵地——箱根的山中城。

在今天的箱根山中新田的西北方，还有一处此城的遗址。北面是本丸、西面、南面有两个副城楼。在遗址里还可看到很少一部分空壕遗迹。

北条方挑选了家中猛将松田康长、北条氏胜、间宫康俊、朝仓景澄等人屯驻于此，守城将士共计四千人。

而其对手秀吉，动员了总计六万七千八百人来攻城。部署之中，右翼有池田辉政、木村重兹、长谷川秀一、堀秀政、丹羽长重；中央有羽柴秀次、羽柴秀胜；左翼是德川家康。

山内伊右卫门一丰在中央军的秀次麾下，且是先锋。先锋第一队是中村一氏队，紧接着是堀尾吉晴队、一柳直末队、山内一丰队、田中吉政队。伊右卫门这时第一次将异父弟修理亮康丰加入战阵中。

"怕么？"伊右卫门徒步攀缘在山路之上时，这样问弟弟康丰。

康丰年仅十八。或许是年纪太小的缘故，脸颊尽显苍白之色。

"这很正常。"伊右卫门劝慰道,"见到敌人后,只管一个劲儿挥枪往前就好。人的勇敢怯懦是没有多大区别的,敌人也怕咱们怕得要命呢。真正的区别就在于能否忘掉死亡,达到忘我的境界。"

伊右卫门麾下的各小队队长,有深尾兴右卫门重良、林传左卫门一吉、市川山城等,都是千代亲手挑选栽培出来的好手猛将。

攻击军首先到了山中城前沿——岱崎城。

先锋队长中村一氏命令手下小队队长渡边勘兵卫前去侦察。勘兵卫后来转入增田长盛麾下,而后成为藤堂高虎的手下,以能征善战为天下所知。

勘兵卫来到岱崎城城垒处,仔细查明了从城头发射出来的铁炮数量,再小心回城禀报:"从硝烟的状况来看,铁炮足轻只有五六十人。由此推算武士与步兵,可知大约有百数十人。城郭正面也仅有十八丈宽,并非牢不可破。只要稳扎稳打步步进逼,要夺城并不费事。"

结果确如勘兵卫所言。

伊右卫门队里没有这样的能征善战之才,不过伊右卫门心想:"中村一氏队中有渡边勘兵卫这般在战场上游刃有余的能人,那只要跟着中村队走,必不会错。"于是,此次的作战方针便这样定了下来。

中村队急行前往，已逼近岱崎城仅十町之远。伊右卫门队也跟随前往。

那时秀吉只带了手下几骑武士，跟着先锋来到前线，大吼道："上啊，去给俺夺下来！"

秀吉是战国时期首屈一指的攻城名将。他不顾关白的地位之尊，亲自前往最前线视察。当士卒们眼望城头，心里自然而然生出怯意时，他便抓准时机在那里大吼两声，又能重新夺回士气。

士兵们犹如脱弦之箭，一下子逼至城边。诸队成群涌入空壕，在箭林弹雨之中横越壕底，再攀上石墙，鼓起勇气跃出空壕。

之后出现了一幕惨剧。

伊右卫门在攀缘石墙之时，突然一股血溅到自己头上。那是中村一氏手下的一位年轻人中村才次郎的血，年仅十八岁。才次郎是首次出阵，因太急于求成，犯下了致命的错误。

昨夜，他对阵中长辈们说道："明日是俺开运之日，俺定要第一个登上城楼！"为了行动方便，他脱了头盔、铠甲，只在白色小袖上套了一个红色胸甲。

这位少年虽是中村一氏的手下，但因与伊右卫门同是尾张出身，所以伊右卫门对他很熟悉。还在道上休息时，伊右卫门走过去见到才次郎身着轻装，便问："你就这么参战？"

"是！对马守大人。"才次郎单膝跪地，礼仪周到，"这样可以更加轻便灵活。"他稚嫩的脸上扬起微笑。

"穿上盔甲！你这叫做胡搅蛮干！"伊右卫门急道。

可才次郎听不进去，他脸上的笑里隐隐藏了对伊右卫门谨慎态度的轻蔑，道："用以博取功名的筹码就是性命。若是吝惜这条命，又怎能成为人上人？"

"至少把这红色胸甲换了吧，很容易成为敌军目标的。"

"容易成为敌军目标，也就意味着更容易让自己人看到。不管俺在本队名声如何，在其他地方俺还只是个无名之辈，俺要让大家都看见俺的行动，让大家知道俺就是中村才次郎。"

伊右卫门的山内队还在空壕底部躲避敌军的箭矢炮弹之时，这位才次郎说了声"抱歉"，便开始攀缘石墙，很快爬了上去。待终于爬至墙头，双手抓住城墙边缘一撑，想要纵身而出时，守城敌兵蜂拥而至，其中一人拿一把大薙刀将他探出一半的身子连腰截断。两手还紧抓着城壁，只下半身掉了下来。

"啧！"连观战的秀吉都不忍直视。

（是个汉子！）

位处正下方的伊右卫门想：

（男人都是功名饿鬼！看他对功名的执念，还血淋淋挂在城壁上哪！）

"给俺上啊——"一瞬间，伊右卫门也化作了魔鬼。有功名在城上等着。

攀缘城壁的损失最为惨重。

伊右卫门眼见着周围一个个攀爬的身影，遭了箭矢枪弹的攻击，像树上跌落的虫子般掉往壕底。

南无阿弥陀佛！

南无阿弥陀佛！

南无阿弥陀佛！

伊右卫门扯着喉咙大叫大嚷。其他人也是。日莲宗信徒，念叨着南无妙法莲华经；观音信徒，则嚷嚷着"念彼观音力"；般若心经信徒大吼"般若波罗蜜"。若非如此，实在难以登城。

有一位叫一柳直末的武将，是美浓轻海西部五万石的城主，官阶从五位下品伊豆守，亦是伊右卫门同僚。他是美浓厚见郡出身，从秀吉藤吉郎时代便追随左右，是秀吉麾下少见的老将之一。他以刚强无比著称，在秀吉的长浜时代曾被选为"母衣武者"（即主将亲自挑选的勇士团。战国武士以能入此团为最高荣誉），之后与伊右卫门相继晋升。

正因有如此渊源，两人关系极好。他常在大殿里对伊右卫门说："对州（伊右卫门）啊，俺就是个粗人，规规矩矩坐在榻榻米上这一套简直搞不懂。殿中各种事宜，俺跟着你做便是，兄弟可要教我！"

意外的是，他还作得一手好和歌，与另一位歌人学者即武将细川幽斋，也是关系亲密。在秀吉的诸位大小名里，大家对他的评价是"有趣之人"。没有奇怪言行举动，是个很招人喜欢的粗人。

这位一柳直末，跟伊右卫门的攻击方位不同，是穿过右面山谷从敌城后门进攻。可是途中，手下士兵们怯懦起来，不愿前行。因为侧面箭楼上枪弹、箭矢正雨点般飞来。

"怕啥呀？看俺的。"说罢，他便朝着箭楼往上攀。突然一发枪弹射中头盔护额的下方，直末跌落城头，再也醒不过来了。

"怕啥？"直末的弟弟直盛这个缺了门牙的汉子挺身而出，继续指挥，战斗这才持续了下去。

大名战死了。消息即刻传到秀吉本营。秀吉正在吃饭，参谋长黑田官兵卫走进帷幕之中，斟词酌句道："一柳伊豆守遭遇不测。"

秀吉猛地吐出嘴中之食，忙问："遭遇不测？是受伤了，还是战死了？"

"不幸战死。"

听官兵卫如此一说，秀吉的泪禁不住滴落膳食之中，喃喃道："这就死了么？……小田原就算得来，又有何益？那可是个关东八州也换不来的汉子啊！"

若是伊右卫门战死，或许秀吉就不觉如此可惜了，因他不像一柳那样是秀吉亲手培养出来的。一柳家后来由弟弟直盛继承，大名的地位身份一直维系到幕末。

这时，伊右卫门已经飞身跃入城内。

伊右卫门的成就应该归功于他的运气。他半生以来，经历了无数的战场，负过伤，也有危笃之时，但总能留得一命平安归来。他没有超群的功劳，没有出类拔萃的武勇，也没有运筹帷幄的才能。但不可思议的是，他总能夺得中庸之功。

这次的岱崎城攻城战也是如此，他领着二百五十骑武士，两千五百名足轻兵，跟着别队横冲直撞。接着山中城攻城战里，伊右卫门麾下将士亦是奋战不已，所得人头并不输于别队。

伊右卫门队攻入的是山中城的第三座城楼。此城楼守将是间宫康俊。防守战只撑了三十分，士兵大都丧命。间宫康俊退回内室，与儿子一同切腹自杀。伊右卫门踏入内室时，间宫康俊的头颅已经不见。

"惨哪！"伊右卫门思忖。

（这个世间，只有运气最可靠。）

信长、秀吉总能乘着时运鲤鱼跃龙门，而伊右卫门跟着这样的大将，从来没打过什么防卫战。他总是处于攻击的一方，且常胜不败。间宫康俊的不幸，是因为他只能跟着老国北条，运数已尽。

"主家一定要选好。"这便是伊右卫门的深切感受。

山中城在三之丸陷落后，二之丸、本丸也都相继陷落。与此同时，鹰巢城也落于德川家康之手。秀吉军已将箱根山脉打通。从山上望去，小田原本城一目了然。

小田原城已经失去箱根的防备，就好似裸城一般。但毕竟是关八州的首府，这座巨城并不容易拿下。此城城域宽阔，能把与富士山相连的小岭山整个儿装进去。周围五里见方，城壁极长，东西长五十町，南北长七十町。

"不必强攻。"秀吉在小田原城周围加紧造出一圈没有间隙的野战城垒，命诸将守备在此。包围阵势完工后，秀吉便率领大军从箱根撤回了汤本的早云寺。海上之路则由水军封锁完毕。这下要往小田原城内运输兵粮，可比登天还难。

总之，作战方针就是一个"困"字，秀吉有时间陪着耗下去，可敌军守城将士却不能做无米之炊。

秀吉攻城的特点就是不愿多伤人命，无论是敌方还是己方。所以在他的攻城史中，从没有过蛮攻的例子。

信长部将时代的鸟取城、播州三木城，是劫走兵粮令对方折服；备中高松城是用水攻；夺取天下之后的攻城战里，纪州太田城也是水攻。只有一个例外，就是对柴田胜家北庄攻击战。总之，他是尽可能用自己的方式来攻城。

这次小田原攻城战，可以说是秀吉式攻城的集大成。

伊右卫门在城北获洼山的一角，与羽柴秀次军一万余人一起筑好城垒，做好了长期滞守的准备。

城郭其实用外部武力是很难被攻陷的，大多数都是因为内部分裂，或是兵粮被劫，抑或遭受水攻，这才败北。更何况小田原城是与秀吉的大坂城齐名的巨城。

守城将士也骁勇善战，是自源平时代以来，被誉为日本第一的关东武士。而且，北条家这百年来的家史，已把将士们紧紧地团结在了一起。

"这些个上方军崽子——"他们的言语里藏不住对京城军的轻蔑。

北条家的当主氏政就说过："关东武士一百骑则可敌京

城一千骑。早在源平时代就有过先例，京城的平家率了十多万骑进入由比、蒲原一带，可因为害怕关东武士，搞得草木皆兵，连一群水鸟振翅起飞的声音都将他们吓得屁滚尿流。他们不就是连一仗都不敢打，便忙不迭从富士川逃回去了吗？"京城军就是这般华而不实。看总大将秀吉的滑稽扮相，就知道是明显的外强中干。

秀吉本没有胡子，却为了威严在唇边垂了几绺假胡须，还因为关白这个位分最尊的公卿身份，去染了个御齿黑[3]，看起来简直不伦不类。

他的盔甲也是绚烂华美之至。头戴唐冠头盔；身穿绯红革线串接起来的黄金鳞片甲衣；腰里松松垮垮挂了一柄太刀，明显是还未拆封的赠品；纯金的箭囊里只插了一支金箭，弓是朱漆缠藤弓；胯下坐骑也披了金铠衣，马尾上挂了一重红得像要燃烧起来的丝线。毫无疑问，是史上用以炫耀的最为奢侈的装备了。

攻城方式也非关东式。山中城一战，打得还算轰轰烈烈，可之后便再没有像样儿的战斗了。着眼之处都是运输大队，除了兵粮、弹药，其他各种物资也是源源不断从海上运送过来。正可谓运输大战。

"有这么打仗的吗？"小田原城内七万关东武士个个恨得咬牙切齿。武家的战法战术上，从未有过秀吉这样的打法。

更何况远不止运输这么简单。小田原城外，一座该称之为"丰臣市"的城市正在显露雏形。

秀吉命令诸位大臣道："攻城是个长期战，所以不如在这里修一座城市，俺叫淀姬过来，你们也叫上妻妾，在城里修房子住进去。要修就修好的大的华丽的，别省钱。喜欢喝茶的，不妨在府邸里修个茶亭建个庭园什么的。"于是，大小名们便争先恐后从各国各地找来各类工匠，紧锣密鼓开工了。

秀吉东南西北走来走去，筹划城市布局。商家、旅店、茶屋、集市、青楼等都配备齐全了。

伊右卫门叫来了千代。千代从近江长浜城来，看到眼前景象实在惊诧，问："这是在打仗么？关白殿下住在哪里？"

"现在在早云寺。好像是要在一个可以俯瞰小田原城的地方，筑一座极大的城郭。"

正是如此，秀吉的秘密城郭正在修建之中。

秀吉为了攻下小田原城，竟顺便建了一座城郭，可见此人的确有趣。

这座城郭并非临时搭建的用于野战的建筑物，而是一座真正的城郭，还有天守阁。地点在小田原城西南方的高地石垣山上，可将敌城一举一动尽收眼底。其规模之大，可谓

"不比大坂城、聚乐第差",仅本丸周围便有近一百四十四丈长。

工事正在秘密进行。前方树木繁茂,从小田原城看不见任何动静。工事进行到一半时,便在木材上贴了格子纸,远处看来就像是墙壁。待全部竣工后,才把前面的树木尽数砍去。

一夜之间,竟凭空冒出一座城郭。下面小田原城内的人见了无不惊慌失措。

千代也吃了一惊。

(真是不可思议的奇才啊!)

另外,更让千代吃惊的是物价。

在这箱根山脉之中忽地来了十几万秀吉军,大米等其他的食材理所当然应该水涨船高,于是千代建议伊右卫门:"兵粮与其在当地买,不如从近江运过来划算。"所以起初一段时间都是让兵粮奉行想办法从近江运米过来的。可奇怪的是,这里的米价却一直不见涨起来。与其千里迢迢运米,还不如在当地买米。

"到底怎么回事呢?"千代向伊右卫门打听原委。

"不知道。"伊右卫门一副傻样。

"一丰夫君哪,你这样可怎么当得好大名呢?为何会这样,你该找人去问问才对呀。"千代又开始了对伊右卫门的教育。

最后调查才知道，这是因为秀吉从中调剂了米价的缘故。在开战前，秀吉任命长束正家为兵粮奉行，事前给他一万枚黄金，道："用这些黄金去东海六国（伊势、美浓、尾张、三河、远江、骏河）买米，全部运送到战场附近来。"

长束正家的武功不过尔尔，这种事情却甚是拿手，与石田三成不相上下。很快，骏河的清水港里便建起了好几个巨型仓库，买好的米源源不断地通过船只运送过来，越积越多，竟达二十万石。这些米，正好起到了安定米价的作用，据说连一文都没涨。

（源平时代以来，连这种事都能办得滴水不漏的大将，仅此一人啊！）

千代简直钦佩之至。

六月二十六日，石垣山城——别名"一夜城"竣工，秀吉搬了过去。与此同时，石垣山城上的铁炮、箭矢朝着小田原城内齐发，围在外面的各个军团也开始对小田原城真正开始进攻。

据说秀吉是"撒谎"的名手，亦是替自己编织逸事的名手。千代也在这次小田原阵中，听到了各色各样的有趣之事。比如奥州的伊达政宗竟不远千里专程来降，好多人都乐此不疲地谈论此事。不过千代更感兴趣的是秀吉对德川家康的态度。

一天，伊右卫门去秀吉居城——石垣山城伺候，回来之后对千代道："有件有意思的事儿呢。"伊右卫门知道千代对秀吉与家康之间的关系极感兴趣，所以总是尽可能地去注意这方面的消息，久而久之竟成了习惯。

那天家康也在石垣山城伺候，秀吉带了他在城内散步。

"德川大人，咱一起去看看敌情吧。"秀吉道。

于是两人就走到城郭东北的箭楼附近，来到石墙边上。秀吉俯瞰敌城，笑道："啊哈哈，北条也不甘示弱，经营着自己的集市呢。"

小田原城内也叫来了很多商人，每天都有集市开办。有的阵营狂歌乱舞热闹非凡，有的则大摆酒宴觥筹交错。

"是在跟咱比耐性吧。"

"想必如此。"家康附和道。

"可是德川大人，俺这样天天看着，却发现去城内集市的商人越来越少了呢。真不愧是商人逐利，眼见城里的东西少了便拍屁股走人。不过不管怎样，这城以后就是俺的了。"

"大人高见。"

"关八州是日本最宽广的原野，自源赖朝以来，一直是首屈一指的养兵要地。"

"正是。"家康温文尔雅点了点头。他的那张脸,倒是很像隐居的富商,圆眼睛,宽下颌,皮肤纹理细密。若是温文尔雅地笑起来,就像一个绝对的好人。但若是独处一室心有所思,却又像极了深不可测的狡诈之人。

"德川大人,"秀吉问道,"北条这关八州共有多少石?"

"据说是二百八十五万石。"

"大国呀!"秀吉突然有了尿意,"哎,俺要撒泡尿。怎么样德川大人,要不咱一起撒?"

"啊?"家康不得已只好撩起衣角。正要尿时,秀吉却大叫等等,要他"朝敌方尿过去"。于是两人站在石墙边上,朝着小田原城的方向痛快地尿起来。

秀吉一边尿一边说:"怎么样,这座城郭,加上北条关八州,成事后都送给你如何?"

家康进入关东一事,就是此时定下来的。

注释:

【1】关刀:美浓国有名的刀剑制作工房——关刀冶炼,所制作出来的刀。

【2】内府:即内大臣的别名。

【3】御齿黑:即把牙齿染黑。日本古代贵族有染黑牙齿的风俗。

挂川六万石

北条氏在被包围三个月后终于开城投降，当主氏政被命自裁。关东二百八十五万石的领国全被秀吉没收。

开城后第七天，秀吉率领麾下全军进入小田原城。秀吉在本丸大厅内落座，即日便对将士们论功行赏。对于赏罚之事，秀吉向来很迅速。他尚在围城之时就已有过深思熟虑。

首先是家康。北条旧领经过少量增减后，总计关东二百五十五万七千石，尽数给了家康。可与此同时，家康故乡的三河，以及以三河为中心经过多年努力经营的东海一地，却被要求放弃。若以农夫作比，就跟抛弃自己亲手开垦、施肥、照料、耕种过的田地一样。

"回绝了吧。"几乎所有重臣都持反对意见。家康与重臣们都是东海地方出身，祖祖代代的墓地也都在那里。从个人感情上来说，也是极不情愿的。而最大的弊端则是政略上的损失。

"如若将来想在京城改旗易帜，以箱根以东的这片基地，想是怎么都来不及的。"

家康知道得很清楚。虽然表面上是领地增多，风光无限；可夺取天下的地理条件则远远不如从前，或许将最终失去夺取天下的机会。

"关白殿下显然很是惧怕大人您哪，所以这才把您逼到那样一个偏僻之地。"榊原康政等人都这么说。

家康就跟一个乡下富翁一般，下颌圆厚的一张脸上露出温和的微笑，走到秀吉跟前，跪拜道："承蒙厚爱，在下荣幸之至。"

（折运了。）

这才是家康心中所想吧。在他的思维方式里，没有产生任何的跳跃。比如"终归要夺取天下"这样的想法，就是一种叛离现在的跳跃，他无法切实认真地思考下去。

总之，家康是个农夫型的人，而非猎人、渔夫。农夫没有跳跃性的思维，要想增加财产，就指望多开垦一块地，多种植些东西。而猎人、渔夫就与之相反。有的日子打不到一条鱼，有的日子却可以满实满载。所以猎人、渔夫们都是梦想着能满载而归，才愿意在海里、山里冒险，并乐此不疲。

（那就在关八州播种耕耘好了。就在这片耕地上生根发芽。现实是不容反抗的。）

农夫家康只要这样一想，也就很快释然了。他知道无谓的抱怨是得不到任何好处的。秀吉是在示恩，当然其真意是藏了起来。家康明知秀吉的用意，却装出了欣喜受封的模样。而且搬迁速度让秀吉都大为惊异。

搬迁命令是在七月十三日发出的，而八月一日，家康就已经亲自到了今后将要经营的新城江户，同月九日家臣团的所有成员也都搬迁完毕，三河旧领也都尽数移交给了新领主。

（嗯？）

伊右卫门简直不敢相信自己的耳朵。自己竟得了大赏——远州挂川六万石。比起旧领几乎翻了一番。

"这下得忙活好一阵子了。"伊右卫门一回来就嚷嚷开了。千代跟其他诸侯夫人一样还留在阵中。

"是加封了吧？"

"你怎么知道？"

"这个嘛……"千代笑起来。伊右卫门那张兴高采烈的脸任谁看了都明白。"是哪里？"

"远州挂川城。"

"多少？"

"六万石。"伊右卫门伸出两只手，立了六根手指。

"这可真是恭喜夫君啦。"千代低头祝贺，可眼眸中却另有深思萌动。

"怎么了?"

"其他大人们呢?"

"啊哈哈!"伊右卫门笑得很是满足,"你也跟别的女人家一样操心这些?有了封赏自个儿高兴高兴不就得了?当然也有加封更多的人了。可比来比去,自己的快乐不就少了吗?多不划算!难道不是吗千代?"

伊右卫门今日可是心情出奇的好,好得竟教育起老婆来了。

"俺说的没错吧,千代?"

"夫君的话也在理。"千代事前已经听闻家康受封关八州的事了,因此对其他诸位大名的安置状况更为关心。秀吉今后对家康的态度,从大名安置上便可看出端倪。

"可是人家——"她像是哄伊右卫门似的,道,"就是想知道嘛。"

"哦?那俺就只好勉为其难了。"伊右卫门把受封的具体事宜告知了千代。

这次论功行赏,还只封了一小部分,大都是有关家康旧领东海一地的分封。千代越听越吃惊,因为全部都是秀吉的心腹大名。

秀吉在行政部署上,将家康封死在箱根山脉以东,并且在箱根以西的东海道上各个关卡都排满了监视家康的大名,而这些大名都是"绝对不会背叛秀吉"的人。伊右卫门也在里面。伊右卫门的笃实性格，如今看来也不算太糟。

这些新受封的大名，自东往西有：

骏府（静冈县）城，中村一氏

挂川（静冈县）城，山内一丰

浜松（静冈县）城，堀尾吉晴

吉田（现丰桥，爱知县）城，池田辉政

冈崎（爱知县）城，田中吉政

最后是外甥秀次，从尾张到伊势的大片领土。

如果家康生出野心想要夺取天下，要从关东出来，就得先灭了东海道上的一座座关隘，否则实难到达京城。

这是夫妇两人的房间，所以天下之事说得露骨些也无妨。

"连关白殿下自己，心也是无法自由自在的啊。"千代说了句深奥的话。

"什么意思？"伊右卫门不明白。

千代也不能很好地解释清楚。但话题焦点就在于秀吉对家康的态度上。

秀吉把家康封作关东的大领主，若是换个角度看问题，可以认为日本被分作了东西两半。用一句更直白的话，就是秀吉承认了东部的家康政权。

日本列岛形状狭长，正因为狭长，从来没有一个政权将日本完全统一过，总是分西部政权与东部政权两个大部分。曾经有朝廷的大和政权也是如此，其统治的地方仅仅是近畿周边。平家政治也是，无法顾及到箱根以东之地，源赖朝才舒舒服服在坂东一地生根开花。京都的足利政权背后的足利幕府也一样，关东的统治只能让关东公方来治理。

在京城、大坂的秀吉政权，能够统治从濑户内海沿岸到九州的"西国"，可是箱根以东则同样鞭长莫及。所以他才把这片地给了家康。

或许说得更直白一点儿，叫放虎归山。

关东是武勇豪杰之地，自古以来日本西部政权掌握着财力，东部政权攥着武力。此番结局会不会也是秀吉掌财，家康握武？而将来，秀吉的丰臣政权会不会被关东的德川政权颠覆？

"关白殿下为何对家康大人这么在意呢？"

"不懂。"伊右卫门道。于是千代开始分析。

秀吉的天下夺得很急速。他并不像信长那样用武力把势力集团逐个铲除，而是尽量与之妥协，尽量握手言和，这才能在短时间内取得如此成就。他对德川家康也是这样。家康不过是东海一百几十万石的大名而已，秀吉却不愿铲除，反而处处讨好家康。

理由之一，是关东有北条氏盘踞。若是家康成为敌人，又与北条联手，继而与奥州诸位豪士结盟，那就会出现三河以东的整个东部与秀吉交手的场面，搞不好九州、四国还会趁机作乱，那秀吉就会陷入东西两股势力的夹击之中，苦不堪言。

秀吉有着敏锐的政治嗅觉。正是因为他能预见此种后果，所以才对家康如此以礼相待。可现在北条已经成为过去，九州、四国也安定如常。也就是说，用不着继续对家康示好，换一副面孔把家康灭掉应是轻而易举之事。可秀吉天生是个好人，他不忍杀掉家康。

千代把以上的这番秀吉家康论分析得一清二楚。

"你观察得真仔细啊！"伊右卫门甘拜下风。

"人家是女人嘛。况且大人们的举动也实在有趣。"千代笑着打哈哈。其实这是一堂极为重要的伊右卫门教育课。

山内对马守一丰这位武将，只是战国的一名小小的官，倘若要保身、保家，则必须搞懂上级们的所有行动与心思。

"关白殿下的魅力就在于他是一个开心果、大好人，对人总是两分束缚，八分信任。这才能跟天下的英雄豪杰打成一片。"

"原来如此，打成一片了啊！"

"不是靠武力征伐打成一片啦！"

"哦。"伊右卫门像个学生似的点点头。

"连对德川大人也是这样,所以将来才会酿出大事来。"

"什么大事?"

"关白殿下过世以后,德川大人会夺取天下王座,简直就跟明火一样清清楚楚的嘛。"

"瞧你说得这么轻松!"伊右卫门望了望唐纸[1]格子窗外,该没有人偷听吧?

"一丰夫君这次的挂川城主,是监视德川大人的城主之一呢。"

"的确。"他点头称是,言罢忽地恍然大悟过来,原来千代想说的是——家康方面,该讨好时还须讨好。

"说白了,"千代继续道,"家康大人是被关进了关八州这个华丽的大牢房里。"

"有道理。"伊右卫门没有异议。

"一丰夫君呢,跟堀尾吉晴大人、中村一氏大人、田中吉政大人、池田辉政大人一道,都是看守这个大牢房的狱卒。"

"啊哈哈,很形象啊。"伊右卫门对千代的比喻之妙实在佩服。

千代也轻掩嘴唇"呵呵呵"笑得愉快:"可是,夫君要当好这个狱卒,可不是那么简单的事!"

"肯定。"

"终归是因关白殿下的信任才能手握这把钥匙,对关白殿下可不能马虎。"

"是啊,不能马虎。"

"然而牢里的人却是将来得天下的人。可不能当个让他讨厌的狱卒。"

"那自然。"伊右卫门只得点头,继而抱双臂于前胸,继续道,"千代,俺明白了。挂川六万石的城主,是天下大名之中最难当的!"

"差点儿忘了。为庆祝夫君当上狱卒,咱俩好好喝上一杯。"说罢,千代便起身准备菜肴美酒去了。

大坂是秀吉的本城。所以,千代只能常住于大坂的府邸。"大名的妻儿是人质。"这个习惯大致也是在这段时间里形成的。

不过伊右卫门时常往返于领国远州挂川与大坂之间,因此夫妇也算是有不少日子可以同处一片屋檐下。

"正月俺回大坂过,高兴吧?"天正十八年(1590)十二月中,这样内容的一封信,从挂川的伊右卫门那里寄到了大坂的千代手里。

"夫人都高兴死了呢。"侍女们在笑话千代。

"说什么闲话!"千代想要以正视听,可嘴角上浮起的笑意竟是忍不下去。

——他们夫妻关系真好。

此番评论并不只在大名之间有人提及,连大坂的平民百姓也是家喻户晓。

当时一位杂役出身的伊予今治十万石的大名福岛正则,毫不客气讥笑道:"对州(伊右卫门)真是可怜哪,有这么一位宝贝老婆,竟是连侍女都不敢下手。"这位正则跟丰臣家其他大名一样,一旦爬上高位,侧室、中意的侍女们断不会少,后院里总是莺歌燕舞一片。

相形之下,伊右卫门就显得可怜兮兮了,他在当时可谓是特立独行的人物。不过,这并非千代刻意阻止的。千代知道,这种事是无论如何也阻止不了的。

(或许在领国挂川他会——)

千代也曾半嗔半笑怀疑过,不过她怀疑错了。他在挂川也没有女人。

(他就是胆儿小。)

身在福中的千代有时候还是或多或少会把伊右卫门当傻子。有一天她直截了当地问了伊右卫门一句:"除我之外,夫君可有中意之人?"

"这个嘛——"也不知伊右卫门是否心不在焉,他对此事不太热心。少顷又道:"可是千代,咱们第一天晚上不是说好了的吗?"

原来他还记着那句誓言:"千代一定尽心竭力辅佐夫君成为一国一城之主。作为交换,一丰不能拈花惹草。"伊右卫门真的还把这句话当做金科玉律么?

(或许——)

千代想到一件事。

(——或许正是因为他如此克己律己,所以才得到关白殿下的赏识,成为监视德川的挂川城主。)

大年三十那天,伊右卫门回到大坂,天正十九年(1591)正月二日,终于跟千代再次重逢。

"夫君娶一房妾如何?"千代突然冒出一句。

"妾?"伊右卫门正准备跟千代亲热,一听,愣了半晌,"为何?"

"千代不能再替夫君生儿育女了。如此一来,山内家的香火会因我而断。"

"那又怎样?"伊右卫门轻松道,"这六万石是跟你一起得到的。咱夫妇要是归西,那这六万石不要也罢;若是弟弟康丰有了孩子,能抱来当养子,给这孩子也罢。"

(好淡泊——)

千代思忖。说到俸禄，也正是因为伊右卫门淡泊无争，这才年纪一大把，俸禄只一小把。比伊右卫门年纪小得多的加藤清正，都已经是肥后熊本一地二十五万石的大领主了。

"千代，你怎么突然想起这个？"

"因为我想到了关白殿下的鹤松公子，很是羡慕啊。"

"千代终究是女人哪，也会说些不着边际的话。"伊右卫门笑出声来。

秀吉这人身边总是不乏女人，可不仅正室北政所无所出，其他侧室也无子嗣。不过一年前，即天正十七年（1589）五月二十七日，侧室浅井氏（淀姬）诞下一个男婴。秀吉五十四岁老来得子，简直欣喜若狂。孩子起名鹤松，正是为求得福寿延年的好兆头。

这位鹤松公子出生时，连天子都赠了衣裳。前来贺喜的公卿、大名、富商络绎不绝，大坂城内一时间熙熙攘攘好不热闹。

而且，除了秀吉之外，正室北政所也欣喜万分，就好像是照顾自己的孩子一般无微不至。按那时的习惯，鹤松的生母是淀姬，正母是北政所。秀吉还曾给咿呀学语的鹤松写过一封信。信里用了"两位娘亲"这样的话，指的是"鹤松的两位母亲"。

"所以呀，"千代道，"要是侧室能有孩子，我肯定也能做一位好母亲。"

"首先，不会有侧室。而且，千代你也别这么早放弃希望啊。"伊右卫门抱住了千代。

……

第二天，令诸位大名震惊的是，有关鹤松公子在淀城突然生病的事，被传得沸沸扬扬。诸位大名即刻前往大坂城内探望秀吉。秀吉自然是心痛得茶饭不思。为了祈求早日痊愈，他给神社佛阁捐赠了不少土地。

那之后，病是轻了，但健康状况却一直不佳。

后来，因为秀吉进攻大明国的计划成了众人的讨论中心，还有京都东山山麓竖起了一尊大佛又夺去了人们的注意力，鹤松的健康问题便少有人过问了。

可这年的八月二日，再次传来这位幼小的天下继承人重病的消息。

（真是奇怪的女人。）

伊右卫门偶尔会用这种眼光来看自己的妻子。

千代每天都在专心致志地缝制东西。一旦找到舶来的美丽唐锦，就会拿来做成各种小袖。山内对马守一丰夫人这个名号，再怎么也算个贵妇人，可千代每天却跟个裁缝没什么两样。若是硬要找出两者的区别，一是她的小袖从不收钱，是专门白给人穿的；二是每件作品都会在袖口形状、衣襟花色等等方面有出人意料的崭新匠心。

有天伊右卫门进入千代的房间，千代正在缝制一件花锦质地的小袖，上面有金丝银丝绣好的唐船，异常漂亮。只不过尺寸极小。

"给谁做的？"伊右卫门这样问道。

"给幼主大人的。"千代答道。幼主大人，就是秀吉的幼子鹤松。

"希望幼主大人能早日痊愈。"千代继续说道。据说鹤松的病情一时很是严重，不过还好，又缓过劲儿来了。千代听说后就打算给鹤松缝制一件合适的小袖，方方面面费了不少功夫。

"可今天在殿中听说，病情又反复了。恐怕不是送小袖的时候啊。"

就这样鹤松的病情时好时坏，八月四日病危，次日就撒手离开了这个世界。秀吉的悲痛真是难以名状。

鹤松过世第二天早上，秀吉先去了京城南郊的东福寺，替爱子吊唁。可因他实在过于悲痛，竟猛地一刀割下了发髻。

（啊！）

众诸侯们惊得半晌无语。加藤清正见状，即刻取出短剑也将自己发髻割下，抛到脚边的瓦砾旁。其他诸侯不能无动于衷，一个个都割掉了自己的发髻。伊右卫门也不例外。他一边割一边望向对面站着的德川家康，只见家康低下头，一把短剑举过头顶缓缓割下发髻，一脸深切的悲戚之态。

（他真的那么悲戚？）

伊右卫门心里有些疑惑。跟秀吉的悲痛不同，他或许只是在此上演了一出剧。

发髻渐渐堆成了小山。出了寺庙，秀吉与三百诸侯一道，都成了大孩子的发型。

听说此事后，千代道："这个世道很快就要有暴风骤雨了。"她有这样一种感觉，秀吉的精神状态已属异常。

在割下发髻后一天，八月七日，秀吉来到清水寺，在那里发了半天呆。八日，他既不在京都也不在大坂，而是去了有马温泉，为了治愈自己的悲痛。可是温泉也未能奏效。

（肯定有大事。）

千代的感觉没错。

鹤松过世十几天，八月二十日，秀吉突然宣布："进攻大明国。"而且命令诸位奉行让沿海各国备好船舰。这用当时的话来说就是"入唐"。"入唐"一词，是秀吉当年做织田家部将时说出来的话，没人当真过。可如今却真真切切提上了日程。

千代在大坂府邸得知此种令人惊异的事态时,凭直觉认为——

(定是因为鹤松大人归西的缘故。)

秀吉的悲痛怎么都无法治愈。割掉发髻无用,入寺拜佛无用,有马温泉无用。最终,他采取的是进攻大明国这个可谓天方夜谭的行动。

(只能是这一个原因。)

秀吉精神错乱了。

诸位大名之中没有一人对此次外征感到高兴。所有人都经历了战国的混乱,疲乏非常。以诸大名为首的全天下的臣民,都希望休养生息。也正因为大家都想休养生息,秀吉的天下统一才能进行得这么顺利。无论哪位大名现在都在致力于领内的治安与生产,都很满足于现状。

(秀吉大人这般的人物怎会——)

千代不明白了,像秀吉这样一个能抓住时代的脉动,能洞察人心所向的大人物,怎么会连大家希望休养生息的心思都不懂?

(定是发狂了。)

只能这样想。

丰臣家的衰落的确是从这个时候开始的。千代则从她女性的视角，很早就通过鹤松的死，察知到了。

"殿中没了笑声。"伊右卫门道。他开始以为是鹤松丧事的缘故，可千代不这么想。造访大坂城的诸侯们心里所烦的，肯定不是鹤松的死，而是筹集军费等事宜。绝大多数都是新的领国，若是压榨得太厉害，那些侍奉过旧时代领主们的当地武士，说不定会怂恿农民揭竿而起。

后来，这个时期家康的情形也辗转传入人们耳中，千代是晚年才知晓的。

家康那时已经回到江户城。在秀吉的正式传信使到来之前，从家康大坂府邸来了急报。谋将本多正信来到家康跟前，上报了一遍急报有关入唐的内容后，家康沉默不语，只闭着眼安静地坐着。

（也不知德川大人听见没有？）

于是本多正信又报了一遍。他还是闭着眼，面露苦涩之态。

听见第三次上报，家康终于睁开眼睛，怒道："闭嘴！都听见了！入唐入唐嚷嚷得那么厉害，谁来守护箱根？"

（原来大人没有动的意思。）

正信安心退了下来。家康以守护箱根为由，决意不参战。入唐只会消耗国力疲敝军民，这点他是看得相当清楚的。

"有意思。"

对包括伊右卫门在内的男人们所操纵的"政治"这种东西，千代不由得感觉奇妙而有趣。当入唐令昭告天下时，日本最大的大名德川家康的名字却未被记载进秀吉所立的出征朝鲜的大名名簿里。

家康曾对秀吉说过："有在下在大人帐下尽犬马之劳，大人今后想是用不着亲自披挂上阵了。"言下之意就是，秀吉的战事全都由家康来效力。可这次家康却不愿出征。理由只一句话，于自家繁荣有碍。江户的府城建设才刚刚开始，关东八州这片广袤的领地数十日前还属于北条氏，若不下番功夫安抚当地武士与农民，都不知道会生出什么乱子来。

总而言之，家康在内部治理上甚忙。

（还去得了什么朝鲜、大明吗？）

通常英雄都会有些冒失之处，可在家康身上却完全见不到冒失的地方。若是寻常人，此种情形下定会拍胸脯保证："请让在下领兵去夺了朝鲜、大明，献给大人。"可是家康无论是在感情上还是理性上都不允许自己这样做。他实际上是个看似侠肝义胆，但内里却只考虑利益的人，而且藏得极深，还有精彩的表演作掩护。

他让部将们去秀吉的诸位奉行那里说："如若在下外出征战，关八州的旧势力肯定会死灰复燃，从而陷丰臣的天下于危难之中。倒不如让在下为了天下安泰,专心致志镇守关东。可是,如若前线告急,实在有用得着在下的地方,在下则会立即前往助大人一臂之力。"

秀吉已经习惯了对家康过分地客气。当他察知家康不是很乐意,还未等家康亲自说出口便下令道:"德川大人暂作预备队。"

家康成功留了下来,自己的军队、军资也不必白白消耗在外征上了。后来,出征朝鲜的诸位大名在经济上疲惫不堪,家康却反而在财政上相当滋润。

(所以,一丰夫君也会留下来。)

千代又猜对了。这也属当然,远州挂川城主伊右卫门是关东家康的"狱卒",秀吉对德川有戒心,自然会留下伊右卫门。千代就是从这个时候开始觉得"政治"相当有趣。

"哎呀千代,"伊右卫门这天回来,一脸愁容,"留守京都的总大将,是秀次大人,俺可不喜欢这个主子。干脆俺也申请渡海出征如何?"

伊右卫门无论多不愿意,最后还是得去伺候京都的秀次。千代也搬去了京都。这个夏天就这么过去了。

"千代,都说衙门的差事不好当,曾经在战场厮杀的武士如今也得穿上长裤当差了,看样子,还得多培养培养公卿的那份儿闲心哪！"

据伊右卫门所言，在秀吉手下做事是他自己的选择，可他却不记得自己选过秀次这般嘴上无毛的愚劣之人做主公。所以，他想说的大概是，要去侍奉一个自己明明讨厌的家伙，这心中境地该何等凄凉。

"那个臭小子！"这是从伊右卫门嘴里说出的话。这个一板一眼的沉稳男子，在千代面前能这么说，想是真的太厌恶秀次了。

"千代你认为呢？"

千代倒是想顺着他的心情，也说句"那人讨厌死了"，但千代明白，夫妇之间有一种微妙的同化作用，总是互相影响着彼此的爱憎，所以她微笑着不置可否，道："我又不认识他。"

"真的是个讨厌的家伙。这么讨厌的家伙这个世上也不多见呢。"

"就是……就那么讨厌么？"千代差点儿被伊右卫门同化，腹部使了好大一股劲儿这才缓过来。

"千代你口是心非。"伊右卫门一根手指数落千代，"其实你跟我一样是讨厌这人的。"

"怎么会？"千代忙道，"都没有见过，怎么会凭空讨厌一个人呢？"

"有传闻的嘛。听了传闻自然就该有喜欢有讨厌的嘛。赶快承认说讨厌!"

"可是——"

"否则俺今后还能跟谁诉苦去?你好歹体谅体谅俺好吗?"

"可是——"千代踌躇起来。若是在此刻便遂了他的意说自己也讨厌,那伊右卫门对秀次的厌恶之情则会增倍。而厌恶之情总是很容易让对方察知,将来会有怎样的不幸可是谁都预料不到的。

"好啦,忍一忍就过去啦。"她如此安慰道。这是没有办法的事。

冬天来临。这年的十二月二十八日,秀吉把关白的职位让给了养子秀次。鹤松过世后,秀吉大概是觉得再无生子的可能了,于是起了把天下传给秀次的心思。秀次便是"下一任天下之主"。

公布此事的那天,伊右卫门回来甚至说了句:"俺想出家。"

让伊右卫门如此讨厌的秀次,到底是怎样一个"臭小子"呢?千代很想弄个明白。

(总得去拜见一下。)

千代心里一旦有了这个想法，就会想方设法多去了解一些关白秀次的事。

秀吉的血亲很少，这对战国武士来说很不划算。战国之世，亲人便是手足心腹。可秀吉没有那么多亲人，只能从妻子的家系中挑选心腹，得了天下之后让其中好几人都做了大名。

可是一直没有子嗣的秀吉总是想从血亲之中找一位养子来栽培，百年之后便将天下传与他。怎奈秀吉的血亲不但人数少，而且除了弟弟大和大纳言秀长以外，几乎都不是有能之人。实在是没有办法，他只能把姐姐瑞龙院日秀与三好一路的孩子抱来做养子，这就是后来的关白秀次。其早先的名字叫次兵卫，其后叫孙七郎，总之不是有能之人。

曾经在长久手之战中，秀次败北，竟抛下大军独自逃了回来，前线因他而枉死的将士何其之多。秀吉怒极而斥，在指责状中说"如此不识大体，苟且偷生，简直是我一门的耻辱"，还说"你至今为止都挺乖巧，有点儿小聪明，俺都想把姓赐予你了，可如今才知你真正的心性。大概是上天不愿俺留下姓氏吧，实在可惜！从今以后你要是不洗心革面，俺就亲自解决了你"。

乖巧，有点儿小聪明，就是这个"臭小子"的长处。

秀次的形象跟着那篇指责状被到处传得人尽皆知，千代也知道。总之，就是哪个村子哪条街上都可以找到一大把的那种脑筋不好，却喜欢耍点儿小聪明的年轻人。

（这样的人——）

千代想，这样的人竟成了天下之主丰臣秀次，无论是对秀次自己还是整个天下来说，都只能是不幸之事。

他的领地包括尾张、北伊势等共百万石之多。官阶在小田原征伐战时已经高居权中纳言，之后一路攀升成为权大纳言，今年又在鹤松死后成为秀吉的养子，进而登上内大臣、关白之位。

把关白之位传给秀次后，秀吉便被敬称为"太阁"。

又是年关。天正十九年（1592，即文禄元年）正月，按秀吉即位关白之时的惯例，秀次也请了后阳成天皇来聚乐第庆贺。跟随的大名虽然只有守护内地的伊右卫门等人，但终究是秀次这一代最大的盛典。

盛典后数日，千代前往拜见秀次夫人，第一次见到了"臭小子"的模样。

千代前往聚乐第内室伺候，先见到的是关白秀次的妻子。

还在行跪拜礼时，千代听到一声"把脸抬起来"，可按常规是不允许抬头的，于是只好为了不失礼数稍稍抬头一瞥。

（哎呀。）

没想到竟是个稚气未脱的少女，正坐在关白之妻的位子上。这位尊称"一之台夫人"的少女，是菊亭大纳言的女儿，年纪只有十六七岁。

不久便听见走廊处传来数人的脚步声，接着门开了。关白秀次与身后数名侍女一起走进室内。这般在内室相见，已属特例。

"是山内对马守的妻子吗？"秀次一坐下来便开口道，"你的名字我知道，据说是才貌双全，很受好评哪。"

"……"千代清瘦的双臂仍伏在地上，她只听见头顶有高亢的声音飘过。

"马的事情我听过。你为了山内对马守，把藏在梳妆镜里的十枚黄金拿给他买马了是吧？"

以前的那些被人传过的风言风语，千代并不愿多提及。因为听到那些就像看到自己是一个恃才而骄、精明过头的女人一样，很不自在。

"陈年旧事，愧不敢当。"

"那时对马守还是浪人？"

"已在织田家做事了。太阁殿下任长浜城主时，曾以与力的身份替大人效力。"

"身份还挺低啊。"

"是。"

"现在看来,长进了不少啊。"

秀次这么说,其实也并没有轻视侮辱之意,他只是喜欢这种说话的口吻罢了。可是听者不免生气。伊右卫门那么讨厌此人,大概也是源于此。

(唉,同样一句话,说的方式不同便可能伤人于无形。)

"我还年轻,但总想多知道些过去的事情。学问嘛,也不是只是一些文字。"

"是。"

"加藤清正的事我也听说了。他还在近江长浜的时候,才只有一百石左右,可如今都成了肥后半国二十五万石的大名。"

他这么一比,伊右卫门这区区六万石,岂不是该自认丢人?

可秀次好像并没有恶意,只高声笑着:"人的命运还真是奇妙啊。"这句话也没有别的意思,不过既然说到此处就顺便感叹了一下。

"你很漂亮嘛。"他装出很磊落的样子。

"承蒙谬赞。"

"有学问吗?"他突然一问。

"算不得有。"

"我喜欢学问。"

好像他就是想说这句话。说到学问,可以说秀次对学问的追求实属异常。

（唉，这人会喜欢学问……）

千代压制着想笑的冲动继续跪伏在地。

关白秀次的脸初见时觉得很像狐狸，可又没有狐狸那般密实。不知是否是因为年轻的缘故，有种看起来欲望横流的感觉。而且，一双眼睛老是乱瞟。这个人居然说喜欢学问，纯粹矫情嘛。难道是有什么苦衷，他不得不这么炫耀自己？

"我跟诸位大名也说过，叫他们好好研究学问。你丈夫对马守，读过书吗？"

"没有。"千代这样回答时不由得好笑，她实在难以想象伊右卫门拿着一本书念的模样。

"那可不行。下次对马守来了我得好好教训他。"

"拜托大人严加管教。"千代顺势应承了一句。

其实千代早就知道关白秀次既无学问也无教养。只因他的舅父秀吉在马背上得了天下，这位秀次还是个黄口小儿时便已是从四位下品的右近卫中将，位及公卿。之后一路飙升，权中纳言、权大纳言、内大臣、关白。

说句题外话，这些官位与之后的德川时代的官位不同，是作为公卿的官位，所以必然要在宫廷之中作为公卿与其他世袭公卿交往。而真正的公卿们身上是有学问有才艺的。

据说秀次在皇宫曾出过好几次洋相。千代大概不知,当时有位公卿近卫信尹作过一篇手记,名曰《三藐院记》,里面用了这样一个过分的词:"无知轻狂的秀次卿"。

当时在朝廷之中,学问热情空前高涨。作为朝廷中心的后阳成天皇极为爱好学问,《孝经》、《职原钞》、《弘安礼节》、《论语》、《孟子》、《大学》、《中庸》等都印刷了多次。

身为关白的秀次自然也不得不加把劲儿。可无奈实在胸无点墨,且才气欠缺。因此,为了担得上"学问之父"这个关白的名号,他把下野足利学校的藏书搬至京都,印刷并呈献给朝廷多种书籍,包括《日本纪》、《续日本纪》、《日本后纪》、《续日本后纪》、《文德实录》、《三代实录》、《实了记》、《百炼抄》、《女院号》、《类聚三代格》等,另外还召集过大和诸寺的僧人十七名抄写《源氏物语》,做的都是些出版业者的工作。

"千代,《源氏物语》这类的你不妨读一读。"

千代没有看过。

"读过后,就懂得温柔优雅了。"

"大人——"千代再也忍不住,"您是在说千代不懂得温柔优雅么?"

"啊哈哈,你看,这就是你武家出身的粗野之处。读了源氏,你就知道'怜爱'是怎么一回事了。"大概这便是所谓公卿酸气吧。

这位关白秀次还学公卿涂了御齿黑，脸上薄薄施了一层脂粉。

千代出了聚乐第，回到府邸。

（那便是第二代啊！）

这么一想，她心里顿时暗淡下来。实在不愉快，就好似见到一条恶心的长虫一般。

"把茶室准备好。"她吩咐侍女，心情无法平复。

府邸深处有一处小小的茶亭，可以说是他们夫妇促膝长谈之地。按千代的喜好，周围用篱笆隔开，自成一处十坪[2]左右的庭院。茶亭下种了一株茶花。

本来茶花是武家所忌讳的一种花，因花落的模样正像是头颅落地一般。然而秀吉却极为喜好此花，这才风靡一时，成为家家都有的园艺之花。

经过回廊踱步入亭的千代，见到一朵即将绽放的花骨朵。"这花儿，竟是白色？"她驻足喃喃道，"我还以为是红色呢。"说罢不由得为此番错觉笑出了声，一提到茶花便认为是红色，这种固定思维的确可笑。

（太阁殿下这条枝蔓上，开了一朵"奇葩"，我一个人在这里不平不忿有用么？）

千代在炉前坐定。忽然她想到,对秀次最不满意的人,应该是秀吉自己。千代听说,秀吉把关白之位传给秀次时,对秀次提出的训诫,一条条看来就好似教训的是个愚劣之童似的。

第一条:"尽武臣之本职,专注于武备。"

第二条:"为政须公,不可营私。"

第三条:"爱护臣子。"这条理所当然,却被作为训诫写了进去,对一个二十好几的人来说本身就是不体面的事儿。

第四条很有意思。秀吉知道自己喜欢玩乐喜欢女人,而且也十分清楚秀次的这种性格很容易就会被声色所吞没。所以这样写道:"茶道、狩猎、贪恋女色等秀吉的癖好均不得模仿。但以下情况可酌情考虑:茶道用于招待客人;狩猎目标是小鸟或斑鸠;府邸内侧室五人、十人均可,但不可过分,不可淫乱。"

侧室的人数是有限制的。

(难怪——)

千代抱着茶碗想。

(难怪—丰夫君会那么讨厌此人。这么烦人的主子,确实少见。)

秀吉死后,这个世界会变成何种模样?千代想到此处,不禁打了个寒战。

一年过去了。很多事情都在静悄悄地发生。秀吉的那张加盖朱印的训诫，终于还是被关白秀次在女色上给破了。

"侧室有三十人呢！"这句话传遍京城。

（下流！）

千代思忖。作为这个时代的女性，千代对男人的好色并无多少厌恶之感，但也会因人而异，只要想到那个年轻人，她心里就会不舒服。那个四脚蛇一样无知轻狂的年轻人，那个在脸上施了脂粉画了眉毛染黑牙齿的人，竟然有妻妾三十余人，实在可怕。

"秀次大人真的好讨厌啊。"这种话千代只会对伊右卫门说。

然而，此时的伊右卫门已经不那么深恶痛绝了。

"俺都习惯啰。"他最近说道。

有一天千代为此事跟伊右卫门小小地争执了一回。

"所以说男人最是靠不住了。"千代斩钉截铁道。

"说什么呢？俺又没有花天酒地过。"

"人家不是说的这个。一丰夫君起先不是那么讨厌关白秀次大人么？怎么变啦？"

"俺说过，都习惯了。"

"这些天才没听你说过呢。你一直在说聚乐第这样好那样好。喜欢就是喜欢，讨厌就是讨厌，你为何要欺骗自己的感情呢？"

"喂——"伊右卫门无可奈何，"那位怎么说都是俺的准主公啊。"

"这我知道。可你也不能因为这个骗自己啊？男人就是喜欢在这种事情上拖泥带水，喜欢对自己妥协，简直讨厌死了。"

伊右卫门一时怔住，千代竟变得如此感情用事，实属不寻常。

"不光我，"伊右卫门道，"天下诸侯都一样。正因为大家都明白关白秀次是第二代主公，所以任谁都不愿忤逆于他。奥州的伊达政宗大人、出羽的最上义光大人、丹后的细川忠兴大人等等，更是巴巴地拿了本地的奇珍异品敬献上去，殷勤得什么似的。"

"一丰夫君是有节有义，对得起自己的武士，自然不会跟那帮人一般见识。"

"可是千代，俺也很难办哪。"

伊右卫门这次是真的很难办。秀吉已经把他编至秀次麾下，听从秀次的调遣，也就是秀次的家臣了。不过今年春却从京城、大坂城内传出消息，说秀吉第二夫人淀姬怀上了第二胎。诸位大名都面面相觑，若这胎是男孩儿，关白秀次的命运将会生出怎样的变故？

千代对这个胎儿如此关心，并非因为她也是女人。实际上全天下的臣民都十分关切这个孩子。

秀吉当时正在肥前名护屋城。当这位五十八岁的老人得知淀姬怀孕时，简直欣喜若狂，很快便给正室北政所写了封信，内容怪诞："这孩子不是俺的，是淀姬的。"

这番莫名其妙的话，既不是要顾虑正室的感受委婉道出第二夫人怀孕的事实，也不是说淀姬是跟人私通得子。秀吉其实是想把这次生的孩子当做"捡来的"，而非亲生的。因为都说捡来的孩子容易养活。有种迷信说捡来的孩子是神佛之子，而神佛是不会让自己的孩子无辜死去的。

八月三日，淀姬顺利产下一名男婴。秀吉先让人把这孩子丢到街上，再让家臣松浦赞岐守去捡过来，起小名"拾儿"，而且禁止在名字前添加任何敬称。

秀吉匆匆从肥前名护屋赶回大坂城，父子团聚后，便开始思索——这个孩子的将来。

（糟糕！）

秀吉大概很是懊恼，他以为再也不可能有孩子了，所以才一个不小心说要将天下传给秀次，更糟糕的是此事已天下皆知。

（这可如何是好？）

一年前鹤松过世，如今秀赖出生，这段时期里的秀吉似乎变成了傻子。功成名就之后的英雄们晚年多有痴愚的倾向，秀吉也不例外。

（殿下的下一步呢？）

这是千代关心的事情。可以说，世间所有人都时刻注视着秀吉的一举手一投足。

秀吉在秀赖出生时就在想，要把自己最重要的东西留给这个孩子。而秀吉最重要的东西，便是天下大权。可是，中间有关白秀次碍事。于是他便对这个襁褓婴儿道："俺就把大坂城给你。"

他有言必行，大坂城给了秀赖，那他自己就得另起一座隐居的城郭。待去各处勘察了方向、地点后，先觉得大和的信贵山不错，想在那里建一座巨城，可因与京都往来不便只好作罢。最后选中京都南郊伏见一地的丘陵地带，决定修一座伏见城。

这是秀赖出生后第六个月里的事情。

注释：

【1】唐纸：由中国传入的厚纸。中世以后常用于贴窗。

【2】坪：土地、建筑面积单位。1坪相当于3.306平方米。

伏见桃山

自文禄三年（1594）正月，秀吉宣称要修建伏见城以后，伊右卫门的公务便繁忙起来。

"不止俺一人，其他大名也一样，都得奔走于关白秀次、大坂的拾儿幼主、伏见的太阁殿下之间，还得在各处讨好赔笑，忙得很哪！"伊右卫门对千代抱怨道。

千代对秀吉将要筑城的那片地——伏见桃山，起了兴趣。她总是这样好奇心重，求丈夫道："我也想去看看。"伊右卫门别无他法，只好带了她去。

当时伏见是通往大坂的水路起点，晚上登船，早上便可达大坂的天满。而且距离京都也只有三里。对于想要隐居的秀吉，这样便利的地方很难找到第二处。

城郭准备建在通称"桃山"的丘陵地带，可遗憾的是，此城无论在战术上还是国内政治上，均无裨益。秀吉建此城只是非常个人的原因。

（劳民伤财！）

千代思忖。秀吉的失败就在于远征朝鲜浪费国财，从而使得诸位大名与臣民们陷于疲敝劳顿之中，这个巨大的浪费主义政权终于丧失了原有的魅力。而且秀吉的浪费完全无法遏制。此时正值外征军在朝鲜战斗的当口，在伏见桃山雕琢出一座金殿玉楼，于战术于政治都毫无裨益。

站立在此处的千代只能这样想：

（定是疯了。）

天下大名、臣民们将如何看待这次修筑城郭一事？

说句题外话，千代的这种感慨大概需要笔者稍作说明。当时秀吉是日本最大的富豪，或者可以说是日本史上前无古人的巨富。他是在浪费自己的钱吗？答案是否定的。

以当时的经济构造来看，若有了战事需要派兵出征，所有经费、战费均由大名自己筹措，秀吉自身的财产不会有一厘一毫的损失。修筑伏见城也一样，天下的诸侯都得"帮忙"，而费用则是按人头均摊。秀吉金库里的金子也好兵粮库里的粮食也好，都不会有丝毫的损耗。如此一来，诸大名因个人的钱粮损耗而越来越穷，反之秀吉在相较之下则越来越富。

（可不要逼人太甚！）

诸侯之间的这种感情愈见强烈。他们开始对这种铺张浪费的政权起了厌倦之感。可他们中的大多数都是秀吉一手提拔上来的，仍对秀吉十分忠诚，有舍命陪君子的义气。不过，这番忠诚义气说到底，都是对秀吉个人而言，而非"对此政权"。这种奢侈铺张若是再持续三十年，大多数的大名大概都会破产。此种悲观情绪在天下蔓延，而伏见城却逆势而为，非要实现它的奢靡。

（难道是因为太过担心子嗣，发狂了么？）

千代这样想也是情有可原的。

"桃山"是个很美的名字，正是将要筑城的伏见山的别名。

秀吉这一代的繁荣，便是以这座伏见城的华丽奢豪为象征。文化史上有"安土桃山时代"这一称呼，但"桃山"并非是当时就有的名字。

家康在大坂战役里打败丰臣氏后数年，便将这座伏见城废弃了。因为这是一处可逐鹿中原的绝佳之地，若是有谋反之心的大名占据此城，北可进京城，南可攻大坂。更何况，只要这座华丽城郭还耸立在淀川上游一天，臣民们便忘不了太阁在世的荣华，还说不定会因此而厌弃德川之世。

"拆掉。"家康下令。拆了之后将城郭构架捐给了京都与其周遭的社庙（比如今天的西本院寺唐门、同飞云阁、浪之间、客殿、丰国神社唐门、琵琶湖竹生岛观音堂、同神社拜殿、大德寺唐门等等），而此山便因此而荒废。大约是在丰臣灭亡后不久,不知为何,附近的人在山上种植了三万株红桃。

这些红桃日渐繁茂,每当春暖花开,漫山遍野一片云蒸霞蔚。京城的人们想是要倚着这片红霞来祭奠太阁的豪奢。不久,"桃山"便成了这片城郭遗址的代名词。

——桃山里那座城郭还在的那个时代,多好啊。

大概京城的人们都是这么想的吧。那个时代,因太阁的巨额浪费,京城、大坂就如同下了黄金雨似的热闹繁荣。而当政权中心移至江户后,这些地方便冷清下来。特别是京城,夜里连灯光都消逝了一般。

千代是这个时代最能洞察先机的人之一。当伏见丘陵的巨城即将竣工之时,她早已发现京城聚乐第的样子变得奇怪。此时聚乐第之主,是关白秀次。

"关白殿下最近怎样?"每当丈夫伊右卫门从聚乐第拜访归来,千代都会这样问道。今天也不例外。

"有些萎靡不振的样子。"伊右卫门只知道这些,"或许是近女色太多吧。"

"毕竟还年轻啊。"千代在意的不是这些。

"呵呵,千代还真是宽宏大量。"伊右卫门嘲弄了一句。在他看来,女人本该讨厌这种事情。

其实千代也觉得"很讨厌",但她认为喜欢女色是一个人的性格与体质决定的，不应从道德层面来追究罪责。就如同喜欢节俭，或是喜欢浪费一样，只要没有影响到他人，就不该在道德范围内加以批判。

"在我看来，关白殿下的色心不可怕，可怕的是藏在色心下的东西。"千代在传言中听到的关白秀次所做的那些匪夷所思的暴行，简直难以置信。

（那些都是真的么？）

比如去年正月五日，正亲町上皇以七十七岁高龄辞世，京城里下至庶民都在服丧。公卿近臣们自然更是需要吃斋戒欲。可秀次倒好，上皇驾崩不过十日，便杀了鹤当晚饭吃，这种毫无忌惮的行径大概便是当时最为人所诟病的暴行了。

而且远不止于此。国丧中，最忌杀生，而秀次却多次外出狩鸟猎兽。这便是京城中的男女老幼开始窃窃私语，称他为"杀生关白"的起源。

——这也难怪，毕竟出身低贱啊。

公卿们亦交头接耳，露出不屑的神情。这些话，对义父太阁秀吉来说，难道不是如针刺，如鞭抽么？因事无巨细均有近臣来报，秀吉对秀次的所有"事迹"都了如指掌。

据说有一天秀次登上聚乐第的箭楼，俯瞰街市熙熙攘攘的人流，道："跟蝼蚁一样嘛，有趣。"这定是他心中所感了。而他之后的行动让人愕然。"用铁炮射一射肯定更有趣。"他竟叫人拿铁炮过来,大概以为只不过是捏死几只蚂蚁的小事。他身旁之人怕忤逆秀次会遭致祸端,便依言拿来铁炮并点燃了导火线。

秀次摆好架势,扣动扳手。"砰"一声,枪弹飞至数十丈之外,命中一位在路上卖东西的小贩。小贩仰面倒下。"好玩儿!"秀次像是找到了久违的刺激一般。

后来他又玩了好几次这种"在箭楼狩猎"的游戏,被当做猎物的百姓从此再也不敢走近聚乐第半步。

另外还有更骇人听闻的。有人说他为了看胎儿的样子而把孕妇的肚子剖开,千代怎么都不敢相信。

(若是真的,那不就是个疯子么?)

千代思忖。不过,秀次情绪异常,这点可以肯定。

"我的武功好得很呢。"他会自吹自擂,跟一个自诩美貌的女人一样。千代认为有这种不必要的自满心态的男人,肯定有某种精神缺陷。

秀次其实根本就没有武勇,正因为没有,所以才打肿脸充胖子,找些道具来夸耀。比如秀吉的好对手——柴田胜家的金缠衣,日根野备中守的素以豪华壮观著称的唐冠头盔,家老木村常陆介的鸟毛阵羽织等等都收集过来,一个人洋洋自得乐此不疲。

(正因内心软弱才感觉不安的吧。)

千代是这样认为的。当听闻京城街市里传出的那些秀次的暴虐之态时，千代恨不能立时堵住耳朵。有天侍女回来禀报过后，千代开始无法相信，问："此事当真？"

据说关白秀次经常带了近臣，在夜深人静的京城街市找人试刀。而这次发生在光天化日之下的北野天神境内。秀次跟数人同行，一位盲人杵了拐杖从对面走来。自古以来，暴君这种精神病患，似乎都对盲人、孕妇、美女等有异于常人的特殊类型极感兴趣。

"这位阿弥——"秀次开口叫住对方。"阿弥"，是室町时代之后对佛教时宗流派信仰者的称呼，这些信仰者大都一面在家生活，一面改了"阿弥号"修行。比如相阿弥、本阿弥、木阿弥等。而剃过头的盲人之中，"阿弥号"者众，所以秀次要这么称呼。

"是有人在叫我吗？敢问尊驾何人？"

"这边，是我。"

"哦，敢问何事？"

"我想请你喝酒。喜欢喝酒吗？"

"喜欢。"

"那就跟我来。"秀次走近，牵了盲人的手，盲人便高兴地跟着去了。五六步后，秀次突然抽出长剑，斩断盲人手腕。

"啊！"盲人摔落在地，哀嚎着——有没有人哪，杀人啦！有没有人哪，有没有人哪，救命啊！一时间骚动四起。

秀次走上石阶，兴致盎然地看着眼前的一切。

侍从里有个叫熊谷大膳亮直之的愚笨之人，是个一万石左右的小领主，其近亲之中侍奉丰臣家的人很多。可以说是秀吉、秀次幕下官僚派里的人物之一。

"瞎子，"这个熊谷道，"现在你眼又瞎手又残，还要人救？真是胆小。"

遭受如此屈辱嘲弄，盲人终于知晓对面这个无法无天之人就是在京城恶名远扬的杀生关白，于是叫道："杀了我！事到如今，这条命还有什么可惜的？我最大的不幸就是遇到你这个暴虐的恶魔，我认命！可是你给我记着，你嚣张不了几天了，你们肯定会遭报应的。"

盲人被砍得七零八碎，气绝身亡，实在惨不忍睹。

"怎么可能？"千代对侍女道。石阶上流淌的鲜血，仿佛就在她眼前晃来晃去，她再也听不下去了。

这天千代对伊右卫门说："以后不管有什么事，夫君都不要再去关白殿下那里了。"语气甚是庄严凝重。

千代觉得关白秀次也并非全然不让人同情。

若是舅父秀吉没有夺得天下，秀次便会跟农村里的普通年轻人没什么不同。他的不幸在于德薄而位尊。人臣最高职位关白，不是那么好当的。他的心理平衡被打破，是早晚的事情。

据说秀次有神经衰弱症。不知是他自己想去，还是医生推荐的，他曾去东国热海温泉等地疗养过。这么想来，其实他也是有可怜之处的。千代听说秀次本是个气质温驯的年轻人，少年时很有同情心，只是性情软弱，爱发牢骚。

"那人的不幸就是被摆在了与身份能力不相称的高位之上。"千代对伊右卫门道。

"也许是吧。"伊右卫门望着千代的红唇。千代正微倾脑瓜思索着什么，每当这副表情时，她总是会发表一些异于常人的高见。伊右卫门期待着。

"况且，"千代道，"虽说是升至关白之位，可也只加了二十万石吧？"

"没错。"

秀次的领地本来就是以尾张为中心的一百万石，至今仍未改变。以这点家底，想要跟秀吉的关白时代一样在朝廷社交上出手阔绰，实在有些为难。而且，虽然他已经登上了关白之位，但天下的军事权、行政权、大名的人事权、丰臣家的财政权这四大权限，依然紧紧攥在"隐居"的秀吉手中。

这对秀吉来说是理所当然。如今在外征战，国家权力需要集中在自己之手。至于庸才秀次，秀吉怕是做梦都没有想过要让权于他吧。可秀次的想法就不同了，他已认定自己就是国家的继承人，而认识不到那只是镜花水月，自己手上所持的权限，只有京都的社交权与寺院神社的诉讼权。仅有这点可怜巴巴的权力，他当然会认为"舅父不守信"，从而愤恨难当了。更何况关白一职，支出数目庞大，区区一百二十万石大概是入不敷出的。为财政所迫，他自然就会想"我要整个国家"了。

秀次身边，有秀吉任命的家老木村常陆介重兹，经常会为秀次出谋划策。木村常陆介是秀吉曾经任近江长浜城主时的一名当地武士，之后机缘巧合加之自身也还有些武勇，现在已经成为山城淀城之主，是十八万石以上的大名。若是将来秀次得了天下，他将是最为显赫的功臣。

（木村常陆介大人是个聪明人。）

千代思忖。

"但有时聪明反被聪明误，有什么好？"千代道。她的意思是，为人臣子，聪明过头反而是坏事。

"说得不错，"伊右卫门登时面颊生辉，道，"像俺这样的，正好。"

"对！"千代扑哧一笑，"一丰夫君的财产就是耿直仗义。你时刻谨言慎行，决不搬弄口舌；人家有求于你，你必定赴汤蹈火；人家生病，自己竟也担心得吃不下饭呢。"

（都是些小优点而已。）

千代可不这么想。对他这些小小的优点，千代感到很欣慰很满足。

"可有一类人哪，"千代又道，"明明才思敏捷，却美中不足缺少诚信。"——千代说的正是所谓"俊才"。

"有，有！"伊右卫门道。这类俊才们，都趁着丰臣家手握军权进而执掌行政权的这个不可错失的良机，争着出人头地，比伊右卫门等一介武夫可机灵乖巧得多。

"首先就是石田治部少辅三成。"伊右卫门又道。石田三成如今已是秀吉政权的行政"官房长官"。秀吉的内政、人事等尽皆通过石田三成来打点，诸位大名若是没有石田三成从中斡旋，哪怕想求秀吉一丁点儿小事也是枉然。

"然后是木村常陆介。"伊右卫门掰了第二根手指。

正是如此，木村常陆介是关白秀次的"官房长官"。也就是说，此时的日本有两大官僚，一是秀吉身边的石田三成，二是秀次身旁的木村常陆介。

"如此一来，"伊右卫门思考着，"关白秀次大人若是得了天下，木村常陆介便是日本第一大有权有势的人。那石田三成说不定就会被木村一脚踢开。"

"嗯。"千代微笑颔首。伊右卫门的脑子，看样子是灵光起来了。

"那么千代,"伊右卫门仰头望天,道,"石田三成说不定会在秀次大人与木村还未成气候之时,便使出各种计策将其击溃。"若以围棋作比,这就相当于体察先机。如果不能察得先机,恐将难以胜任大名之身份。

"一定是这样。那么千代啊,那时俺该怎么做才好?"

"呵呵呵……一丰夫君还是原封原样,守好本分就对了,千万别卷进这些俊才们的是非争执。缺乏诚信的俊才,同样缺少人望,就算其中一方凭才智取胜,到头来还是被众人所憎,终会自取灭亡。一丰夫君就做自己该做之事,如此便好。"

"就跟个木头人一样?"伊右卫门说罢,自己也觉得实在好笑,呵呵了两声。

其实,秀吉在此地修建伏见城之前,还修过另外一座城。

数年前的天正末年,在向岛一地的指月山上修了本丸,面朝宇治川。这座城郭并非所谓秀吉式建筑,只相当于一个水寨。大概是因为秀吉经常往返于京都与大坂之间,所以才有必要在伏见这个河港特别修筑一处可供夜泊的地方。

这座向岛城,在两年后的文禄五年(1596,即庆长元年),毁于闰七月十三日的京都地震。

现在正在成型之中的伏见城，坐落在伏见山与北方木幡山一带。天守阁（现在的桃山御陵）海拔一百米，北面隔着大龟谷与深草山相望，南面有宇治川环绕流淌，还可将湖泊般大的巨椋池尽收眼底。

好奇心重的千代，来见过好几次工事中的伏见城。而且她还得修建一处自己的府邸。主城郭周围一带已经划分给了二百多个大小名，都有建府邸的打算。千代丈夫在城西的内护城河旁，拜领了一千坪的土地。千代频频来访，正是为了察看工事进展状况。这年三月初，她又来了。

"千代，看来你对这次的府邸是最上心的嘛。"伊右卫门一天前这样问道，"是何缘由？"

"也说不上有什么理由。"

"看你笑得这么奇怪。你就这么喜欢伏见这里？"

"喜欢倒是喜欢。"

"倒是？"伊右卫门重复了一下。

"我不想再在京城住下去了。"

"不住京城了？"

"人家是想早些搬到伏见来嘛。"

"真是个孩子。有了新地儿就巴巴地想来体验体验。"伊右卫门一脸得意之色。

"才不是呢。"千代差点儿说出真正理由来，可想想还是作罢。

千代担心京城的关白秀次最终会谋反。若此事真的发生，那伏见的秀吉与京城之间便会起摩擦。秀次当然会想方设法为自己赢得筹码。包括大名，与他们京都府邸里被当做人质的妻儿。到时候，秀次旗下大名的妻儿们定会被遣往聚乐第之中，不得自由。若是千代被束缚，伊右卫门便只能站在秀次一方。

（无论怎样都得早一步到伏见去。）

千代加快了伏见府邸建造的进度。

秀吉亲生儿子出生后，十分后悔认秀次作了养子，心底里可谓苦不堪言。这事连千代都听说了。

"就把秀次的女儿嫁给拾儿（秀赖）好了。"秀吉道。秀赖还未满周岁，他的老父亲就忙不迭地给他点鸳鸯谱了。而且他还对亲信道："把日本分割成四五块，一块给秀次，一块给秀赖如何？"

他这样想也属自然，如今他是骑虎难下，所有一切"都是养子秀次的"，而自己的亲生儿子——真正的天下继承者秀赖，将来却是一无所有。

秀吉无疑是苦恼不堪的。而作为养子的秀次，自然应该体察父亲的这种苦恼。

（要是我，就立马把关白的职位还回去。）

千代思忖。

可秀次在这点上简直迟钝得让人生厌，一副事不关己的模样。他竟然对秀吉的苦恼一点儿反应都没有。

（他真是厚脸皮，贪婪！）

千代这个判断其实是不准确的，他本就是个心思迟钝之人。

（这个还长着青春痘的年轻人，难道就不明白太阁殿下爱子心切么？）

千代对秀次是恨铁不成钢。世上没有谁比这种搭错神经的家伙更让人无可奈何的了。

（现在，太阁殿下心思苦闷。而这种苦闷，若是不能传递到秀次那里，或者传递到了却得不到应有的反应，那太阁殿下兴许会憎恶秀次，就如同憎恶仇人一般。）

千代思忖，这亦是人之常情。

——俺一个人这么苦闷，秀次却装作事不关己的模样。如此一来，心绪便很容易化作强烈的憎恶。

这些时日，秀次倒也在种种小事上做出了讨好秀吉的姿态。大概是家老木村常陆介等人出的主意吧。

（白搭！）

千代思忖。如今除了将关白职位乖乖奉还以外，难道还能有其他方法可以讨好养父秀吉？在此事上，秀吉竟是处于弱势，而秀次占据了强势。他就好像是面目可憎地昭告天下——只要我在，你亲生儿子就什么都别想得到！

而且更可悲可叹的是，秀次不明白自己已经拥有既得权力，是处于绝对的强势，还一味地认为自己是弱者。

（养父说不定什么时候就会派兵攻来，夺走我的关白职位。）

这种受害妄想已在他脑子里生了根。大概也是秀次的亲信们促成了他妄想症的产生，肯定有人在他耳旁说"请务必小心"之类的话。因此秀次在狩猎之时，也会让家臣们悄悄带好盔甲，以备不时之需。而当这些都传至秀吉耳中时，一切都变了味儿——"他想谋反吗？"

进入五月，千代真正开始担心起来。

（兴许会被扣作人质。）

"再也不想留在京都了。虽说伏见府邸的墙还没干，可也顾不了那么多了，我要搬过去。"千代对伊右卫门急道。

不过伊右卫门却没有那么强烈的危机感，道："千代啊，德川大人的继承人不也在京都吗？"

不错，家康嗣子——中纳言秀忠，眼下也在秀次的聚乐第伺候，也住在京都。

千代与伊右卫门数年之后才知，这个时期的德川家，对时势变幻是相当敏感的。家康有事不得不回领国关东，于是去伏见城向秀吉告假。五月三日在京都府邸，叫来中纳言秀忠，道："我不在时，太阁殿下与关白秀次之间说不定会发生冲突。到时候你要站在太阁殿下一方，不要犹豫，即刻离开京城，前往大坂城，去守护好北政所。"

家康与北政所交好。比起秀吉，他更重视秀吉夫人的喜怒哀乐，从此处也可看出此人非同寻常的政治感觉。理由之一，秀吉亦十分尊重夫人北政所的意见，待北政所极好。理由之二，北政所也是秀次的养母，万一秀次取胜，对德川家也并无不利之处。这实在是很有家康风格的一步棋。

就在这时，伏见城的秀吉带话给秀次："汝等使人疑矣。"命他亲自过来一一解释清楚。然而秀次却不动声色。他是害怕有去无回，觉得自己这条小命或许会丢在伏见城。而且似乎私下里更热心地秘密备战起来。

同一时期，秀次还送给朝廷数量极为庞大的一笔钱，这大概也是家老木村常陆介的智慧吧。朝廷白银三千枚，第一皇子五百枚，准三宫藤原晴子五百枚，女御藤原前子五百枚，氏部卿智仁亲王三百枚，准三宫圣护院道澄五百枚。这样，万一自己与养父之间出了什么事，还可以请求朝廷的庇护。若是到了非要诛灭养父秀吉的地步，还可向朝廷求得大义名分。

有关此番献金的臆测，很快便在京城街市里传开。

千代一听，便即刻以"去伏见疗养"之意给聚乐第修书一封，也不等批准，便在夜间秘密出了京城。

到伏见有三里路，过境之时，千代的轿子被大佛旁边的守卫兵叫住："什么人？"只见对方手握闪闪长枪，靠拢过来。

大佛前的守兵头目，对最前面的一行人问道："你们多少人？要往何处去？"前排有一位化过妆的侍女，落落大方回答道："敢问众位将士，是在哪位大人手下当差？"

守兵头目回答说"是关白秀次大人旗下奉行熊谷大膳亮的家臣某某"之后，侍女点点头，回了句"知道了"，便不再开口，径直继续前行。

守兵一看急道："正问话呢！如不据实回答，勿怪我们秉公处事，当你们是乱贼。"

"难道你没看见轿上家纹？"轿子上有个很明显的金三叶柏纹。

"哦，是山内对马守大人的家纹啊，这么说来，轿子里的就是对马守夫人了？为防万一，还请夫人打开窗子露个脸，以配合在下的盘查。"

"不必了。"侍女毫无怯意。

"小姐！"

"何事？"

"什么叫做不必？你们可是接受盘查的对象！小姐刚才的回答、态度也恁地无礼嚣张！"

"我只是说不必打开窗子露脸了，并非无礼嚣张。"

"你是何人？报上名来。"守兵头目大声怒道。

"山内对马守之妻——"侍女微笑，"千代。"

本以为只是侍女，却没想到竟是千代下了轿在徒步行走。

（啊！）

守兵内里泛出一层怯意。

"你们——"千代凛然道，"连女眷之列都要这般盘查，而且还如此出言不逊，难道是想羞辱山内家的武勇么？若还不好生改过，休怪山内家不饶你们。"

守兵撞上这番意外，全没了还嘴的余地，只怯怯伸了手让队列通过。

行了二町远后，千代钻进轿子，命令："快走！"大家都对千代的机智与勇气佩服得五体投地。夜半，千代终于回到伏见府邸，与丈夫伊右卫门团聚。

"没磕没碰的，太好了。"伊右卫门像是自己过了关一样大声吁了口气。

"真是有趣极了。"千代莞尔一笑,"若是实在不行,人家还打算让手下的武士、侍女们冲杀过去呢。"

"开什么玩笑,你冲得过去吗?"

这倒也是,千代气力甚小,薙刀拿来舞十个圈儿就会气喘吁吁。

千代的预感对了。她逃离京城回到伏见不多久,京城德川家府邸里来了一位关白秀次的使者。是凌晨时分,天空还一片阴暗,就仿佛是专门挑这样的时间来了个突然袭击似的,使人感觉异样。

"请问有何贵干?"京都府邸的年寄土井利胜(后来成为下总古河十六万石之身)出来应对道。

"关白殿下有令。"听使者在门口这样一说,土井利胜便跪拜在地。"请你们当家的中纳言秀忠大人即刻前往聚乐第。"

据使者所言,他们已经在聚乐第备好房间,要悉心款待秀忠,希望秀忠能跟关白秀次好好叙话。总之,无非是"人质"而已。

(来了!看来关白秀次大人的确企图谋反。)

土井利胜机敏地查知到,关白秀次为了在合战中拉拢家康,势必要将家康嫡子秀忠当做人质。

（不过手段太孩子气，任谁都能一眼看穿。）

老练的德川家怎会轻易上当？利胜道："好的。只是现在天还没亮，中纳言（秀忠）少主还未曾起身。等日出后，在下便即刻让少主赴约，还请先回府复命如何？"

"也好。"聚乐第的使者也不好使强，便回去了。

之后利胜马上与府邸长老大久保忠邻商量。

"逃离京城吧。"大久保忽道。只能走这一步棋了，若是犹豫不决，说不定还会陷入被兵围困的险境。京都府邸里人数甚少，根本无法参与防卫战。而且对方是关白，又怎敢与关白兵刃相见？

"毋庸再议，现在只应该考虑怎样护得秀忠少主周全，离开京城前往伏见。"府邸里此刻已闹得天翻地覆。

"是取道伏见小路？还是直接走大路？"大久保听了土井利胜的分析后问道。

土井利胜似乎已经下定决心，回答："大路。"伏见小路虽说比较隐秘，不易被人发现，可万一被敌人追击，免不了落下"德川大人嫡子从小路逃走，在途中被截杀"的话柄，实在是有碍体面。若是只剩了被截杀的命，何不堂堂正正死在大路上？德川家名誉犹可保住。

如此商定妥当之后，土井利胜等七人不等天明，便保护秀忠离开府邸，好歹回到了伏见城下。

千代、德川秀忠的离去，使得笼罩关白秀次的紧张空气，更加厚重浓郁起来。

"干得漂亮！"伏见城的太阁秀吉褒扬了千代与德川秀忠一顿，"山内对马守夫人真不愧是名声在外的才女啊。还有德川大人的儿子中纳言，也是虎父无犬子，轻轻巧巧便金蝉脱壳了。"

秀吉是在赞两人识时务者为俊杰。这也就意味着秀吉眼里的养子秀次，俨然已成了自己的敌人，"聚乐第亦是敌城"。京城与伏见之间很快就要起战事的传言，竟连寻常百姓都知道了，其中已经装好家财随时准备出逃的人，亦不在少数。

情势恶化到这个地步，究其罪责，最首要的原因就是关白秀次的愚笨无能。

"他真是个笨蛋哪！"平素不善言语的伊右卫门对千代道，"太阁都已经有亲生儿子了，亲儿子越大也自然就会越疼爱，反过来对养子秀次就会越疏远越讨厌。人之常情嘛。俺要是秀次大人，就立马将继承人资格奉还。"

"不过，秀次大人其实也是个可怜人。"千代毕竟是女子，这段时间里对当局者迷的秀次起了同情心。千代觉得，秀次的确是个暴虐无道荒淫无度之徒，可让他踏上如此不归路的，大抵就是养父秀吉的冷淡薄情吧。

"可惜时机太不凑巧。如今不是正与朝鲜作战吗？太阁殿下亲自到肥前的名护屋城坐镇指挥，而多数诸侯、将士都过得十分艰难。这种时候他一个人在京都饱暖思淫，不合时宜啊。"伊右卫门道。这也是伏见城内众人的一致看法。

秀吉也有相同的看法，因此厌恶秀次的情绪又加深了一层。

（傻子啊。）

千代觉得秀次真是愚笨，他就好像是特意去找了一些理由来，好让太阁秀吉杀掉自己似的。对秀吉而言，只要有让天下信服的理由，就非得废了秀次不可。只有废了秀次，襁褓之中的秀赖才有稳固的将来。

（秀次大人真不会察言观色。）

不仅不会察言观色，还自掘坟墓。秀次竟在这样的风言风语中狩猎去了，而且还让随行的人在行李之中备好盔甲。秀次大概只是为了防范被秀吉偷袭，可旁人看来，这就是明目张胆的"谋反"铁证。

其间，秀吉派了石田三成、增田长盛的诘问使，前往秀次之处诘问调停。可事态并不见好转。于是秀吉终于下定决心，打算让人把这番旨意传达给秀次："即刻到伏见城来见我，有话面谈。"

而传达旨意的使者里面，也有伊右卫门的名字。

诘问使团由远州浜松十二万石的堀尾吉晴担任团长，之后是五奉行之一的前田玄以、与五大家老地位相当的宫部继润、骏府十七万五千石的中村一氏，最后是山内对马守一丰即伊右卫门，共五人。

"这个差事不好当。"伊右卫门思忖，此番说不定连命都保不住。

他们五人的任务，说白了，就是去跟杀生关白秀次说一句"请务必到伏见城来"。秀次当然会想：

（要是去了肯定被杀，要是不去又会被抓了把柄弄得个兵临城下。进退都没有出路。）

如此一来，对秀次来说还不如彻底反了，与伏见城的太阁兵刃相见，拼个你死我活。

（若是走到这一步——）

伊右卫门思忖：

（诘问使十之八九都会被斩，以血祭军阵。）

当伊右卫门接到伏见城秀吉的此番命令时，极度紧张。也难怪，下达命令的秀吉自己亦是表情可怖。待五人一同退出不久，秀吉又让前田玄以将堀尾吉晴叫回来。

"茂助，"秀吉道，"如果秀次拒绝前来怎么办？"秀吉无疑是心绪不宁。英雄时代的秀吉身影已经消失，留在那里的，只是一位心神不定的老人。

"请大人放心。若是那样，在下便见机行事。"堀尾吉晴跪拜回话道。所谓"见机行事"，就是见机刺杀秀次的意思。当然刺杀过后，自己亦会被秀次的家臣所杀。

秀吉弄清此节之后，老泪纵横道："你曾经救过我两次，这次是第三次了。"

伊右卫门回家便道："俺要去聚乐第，千代，帮俺准备一下。"

千代惊骇之余，听闻缘由后，只说了一句："荣幸之至。"千代只能这样说。秀吉是看中了伊右卫门唯一的优点：律己、耿直、仗义。

"千代，俺经历无数战事，有幸活到今天，也成了远州挂川六万石的大名。不过，看来一切都是过眼云烟。"

"夫君……"千代一个不小心眼泪都快掉下来了，却仍努力微笑着，"可千万别这么说。一丰夫君万一遭遇不测，千代亦不会独活。夫君不需要有任何顾念，只要堂堂正正不为后世所耻笑就好。"

"明白了。"

千代送走了伊右卫门。看着丈夫与众人同去，渐行渐远，总觉得他的身影最是单薄暗淡。

五位诘问使一同进入聚乐第,被领往书院。然而,秀次许久都未现身。

"咱们作为特使,"堀尾吉晴对身旁的伊右卫门低声道,"等同于太阁殿下亲访。关白殿下竟让咱们如此久候,说不定已经下了谋反的决心。"

"嗯。"伊右卫门点头,面上毫无表情。可他内心里并非风平浪静,如此一来,只剩了血溅当场一条路。

堀尾其实猜得也大致不差。秀次当时身处私室,正接见紧急来访的家臣吉田修理亮好宽。

吉田曾是德川家康的手下,离开德川后曾侍奉过秀吉一段时间,现在是秀次旗下家臣。他是一员颇有武勇的武士大将,不过容易情绪激动,而且一旦激动起来就有些不分轻重。后来秀次灭亡后他离开了丰臣家,回到德川家的结成秀康麾下,得一万四千石。大坂之阵时他属于东军的一员,可在夏之阵时因违反军令被训斥,之后下落不明。第二天,满川上浮起一具死尸。有人说他是跳河自杀,也有人说是追击败寇不慎跌落河中,连战马也一同殒命。

这位吉田修理亮,此时正在摄津的芥川监督筑堤工事,听闻从伏见来了五位诘问使,于是从工地上骑马飞奔回来,进了京城的聚乐第后请求即刻面见秀次。

"请勿前往伏见城。"吉田满面赤红阻止道,"去了只有死路一条。"

"是么?"秀次六神无主,"他们说不会的。"

"受骗上当的人,被称作愚笨之人。到底是当个世人皆知的愚笨之人好,还是当个谋反的枭雄留名百世好,大人意下如何?"

"不知道。"

"笨哪。在过去镰仓时代,连忠臣畠山重忠都被认作谋反的枭雄,而他却以此为荣。大人虽说已位居关白,但仍然是武士不是?若是武士,那就只剩一条路——谋反。在下来此别无他意,只求大人能够决意谋反。"吉田步步紧逼,"只要大人一声令下,在下便可立即调动聚乐第、京都府邸的人马,凑齐一万大军,以迅风不及掩耳之势冲往伏见城,将太阁殿下的首级带来见您。"

"呃,不。"

"真是麻烦!那此番行动稍后再定。在下这就去书院,把那五个等候的大名抓来砍头。"他起身即刻就要出发。

秀次脸色铁青,忙叫住他,道:"修理,等等。"他身子抖得厉害。这个幸运儿估计做梦也不曾想过,有一天自己会被逼到这个份儿上。

关白秀次最终还是放弃了吉田修理亮"即刻谋反"的计策。当时一部分人已经窃窃私语，说他孬种，没有骨气。这种时候，不管善恶即刻挥刀行动的人，在当时才是被称作汉子的人。

秀次终于跟五位诘问使面对面坐下，道："让诸位久等了。"他在上座，伊右卫门五人跪拜在地。

堀尾吉晴作为代表，扼要讲明了秀吉的要求。秀次听得一脸苍白。堀尾已抱了决死的信念，所用言辞自是铿锵有力、迫力十足，目光也火辣辣直视秀次，一刻也不曾离开。

"知道了。"秀次嘶哑地吐出一句，"我去。不过，还想请各位宽限几天，让我准备一下。"

"不行。这样反而会使太阁殿下更加着恼。既然答应去，就该爽快地即刻启程去，不要拖泥带水。"

"即刻？"秀次仰起头，双目空洞无神，视线散漫，俨然一张没有骨气的轻浮面庞。

"即刻？"他又重复了一遍。

"正是，这样最好。"

"即刻？"

"正是！"

"……"秀次顿时萎靡不振。

"有我们五人与您同往。眼看天色将晚，还请即刻动身，不要误了时辰。"

"即刻?"

听到他呆滞的喃喃之声,伊右卫门不禁可怜起这个年轻人来。

(千代说得对,这个年轻人倘若不是太阁殿下的亲戚,只是个村野农夫,守着一小片田地过活,这一生本可以安安稳稳波澜不惊的。)

想到此处,伊右卫门实在是觉得没有什么比权力社会更让人寒心的了,心境一时竟老了许多,不由得开口道:"大人——"他仰起头来,话语哽在喉咙,却不知从何说起。

"是对马守吧?"

"是。我们跟大人同往,请慢慢准备。"

"对州!"堀尾吉晴低声道,"有鄙人一人发言就好。对马守大人就不必多话了。"

堀尾这样说也有他的道理。若是秀次依言真的慢慢地去准备,说不定又会改变主意,其家臣也不知会闹出多少事端来。

(这个糊里糊涂的呆子!)

大概堀尾吉晴心里直犯嘀咕吧。若是平时,在关系复杂的权力社会之中,伊右卫门的魅力正是他的糊涂。可此一时彼一时啊。

"请大人即刻动身。"堀尾催促秀次。秀次终于决定去伏见。

而此刻的伏见城却是一片喧嚣。

那个夜晚,伏见城下流言四起:"关白殿下要谋反了!"普通百姓也都听得戚戚然,四下张望着:"真要打仗了?"甚至不少打算避难的人早就准备妥当,满街满路都是装满行李的车马,一时间竟喧嚣尘上。

山内家的伏见府邸里,千代一个人坐在佛堂里。只这一处房间还静谧如初。

(还没回来么?)

她一直等着伊右卫门的归来。街巷所传的关白殿下谋反的流言她也听说了,但她不信。可仍不免担心,不免无措。

(难道街巷的消息,更为迅捷灵通?)

若是京城的秀次已经谋反,那诘问使伊右卫门就永远也回不到千代身边了。

(到底是什么状况?)

千代细细思索着。此时,有从城下望风的侍女回来,转告了街巷里的一片混乱。

"所有人都惊慌失措的样子,听说还有人在逃离的慌乱之中,把孩子倒着背在身上呢。"

"是么?"千代爽声笑了笑。因她觉得若是不笑,岂不辜负了侍女外出望风的一番努力?

此时,秀次与诘问使一行人正往伏见赶来。秀次带着三个男孩儿,与数位杂役一起,只有十来人左右,加上五位诘问使与各自家臣,则达到百人以上。这一行人拿着火把往南疾行,也难怪沿路的百姓们都认为是"军队"。

夜半时分,一行人抵达伏见,秀次在城里来人的指引下,进入木下大膳大夫的府邸休息。

伊右卫门等五位诘问使,不顾夜深直接入城将事情经过报告给秀吉。秀吉只说了一句"是么",便不再开口,与平素多言善辩时判若两人。

"大人打算如何处置?"堀尾吉晴问道。

"以后的事,俺要再考虑考虑。你们先退下歇息去吧。"秀吉道。或许是因为灯影的缘故,他看上去十分憔悴。

伊右卫门回到府邸。当他与千代独处时,这个举止文雅的男子竟双手抱膝蜷成一团。"好累!"他不愿抬起头来。无论谁见了都不会认为这是位六万石的大名。

"千代,俺好累!"

"我去温点儿酒来吧?"

"不要,不想喝。关白殿下这次可能有难了。是俺将他带到伏见来的,恐怕俺是当了一回地狱的喽啰。"

"……"

夫妇两人都沉默不语。千代与伊右卫门虽然都很讨厌秀次的为人，但这个结果却是始料不及的。千代啜泣起来。实在是造化弄人啊！

千代也知道木下大膳大夫吉隆的府邸，也就是现今关白秀次在伏见城下所居之地，出了名的狭窄，而且低洼潮湿，南面还有大片杂木林挡住阳光。

（为何要让他住那样阴气湿重的房间？）

千代想想都觉得寒冷起来。

木下大膳亮是丰后一地三万石的大名，因与秀次交好，之后很快就得了个"唆使秀次谋反"的罪名，在萨摩岛津家被命切腹自尽了。

第二天早上，秀次正准备入城，秀吉派使者前来传令道："请直接去高野山，面壁思过。"秀次一听很是意外。是秀吉说"有很多话想当面细谈"，他才答应来伏见城见秀吉的。

"墨染的僧衣也准备好了。"使者又道。大概是要给自己剃度吧。

听到这句话，秀次反倒松了一口气。他就怕被赐死，所以来伏见这一路上都心绪不宁。他想，如果是要自己剃度出家，这条命总算是保住了。

"请告知殿下,在下领命。"秀次叫来僧人给自己剃度,数名手下也都一齐落了发换做僧人打扮。这天他们就离开伏见城,上了高野山,依照命令进了青岩寺。他们前脚刚到,福岛正则为首的秀吉使者们,就跟着上了山。为的是向他们传达"赐切腹自尽"的口令。

秀吉的这番处置,给高野山的所有僧侣、行人带来了极为强烈的冲击。"太不人道了!"他们不懂政治,也不需要懂,只要按人之常情去考虑就好。很快,会议在金堂里召开。

"本山寺庙拒绝俗世权力的干涉,就以此为盾牌,向太阁殿下请愿如何?请他看在一山众僧的分儿上高抬贵手。"这样的论调起先很有声势,可最后还是长老木食上人的政治性意见成了定论:"若是违反太阁殿下的意思,与殿下对着干,到时或许就多了一山的冤魂。"这位上人是靠了秀吉才当上一山的长老,作为僧人的政治嗅觉是极为灵敏的。

秀次最终被命自裁。近臣山本主殿、山田三十郎、不破万作率先切腹,由秀次亲自给他们送终。一直跟随秀次的一介僧侣——东福寺隆西堂,亦随后切腹。第五人便是秀次自己。

福岛正则带了秀次的首级下山,回到伏见拜见秀吉时,秀吉老泪纵横,喃喃道:"木食上人最终还是让他切腹自尽了吗?"这是秀吉自己的命令,可如今人去楼空却又不免暗自落泪。晚年的秀吉，感情起伏甚大。

晚年秀吉的凉薄可怖，并不只有将秀次逼至高野山自裁这一桩事迹。他接下来所干的事，是千代极力捂住耳朵也免不了大声呼叫的事。秀吉逮捕了秀次妻妾三十余人，并监禁在德永寿昌的京都府邸里。

"女人又没有罪。"伊右卫门表情苍凉的这一声嘀咕，印在千代心里万般沉重。

秀吉把这些女眷在前田玄以的居城丹波龟山城关了一小段时间，之后很快又带回了京都的德永府邸。这段时间里，一句流言在京都卷起千层浪——这些人都会被杀的。

（怎么可能？）

千代思忖。然而，秀次切腹约十日之后，千代听说京城三条一地的河原处正在修一个异样的工事，感到极为震惊，于是去询问丈夫伊右卫门。

"是真的，"伊右卫门苦着一张脸，"千代，这话虽然说来惶恐，但俺还是觉得太阁殿下的天下不会长久了。"

当时的鸭川比现在要宽阔得多，特别是在三条一地，河原就好似原野一般辽阔。此处挖了一个十二丈见方的坑，边上围了一道柴墙，还在靠近大桥的南侧堆了一个极大的土塚。

秀次的妻妾几乎都出身高贵。第一夫人是池田胜入斋的女儿，池田家的当主辉政有侍从的官位，是十五万二千石之身。与她同为正室的是公卿菊亭大纳言晴季的女儿一之台夫人。侧室里有一位一姬夫人，出身于被称作"出羽侍从"的奥州名门——最上家。另外还有多位大名、小名的女儿。

（她们何罪之有？）

千代不禁愤愤然。秀次的确是天下罕见的暴虐无道荒淫无度之徒，就算加上一个谋反的罪名，那也是他一人死足矣。若是担心他的孩子们长大成人后会危及秀赖的政权，那也该遵循武家旧习，只取男孩儿的性命。

（太阁殿下难道疯了么？）

行刑的日期定在八月二日。之前一天，千代让十个侍女扮作平民百姓，去京城探访事件经纬。

"虽是个很难受的工作，"千代对她们叮咛道，"但还是请你们仔细看清楚，包括普通百姓们的窃窃私语、所谈话题、脸上神色等等。"千代要通过这些判断将来的走势。

"夫人何不亲自去看看？"有年长侍女开玩笑道。可任凭千代好奇心多么旺盛，这种场面是绝对不想掺和的。

"我光想想就已经气血凝固了。"千代回答道。她听说前一日已经有数百个伏见的百姓成群结队地上京城观看行刑。

（或许人们都乐于看到他人的不幸吧。）

这便是人性的残酷,千代思忖。

那天早晨,秀次的妻妾与孩子三十余人从德永府邸出来,坐上板车。每辆只能载两三人,于是只见京都大路上十余辆板车咯吱咯吱摇曳往东。

"跪拜秀次首级!"有官吏腔的喊声响起。不过拉板车的并非武士,只是一些穿了杂兵盔甲的刽子手,每人手中都握有长柄武器、棍棒之类。

据说妻妾之中有二十九人在前一日已经写过辞世的诗篇,她们是知道自己会死的。沿途来观看的人群筑起了人墙。或许是觉得可怜的人更多,只听见念佛之声此起彼伏。

到三条河原了,在大桥南侧的那个新堆的小山之上,秀次朝西的首级被阴森森搁在上面。

"看,那便是你父亲。"被称作辰方的侧室对女儿说的这句烈铮铮的话语,传入人们耳中。

刽子手把妇孺们一个个从板车上赶下来,再赶至首级前面,让其一同跪了下来。屠杀从此时开始。首先是孩子,死拽着母亲衣袖的手被强行拉开,随后就是两刀,接着被扔进土坑。

辰方的女儿只有三岁,看着眼前的惨状问母亲道:"他们也要那样杀我么?"

听到这稚嫩的询问声,辰方抚摸着她的发丝,道:"只管念佛就好,咱们马上就可以见到你父亲了。"

话音未落,就见一刽子手走来呵斥道:"唉声叹气有什么用?"接着拉了幼女就刺,母亲辰方的首级也很快落到了河原的砂石之上。

鲜血肆无忌惮地流淌着,染红了河水。京城众人战栗着,地狱就是这般模样么?屠杀结束后,刑吏开始填坑。很快一座新塚被堆了起来,顶上有正午的艳阳灼烧。适才那一片妇孺的哭泣悲鸣,仿佛就是一阵臆想似的,那么不真实。

新塚,悄无声息。秀次在另一座土塚上凄然地望着它。旁边有鸭川怅然流过,泛着粼粼波光。

"太惨了。"周围只剩一片念佛之声。

这座新塚也不知是否是秀吉的命令,被称作"畜生塚"。一群无辜的妇孺,连死后都还得受尽侮辱被称作畜生,这到底是为何?

"这病怏怏的世道,还是灭了的好。"大概,发出这种感叹之声的京城人士占多数吧。

是夜,各个路口都立了罪牌,上面写道:"天下乃天下之天下。"意思是,天下不是秀吉你一人的私有物。中间有一段话:"关白家之罪,亦应遵循关白家惯例处置才是常理。"明白无误道出对关白的处罚也应该依据法理。"就跟平常人家的妻儿一样。今日的一片狼藉，纯属肆意妄为，绝非为政之道。呜呼，天网恢恢，因果报应，请拭目以待。"

最后末尾处还留有一行诗："世间因果如车行，善恶轮回终不昧。"字里行间透露着对丰臣政权的诅咒，终会有因果报应来惩罚恶者。

此罪牌作者不详，可只要是见过那番屠杀光景的人，百分之百都有同感。

从京城回来的侍女在讲述经过时，千代气血直往上冲，愤怒不已。

（这算政道么？）

她抑制不住想要大喊大叫的冲动。

这天夜里，她嗓音颤抖，对伊右卫门道："丰臣家离灭亡不远了。"

这边秀次与妻儿们死后也被称作"畜生"，那面亲生儿子秀赖却在万般奢豪中成长，其生母淀姬更是呼风唤雨，作威作福。

（老天真的允许这样么？）

千代的血沸腾得厉害。"这样"所指的是秀吉的暴虐傲慢。一个独裁者对亲生儿子的溺爱，已经到了人所共愤的地步。是这种溺爱，导致了他对无辜者畜生不如的行为。

（行将落寞。）

千代想要吼出的话语，与罪牌作者一样。

秀吉确曾是英雄。千代很是怀念还是长浜城主时的那个秀吉。本能寺事变后，秀吉迅疾调兵，在山崎大败明智光秀，那时他是多么英姿飒爽，满身都透着清凉之气。

可当他夺得天下，在位子上坐稳了，坐久了，从天子到庶民，世间已无人敢忤逆秀吉的意愿。难道这就是让人变得痴愚的理由么？千代想不通。

"或许，"千代道，"现在的幼主长大成人之时，天下早已易主。天下并非一个人单枪匹马夺来的，是众人与时势造就的。这位幼主等不到继承天下的那天了。"

"的确是啊。"伊右卫门亦深有感触，重重一点头。对这种独尊亲子的奇妙政权，与其说他是在批判，不如说是讨厌。

"不久的将来，世道会变啊。"他说话时表情干涸。此事件以后，至少一大半的大名心里，对丰臣家第二代秀赖的那些关爱都淡漠了。

家康可谓十分狡猾。他是有大智慧之人，很早就明白"关白殿下做不长久"。

在秀次升任关白之后，诸位大名都争先恐后去巴结这位

"未来的天下之主",使得秀次那儿整日里门庭若市。可家康却超然于外。虽然家康内心的真实世界无从查知,但他无疑是一直都在凝视着秀吉的寿命,盘算着只要他一死便横刀夺权。

就算秀次大难不死,在秀吉过世后继承了秀吉的大权,这位愚笨之人也终有一天会死在家康的手上。

家康是演戏的高手。

秀次死后,"丰臣政界"一片混乱不堪,因为曾经讨好过秀次,与秀次结过缘的大名不在少数。可如今秀次成了反贼,连妻妾孩子都无一幸免,更何况秀次曾经的重臣们。他们大都因"唆使谋反"的罪名被判处死刑,而那些与秀次结缘的大名们也因"参与谋反"的嫌疑而胆战心惊。

比如,秀次为了拉拢大名,经常借一些钱给他们。其中就有细川忠兴,借了秀次的两百枚黄金。忠兴听到秀次被赐死的消息时,大惊失色。他明白若不早些还上这笔黄金,秀吉想怎么处置自己都是可能的。于是他为了这笔黄金到处奔波。可是京都、伏见的大名之中没有任何人有这样一笔大钱。黯然神伤之下,他忽然想起家康,于是赶到家康处说明缘由。

家康一听,说是小事一桩,接着命令侍从:"去把某个铠甲箱打开。"家康平素节俭,随时都备有大量金钱。"什么时候还都可以。"家康说罢，慷慨地把钱给了忠兴。

忠兴感动异常，低首道："您的大恩大德在下没齿难忘。在下愿为大人肝脑涂地！"后来，在关原大战前夜，忠兴为报家康的大恩，只身在丰臣宠将之间周旋，最终助家康夺得天下。

另外还有最上义光，他曾将自己女儿嫁给秀次，因此有传言说他将被命切腹，领国也将全被没收。他也因家康仗义相助而幸免于难。浅野幸长也担了莫须有的罪名，靠家康才得以脱身。

家康虽然看似超然于外，实际却巧妙地施恩于诸将之间。那场让他赢得天下的关原大战，或许应该说从这时起就打响了。

山内家这次因千代的先见之明而幸免于难。

"千代，多亏了你啊！"伊右卫门道，一脸虎口脱险之后的安详之态。

"哪里，都是托了一丰夫君的福才对，谁让夫君曾那般讨厌关白殿下呀？"

"看你说的。"伊右卫门从未觉得千代竟如此得力。

卖虫小贩

千代有时会带上一两位侍女去东山的各寺或北野天神、东寺等地拜佛祈愿。若说是因为虔诚，则显得太过夸张，其实说白了无非是借拜佛祈愿之名去各处走走罢了。

在这年秋的某一日，她去了清水寺。出来后，不经意间望见道上有一位小贩坐在苫席之上，地面立着三根粗大的枫树枝。

"卖什么的呀？"千代悄声问道，侍女回答说是卖虫子的。果然，枫树枝上挂了好些小笼子，里面装有金琵琶、蛐蛐儿之类。

"去买两个过来吧。"她叫侍女去看看。

侍女走过去拿出青铜钱正要买，只见卖虫小贩戴着一张像是茶叶水浸泡过的旧头巾，微微一低头，道："多谢！那边那位是山内对马守家夫人吧？"

"你是何人？"侍女唬了一跳。也难怪她吃惊，这日千代出行，头顶有市女笠的纱帘遮面，容貌是看不真切的。而这位卖虫小贩竟透过纱帘猜出了夫人的真实身份。

"在下并非可疑之人，请告知夫人在下六平太。"

千代听侍女如此一说，也是惊诧不已，眯着眼睛望了望那位卖虫小贩。想当初伊右卫门还在织田家里当差，受封唐国一千石的那段时间里，经常出入府邸的，不就是这位甲贺者六平太么？

"望月六平太吧？"千代微笑着走近。

六平太也不行礼，只一副笑眯眯的神态。也许是年纪长了的缘故吧，看起来竟是慈眉善眼的模样，跟原先判若两人。

"你在做什么？"

"正如夫人所见，卖虫子。"

"可是，忍者——"千代如此一说，六平太手指贴唇，"嘘"的一声做了个夸张的手势，"往事不可忆！"

"那你现在就是个卖虫小贩？"

"算是吧。"他脸露暧昧的微笑，好像在暗示怎么可能这么简单？"夫人买了两笼小虫，大概是送给拾君与国松幼主的吧？"六平太漫不经心猜测道。

以前提过一次，拾君是在长浜府邸门口捡来的孩子，十岁时在花园一地的临济宗本山妙心寺剃度出家，之后成为临济宗本山大名鼎鼎的年轻禅僧。国松则是一直留守在远州挂川城的伊右卫门弟弟修理亮康丰的儿子，虚岁刚满五岁。伊右卫门、千代收了他当养子，如今住在伏见。

六平太自是从没见过这两个孩子，可他竟能一听"两笼"便猜中，只能说他宝刀未老，锋芒不减当年。

（果然不只是个卖虫小贩这么简单。）

千代思忖，随后请他务必来府邸一叙。

清水寺一遇之后第二日，六平太便来伏见府邸拜访。老臣深尾汤右卫门前来禀告千代，于是千代问道："他是个什么模样？"

"看样子倒像个五百石身家的武士，长枪由年轻侍从拿着，一匹马有马夫牵着，手下小者等共五人左右。"

（呵呵，不愧是六平太，又弄了个新鲜花样儿出来。）

千代觉得实在好笑。待被引荐至书院，才发现的确像个不赖的武士，于是千代屏退其余的侍女，语带嘲讽道："六平太，你这一身打扮又是唱的哪一出啊？"他带来的那些人也是跟他志同道合的甲贺者无疑。

六平太讪讪笑道："不过乱世里讨口饭吃罢了。"

"这番乱世也真是有趣，有你六平太这样的浮生子，还有供浮生子吃好喝好的人呢。"千代并未追问后者到底是谁，先问了问往事，"一别经年，你都做了些什么？"

"在下侍奉西国的某大名，一直与京城的大人物周旋至今。"

"某大名？"

"毛利家。"六平太小声说过后，忽然忙不迭捂住嘴巴，"哎呀，不小心说漏了嘴。在夫人面前，我六平太就是藏不住话。"六平太好像从以前就一直倾慕千代，所以才在山内家家道还很卑微时，便主动告知了许多各国情势给她。那段时期，此人频频出入山内家，可实际上是在替织田家的敌方浅井家做事。

"在下有时候也曾暗自拜会过夫人。"

"怎么我一点儿也不知道？"

"那是自然。要是被夫人都察知了去，我们这些人还瞎折腾什么？"六平太沉默半晌，面上微笑如涟漪拂过，"对了，小虫还活着吗？"

"叫得很好听呢。每次见你都换了一层新的画皮，唯有这小虫子倒是真的。"

"承蒙夸奖，"六平太习惯性地摸了一把脸，"顺便问一下，夫人有用得着在下的地方吗？"

"没有没有。"千代笑道。看样子，六平太是想一面替毛利家做事，一面又为了千代而乐意替当家的帮点儿忙。

"世道快变啦，"六平太脸露兴奋状，"好像又到了在下这种人发挥作用的时候了。数年之间说不定就会天翻地覆啊。"

这日伊右卫门从城郭回来，刚安稳落座，千代就告知了六平太的事情。

"什么？六平太？"伊右卫门怕那人像是怕鬼似的，因为只有那人知道小玲的事情，知道曾经发生在空也堂的那段孽缘。这可以说是伊右卫门唯一的一次外遇。

（那次在伊吹山与六平太道别时，他好像说过小玲后来的一些事啊。）

想到此处，不意间小玲的音容笑貌，身姿秀发统统从脑子里冒了出来，脸颊上竟是潮红一片。

"怎么了？"千代注视着伊右卫门的神情变化，很是奇怪。

"呃，没什么。"

"那就好。"

"那个……六平太怎么说的？"伊右卫门慌里慌张回到正题。

"听他说，世道就快乱了，数年以内就会闹得天翻地覆呢。"

"他就是靠乱世吃饭的嘛。放些流言出来，窥视别人家的样子，有时还在城里搞点儿火灾，越乱他越是高兴。这种人的话能信吗？"

"可是，"千代曾对六平太有过评判，现在又一次说道，

"那类人也是能派上用场的。不如跟从前一样，允许他可以出入府邸如何？"

"还有什么允许不允许的？那人只要想来，随时都可以从榻榻米下面钻出来。"

"反正又没有损失。"

"千代就是太轻信。若是他半夜要来割我项上人头怎么办？"

"呵呵……"夫君的脑袋在丰臣政权里还不至于贵重得要让人半夜来取，这位耿直、律己、死心眼儿的对马守大人啊，在殿中可是被当做半个傻瓜的主。

"只要对方诚心以待，哪怕恶人也大都会善待对方的。"

"若是被出卖了呢？"

"那便是自己本身就心存歹念的缘故啦，只好认命。六平太或许是个毒物，可若不是毒物的话，也成不了好药材的嘛。"

"倒是有理。"伊右卫门老实地点点头，"那六平太看起来忙吗？"

"听他话里的意思，好像有段时间一直在毛利的中国地区，从去年开始又重新回到了京城、大坂。那人有时会扮作卖虫小贩，有时又会打扮成手持长枪的武士，还有马夫牵马跟随。如此看来，这伏见城下其实也是暗流涌动，早就不安宁了。"

"莫非是太阁殿下的身子有不妥之处?"

"御用医生那里据说也派了人去秘密打探,他们对太阁殿下的病情几乎了如指掌。"

"还有多久的寿命?"

"说是还有几年而已。也不怕忌讳,万一——"

"就是!如果万一——"每位大名其实都忧心忡忡,万一太阁殿下归天,丰臣政权会怎样?连京城的小孩儿都明白,会分崩离析的。

这年闰七月十三日,也就是阳历的九月五日,千代所在的伏见一地发生了一次大地震。也是因缘巧合,正是六平太拜访山内家,说了些"世道要变"的话之后第二日。地震发生在深夜两点,千代还在睡梦里。

"啊!"当她惊慌起身时,伊右卫门抓牢了她的手腕。

"千代!"伊右卫门嚷着翻了个滚,千代便俯在了他的身上。

只听见房屋各处传来支离破碎的声音,继而轰的一声,仿佛地底有无尽的吸引力在拉扯身体,而后忽地一钝,像被抬了起来,接着便又坠得更深。这一瞬之间,天地都坍塌了似的,两人就此被埋在建筑底下,所幸未曾受伤。

千代哭起来:"——丰夫君,地震了。"

"俺知道。"

"可是……地震了!"

"千代,别犯迷糊。"千代失措得厉害,弄得伊右卫门也不知如何是好。自从长浜地震夺走了女儿与祢,千代怕极了地震。大地还在不停地摇晃着。

"国松——国松——"千代一面叫着养子国松的名字,一面努力地想要爬出。作为世子的国松还是个五岁的孩子,正与乳母等人住在别屋。

"别哭千代。"

"可是……我好怕。"千代好似变作了小女孩儿。

伊右卫门不愧是在无数个战场上出生入死过的人,遭遇地震也能处变不惊。

(没想到啊。)

看着千代柔弱的模样,伊右卫门没想到自己的妻子还能如此我见犹怜。他此刻竟有了闲情观察千代的慌张样儿。

"千代,有俺呢。"

"长浜那次,夫君就不在。"千代的恨意似乎更盛了。

"那时俺有事去了京城,可现在就在你身边。"

"就咱俩呢。"千代语气像在撒娇一般,弄得伊右卫门一愣一愣的。

"对，就咱俩。"

"没有旁人。"千代忽然缓过劲儿来了似的，一如既往笑起来。

"怎么，说笑就笑啦？"

"现在这样没有随从也没有侍女，感觉像是回到以前就只有咱俩的时候了似的。"

"是啊，没错。富贵权势之类，只要大地一颤就都归于泡影了。太阁殿下如今也在同一片大地上摇晃着呢。所有人都一样，毫无防备。"

"紧紧抓着我的手，好吗？"又一波剧烈的震动来袭，大地仿佛浪涛中的一叶扁舟起伏得厉害。

这次伏见大地震，与幕府末期弘化四年（1847）三月二十四日在信州善光寺平一地发生的地震，被称作日本史上至明治时代最大的两次地震。这次地震的震源在伏见鸟羽附近，受灾地包括京都府南郊与大坂府等，京城方广寺刚建不久的大佛殿也倒塌了。

据说后来，秀吉听说这六丈五尺的大佛竟如此脆弱不堪，极为震怒，道："建汝等大佛是为了镇国守家，没想到汝等连自身都保不住，还谈什么镇国守家？"于是命人朝大佛放箭。再后来，德川家康以这尊大佛的钟铭"国家安康"

为借口，挑起了大坂战役，所以就更有名了。

德川初期，宽文二年（1662）又发生一次地震，方广寺大佛又是"连自身都保不住"，被震毁。德川幕府断定"这佛毫无用处"，便拿来铸成许多一文的铜钱，流通到市面上去了。

闲话少说。这次的伏见地震里，伏见、京城几乎所有寺庙神社、府邸、民家都被震毁，被压死者不计其数。最大的毁损莫过于秀吉的伏见城。不光只有城门、箭楼、殿堂几处，连天守阁也在一瞬之间化为废墟。

在世间颇为有名的"地震加藤"的故事便是发生在此夜。

这一夜加藤清正的伏见府邸也是毁损不轻，大书院倒塌，火灾从马厩处燃起。加藤清正猛一起身，迅速系好护腹铠甲，拿一根柿子黄的棉手巾缠在额头，再穿一件白绫阵羽织，上有一溜儿朱红文字：南无妙法莲华经，腰上挂好大小双刀，胁下夹一根八尺余长的铁棒，大叫了一声"跟我走"，便脚踏颤抖的大地朝着伏见城出发了。

跟他一路的，有森本义太夫、木村又藏、井上大九郎、加藤传藏、大木土佐等三十位头领，另外还有足轻兵两百人。头领们手持长枪，足轻兵们则拿着些杠子、六尺长棒等。

清正上次在朝鲜八道很是威风了一把，可不巧惹恼了秀吉，如今正小心谨慎地闭门思过。他这样兴师动众，大概心里想的是：

（今夜正是洗脱嫌隙，求得大人原谅的好机会。）

伏见城正门已经毁坏，入城后只见楼阁殿堂大都化作了废墟，底下不时有悲鸣传出。清正加快脚步，却发现主城的天守阁已经没了。

（糟糕，难道大人已经在大梁底下了？）

他到处寻访，偶然推开了一道中门，里面是个庭园。假山处挂了一个大灯笼，四周施了屏风，有二十来位贵妇人围在那里，中间便是化了女妆的太阁。太阁扮作女人，大概是因为怕有人为了夺取政权，趁乱来害自己的缘故吧。在秀吉旁边，坐了北政所与松丸夫人。

"虎之助，你来得可真快！"北政所的声音里充满了欢愉，她本来就很赏识清正。秀吉也终于松了口气。

这便是千代与伊右卫门被压在梁下时，城内发生的一段插话。

总而言之，那是一场剧烈的地震，余震在之后竟持续了五个月，伏见一直在不停地摇晃，可想而知百姓们该何等的不安。

伏见府邸被震毁后一月余，望月六平太又扮作卖虫小贩的样子来访。千代吩咐过，只要他在大门口说句"在下小六，请问深尾大人在府上吗"，便可在山内府邸自由出入了。府邸是临时修整过的几间屋子。

千代命他去庭前，自己到了檐下去与之对话。

"地震时你怎样？"

"嘿，就穿着这身儿衣服在城下逃窜呢。"他也不避讳，卖虫小贩似的笑起来。对此人来说，地震也没什么，反正孑然一身又无甚可损失的。"敢问一句，您买走的那两笼小虫还好吗？"

千代告知，国松所持的那只金琵琶，笼子一坏就逃走了。妙心寺的殿堂佛塔都无损，所以拾君所持的那只还好。

"那就换一笼去吧。"六平太拿出一笼新的放在千代旁边，里面装了两只金琵琶。

"这都是六平太自己去捉来的么？"

"嗯，是从宇治山捉来的。养了这么久还真觉得可爱，都不舍得送走。"

"没想到你还挺有爱心嘛。"

就这么说了些不痛不痒的话，六平太忽地神色凝重道："如今百姓们是民不聊生啊。"

"是么？"千代微微一斜首。千代知道得很清楚，百姓的确民不聊生。秀吉年老后英雄气概不再，取而代之的是顽固的浪费癖。如今不仅出兵朝鲜，还不厌其烦地筑城。费用当然都是诸位大名分摊,他自己的是一点儿没动。诸大名为了这笔费用,也只有压榨自己领地的百姓。毫无疑问,现在民力极度羸弱。

当时伏见城下有个叫姜沆的朝鲜俘虏,是个学者,与伏见城下的木下长啸子,以及僧侣身份的藤原惺窝有交往。惺窝是当时首屈一指的大学者,后来还曾受禄于家康。他对姜沆所言的时势批评,被姜沆收录在《看羊录》里。

惺窝言道:"日本的民生还从未像今日这般窘迫,如若朝鲜联合大明军合攻日本,如今是最好的机会。只要登陆日本时,让日本降兵用日文写好统治者的罪状,说他们是来拯救日本于水火之中,而且做到登陆军队对百姓秋毫无犯、严于律己,那日本人定会高兴地参军助威,很快便可平定大部江山,直至奥州白河。"

这时连学者都说了这样的话。

特别是地震之后,秀吉政权已经岌岌可危,这点千代也看得很清楚。

这年快到年末时,处于休战状态的朝鲜局势再一次紧张起来。年关一过,庆长二年(1597)二月二十日,秀吉部署了再次远征朝鲜的部队。先锋与原来一样,还是加藤清正与小西行长。

"俺又是留守京都。"伊右卫门回府后道。理由并非因为伊右卫门是个不合格的军人,在东海道有居城的大名都被命留守,为的是内地警备。当然不是对朝鲜的警备,而是对关东德川家康的警备。千代曾经说过——夫君是监视德川大人的狱卒。伊右卫门在丰臣家的作用,被这一句比喻解释得清清楚楚。

"俺上次——"他继续说道,"没被选为入唐大名,还颇为不满,以为太阁看不起俺的武勇。这次没选上啊,简直感觉太幸运了。"

正如伊右卫门所言,渡海作战的诸位将士都是满心晦暗,根本不知为何而战。他们自己完全没有去拼命厮杀的理由。这个时代的武将们,虽说是经历了战国无数的血雨腥风,可他们毕竟不是战斗机器。

十几年前,诸位武将拥戴被称作羽柴筑前守的秀吉,在山崎讨伐明智光秀,在近江贱岳、越前北庄消灭柴田胜家,而后又西征九州打败岛津氏,长途行军剿灭四国的长曾我部氏,再往东取了北条氏的性命,势力范围最远达到奥州。这一切都是因为拥戴秀吉可以为自身带来功名地位,为的是自家的繁荣,并无其他目的。可朝鲜、大明之战,到底能为自己带来什么利益?没有!完全是一无所有。

在最初入唐时,也有武将打心底里相信,秀吉的野心真的能瓜分大明帝国的领土。可如今他们总算明白了，野心就是野心，痴人说梦罢了。但秀吉一片豪情壮志，他们又不得不硬着头皮上。更何况战争所需军费，都只能是出征大名自己负担，而且对立功的家臣又不得不自己掏钱——犒赏。

（简直没法儿弄。）

这种厌战情绪从一开始就十分明显，正是一种对丰臣政权的无言的强烈批判，可惜只秀吉自己还未察觉到。

十三万出征大军，在数月之内就占领了朝鲜南部沿岸各城，却被困住，无法远攻都城汉城，只能像一只只牡蛎一样挂在沿岸，采取守势。因为从半岛南岸到汉城几乎没有像样儿的道路，汉城附近的农村荒凉贫瘠，连当地农民都快饿死了，就算占领了汉城也根本没有足够的粮食来养活这么多兵马。

不管怎样，千代对丈夫有幸远离那般愚笨的远征，感到很是幸福。

（世道会变成什么样儿啊？）

千代每每想到此节都会黯然神伤。

这段时期，在伏见各位大小名的府邸里，几乎没有一天的话题不提及秀赖——那位将来的天下继承者。

秀赖如今虚岁五岁，所谓话题，并不是说这孩子自身聪明可爱或者才智过人。对于秀赖聪不聪明,其实千代是不甚清楚的。大概其他人也不甚清楚。

千代也问过伊右卫门:"秀赖幼主是个怎样的孩子呢?"

可跟众位大名一同去大坂城拜见过多次的伊右卫门也是不甚清楚,只偏着脑袋回一句:"这个嘛……"

秀赖在城殿深处,从没经历风吹日晒,每日里锦衣玉食,简直就是真丝与金银堆出来的。他大抵是从未有过"像个孩子一样的生活"。

秀赖后来长成一个皮肤白皙、身形修长的美男子,不幸二十三岁时在大坂夏之阵中过世。他这短短一生里唯一一次外地游玩,是在众多的侍女簇拥下,到住吉的海边拾贝壳。所以,实在难以弄清他到底是聪明还是愚笨。当时众说纷纭,有人说他是傻子,也有人说不是。

在大坂夏之阵前,据说家康在二条城第一次见到长大成人后的秀赖,很是吃了一惊。

(如此看来——)

家康下定决心,还是早些诛灭丰臣的好。家康认为对方并非世间所传的那般不济。不过,无论秀赖天生是怎样的一位英才,成日里在那种环境下生活,大概英才也会变得不济吧。

秀吉极尽天下之权势与富贵,对秀赖溺爱万分。秀赖三岁时，官阶从五位上品，五岁则从四位下左近卫少将，仅数日后又升至左近卫中将。

去年秀赖四岁时上京拜谒天皇，千代还记得那一支华美夸张的队列，连宠物狗都穿着唐锦的华服，在队列里昂首挺胸地行走。因秀赖年幼，便从全国个头最小的土佐马里挑了三匹出来作为秀赖的坐骑，披着朱丝、金丝做成的流苏。还因孩子喜欢小鸟，便找来十五岁以下的捉鸟少年身着华服，五十人一队浩浩荡荡地走着。当然还有诸位大名、旗本也骑着马儿伴随左右。

秀赖自己则由乳母抱着，坐在华丽的敞篷彩舆内，后面跟了三十一位随行女官的彩舆。让秀赖坐这种敞篷彩舆，当然是为了让围观的人亲睹一番秀赖的高贵颜容。秀吉定是要让京城内外之人铭记："丰臣家还有继承人，不光只有一代"。

这支队列与史上其他队列的不同之处，在于红白家纹的帷幔。从伏见城到中宿的京都前田玄以府邸这段路，二里半的沿道左右，全都拉起了这种红白帷幔。恐怕只能用豪奢二字来形容。

继续说说秀赖的话题。

四岁幼儿的上京队列之中，随行大名的头领是关东王——内大臣德川家康。下颌宽阔，一张光滑的脸上有着细细的皱纹，眼大，唇口紧闭，而且身子肥硕，手短足短，无论怎么看都是一只老狐狸。在秀赖旁边行走的，就是他。

这个时期秀吉的衰老非常明显，而这位早就拿定主意要横刀夺权的五十岁男子，此刻会是怎样的心境？家康若是正经起来就像个好人，那张严肃的脸上溢满了谨慎、律己、仗义。这天，他穿着一件有黄色家纹的染青道服[1]，一条赤绢长袴。大名之中只有他按内大臣的礼数坐了席棚车。

太阁秀吉并不在队列中，而是在宫门。采取的是从宫门出发去迎接秀赖队列的这种形式，所以他此刻乘了马前往三条。秀吉头上松松地系了一张没有染过色的头巾，身穿一件广袖羽织，衣襟上有金箔闪耀，于不经意间展露出秀吉式的奢华。

双方刚在三条碰面，秀吉说了句"噢，来啦？"便下马疾步上前，从彩舆上抱起了秀赖。秀赖不哭也不笑，一张颇像母亲浅井家的小脸只定定地望着远方。伊右卫门回来后曾把这番景象告知千代。

（远方的景色可不好。）

当时千代这样思忖。一个父亲溺爱儿子，这谁也管不了。可离秀吉抱起儿子的地方仅仅几町之外便是河原，正是去年秀次的妻妾孩子被残杀的地方。

（又不是只有太阁殿下知道疼儿子。）

千代继续思忖，精神健全的父母疼爱孩子，决不会强加于别人。可秀吉却耗费庞大，把疼爱强加于天下，以显示自我的尊荣。

（丰淫无度！）

千代想到了这个词。秀吉的这种肆无忌惮、唯我独尊的样子，除了"丰淫无度"一词，她想不到更恰当的表达。

在长浜地震里千代丧失了唯一的孩子与祢。为了祭祀亡灵，她在妙心寺建了一座塔头子院，只要身在京城或伏见，每月的忌日里都会去扫墓。她还想晚年时便住在里面，整日里陪伴与祢，免得孩子寂寞。对儿女的爱，她自是比旁人更加懂得。所以，她才对秀吉这种倾天下之财丰淫无度的溺爱，感到无比的愤懑。而且这种愤懑，不只千代，大多数诸侯们也都有。

前年，秀吉在伏见城召来诸位大名，要他们每人都对秀赖宣誓效忠，并写了熊野誓纸[2]。誓纸形式倒是寻常，只是在末尾处添了这样一句："我宣誓效忠，遵守右记条款。若是违背右记条款，则遭天谴。活则身不能动，子孙家运七世而殆；死则坠入地狱，万世永劫，永不超生为人。"

伊右卫门当然也不得不宣。

秀赖住在大坂城。秀吉道："上京拜谒不方便吧？"于是便要为这个五岁的幼童，于年春（庆长二年，1597）建一座规模壮观的京都府邸。

秀吉曾修过一座日本史上最为奢豪的府邸聚乐第，后来赠与秀次。但在秀次死后，秀吉觉得这座府邸"不干净"，于是命人将其拆毁。如今又要在京城大兴土木了。当然秀吉是不用自己掏钱的。

这次由家康带领关东诸位大名打点与建筑相关的一切事宜。家康等关东大名们，因为没有参与朝鲜之战，不用负担战费，相较之下经济上略显宽裕。因此这种行政处置，是为了彰显秀吉的公正、不偏不倚。可摊派到最终，还是农民吃亏。日本国中，如今在外战事连连耗资巨大，在内大兴土木劳民伤财，臣民们是怨声载道疲惫不堪。

——只要民力一弱，诸大名的财力也就自然告罄。而没有财力是无法发动战争的，所以自己一旦升天，秀赖的天下也可保得安泰——这便是秀吉的如意算盘，一切都源于对秀赖的溺爱。估计从没有过像秀赖这般让天下众人困惑惶恐的孩子吧。

秀赖的京都新府邸，地处皇宫之东。东面从三条坊门至四条坊门四町；西面从东洞院往东四町，面积极广。现今，此地被称作仙洞御所。

工事从六月开始。而且在秀赖新府邸周围，诸位大名亦均被命另建府邸。

"千代，又得造房子了。"伊右卫门很是不悦的模样。

"没有办法的事情嘛。"千代尽量开朗答道。她知道，若是非做不可，苦着一张脸也是于事无补啊。

"可咱真的没什么钱了呀。"伊右卫门道，他只有挂川六万石而已。上次地震，伏见城倒塌需要重修，他也是出钱又出力；自己的伏见府邸的修整也所费不少。如今只因为留守内地，还得帮忙给一个五岁幼儿建一座京都豪城。

"除此之外，两百名诸侯都得在这座豪城周围另建一座京都府邸！"

——这样的政权，还是早早滚蛋去吧！

这诅咒虽说不出口，但无疑在伊右卫门心里的某个角落生根发芽了。其他诸侯也大抵如此。

"明天俺派人去领国。这么多次的摊派，领国那边的金库、米仓大概也都见底了吧。"

"夫君别这么说。"千代想尽量开朗一些，可实在是笑不出来。

（就为了这么一个孩子——）

太阁殿下成了暴君。这便是千代打心底里的感受。

六平太再次来访。

现已是春天，六平太也总不能一直是卖虫小贩的模样。这日，他像是个隐居市井的贤士，早早把身家交与下一代打点，而自己则乐得清闲，可吟诗品茶。

"夫人安康！"六平太在书院行跪拜礼。

"你也精神抖擞的样子，甚好。"千代很喜欢见到六平太。大概没有谁比他更自由无羁的了。他自在惬意地出入各个阶层，活得有趣又好笑。

"六平太可真潇洒自在啊。"

"哪里哪里。"六平太苦笑，"在下也有在下的烦恼啊。"

"是么？看不出来嘛。所谓烦恼，莫非是为了恋情？"

六平太意外地红了脸："夫人好眼力。"

"是游女？或是歌女？最近有京城的游女们在河原搭起了小屋，跳一些有意思的诵经舞之类。听说还可以共枕席呢。"

"夫人厉害，什么事儿都知道。"

"莫非恋人就在里面？"

"不不，绝对不是。不过就算在下禀明，夫人也是不知道的。"

随后六平太巧妙地换了话题，给千代讲了些世道上的事情，然后又提到了秀吉的健康："太阁殿下有一阵子好像很憔悴，不过最近又跟原来一样精神起来了。"

"好像是呢。"千代说罢，忽然想起一件不相干的事，不由得笑起来。

"……"六平太不明所以。

"没事儿，跟你无关。请继续。"

"夫人为何发笑？"

"没什么。"千代微笑着摇头。其实她忽然想起的，是伊右卫门曾告诉她的一件事。据说秀吉对千代很是思慕。

——什么嘛！

千代听闻时是一笑了之。以前也有过这样的传闻，伊右卫门也听说过。

"昨日在殿中，俺被叫去问了话。问什么你夫人还好吗，还是那么美丽迷人吧？千代你得小心了。"

"不就是问了两句而已嘛，没事的。"

"现在是没事，可——"伊右卫门不再继续说下去的理由，千代清楚得很。秀吉一旦对别人的妻子起了兴趣，有时候就会说些这样的话。可以说，是个明显的危险信号。更何况，伊右卫门再过几天就得远赴远州挂川，只千代留守在伏见的山内府邸。

秀吉有这种恶癖。特别是晚年的秀吉，是非观念相当模糊，有种错觉认为家臣的老婆也就是自己的老婆。

细川忠兴的妻子阿玉夫人，因笃信天主，平素被称作伽拉莎夫人。据说秀吉有段时间对她很有兴趣。且不说阿玉夫人自己，忠兴对此事极为戒备，时常告诫阿玉夫人道："殿下就是那样的人，你要千般小心万般谨慎，不要着了他的道儿。"忠兴文武双全，不仅文事精通，而且战功赫赫，对夫人也是痴情一片，可就是醋味太浓。

（殿下对俺老婆感兴趣……）

只要一想到此节，他就不由自主感觉一阵寒气袭背，胸中满是不快与愤懑。

后来在关原之战前，伽拉莎夫人在房间里放火自焚，但因她是天主教徒，不能自杀，于是就命家老之一的小笠原少斋用眉尖刀刺向自己心脏。不过不是在同一房间内，而是让少斋在隔壁穿墙而刺。忠兴的嫉妒心让她不得不在这种事上都小心谨慎。

所以当他见到秀吉对自己妻子的暧昧态度，内心的不快之感定是高于常人了。而他在秀吉生前就秘密与家康交好，或许这也的确起到了些许推波助澜的作用。

千代听说，秀吉还思慕过以美貌著称的本愿寺上人显如的第二任夫人，甚至专程拜访，与之同眠共枕。正因秀吉对她倾慕，其子本为次子，却轻而易举继承了本愿寺，称准如上人。而第一任夫人的长子教如上人，则被勒令隐居埋名。家康得天下后，曾推出一个宗教政策，把本愿寺所管辖的两万寺院一分为二，让教如上人建了另外一座本山，就是东本愿寺。

另外，还有传言说秀吉在九州征战中冒犯过立花宗茂的妻子。总之，是德行堪忧。这点他自己也很清楚，所以才在给秀次的四条劝诫文里写道："茶道、狩猎、贪恋女色等秀吉的癖好均不得模仿。"

秀吉很有自知之明，而且遇事开朗，人情味儿浓，因此他虽贪恋女色，可并不让人感觉多么丑恶肮脏。除却细川忠兴等个别例子，大部分家臣对秀吉喜好女色一事都不以为意。

有这样一段插话。殿中火钵旁闲坐了一众侍臣，讨论的话题是："殿下好像只好女色，不喜男色呀。"正好有位美少年在那儿，于是大家商量一番后偷偷让秀吉见到了这位少年。不料秀吉很快就带他去了居室。等美少年出来，大家忙围上前问："怎样了？"少年回答："殿下问了我一句，你有没有姐姐啊？"听者莫不是苦笑连连。不小心当了戏谑对象的秀吉，总是这般开朗不介怀。

伊右卫门离开伏见奔赴远州挂川的日子终于来临。前日夜里，伊右卫门神色凝重，对千代道："不会有事吧？"

"什么事啊？"

"别傻了，是太阁殿下的事啊。若是殿下趁我不在偷偷来访，你可千万不要着了他的道儿。"伊右卫门的语气粗暴起来。

"如若——"千代半开玩笑道，"不许的话，太阁一怒之下要夫君切腹可怎么办？"

"说什么胡话！太阁殿下好就好在不会下那种命令。就算不从，当时或许尴尬，可也不会留有什么怨恨。所以只要你坚决一些就没事了。"

"明白了。"千代顺从地回答道，"可是，我倒是另有一重担心。"

"担心什么？"

"如果——我是说如果——太阁殿下偷偷来访，见到千代，却发现跟以前的千代大不一样，连一句玩笑话都不乐意说，那千代可要失望透顶了。"

伊右卫门扬起拳头："你这家伙！乱七八糟瞎说什么！"不过，她说得也倒是在理。这边的人儿一门心思坚决不从，那边的秀吉却"什么呀"，显得毫无兴趣，此番景象也够滑稽的。

（可是千代看起来比以前更加光润了呀。）

伊右卫门重新上上下下打量了一番千代的脸、胸、腰。

"夫君看什么呢?"

"大人见了你定会食指大动的。俺是男人,明白得很。"

"什么?"

"如你这般年纪,又活得清静悠闲的女人,身上的色香是小姑娘所无法比拟的。"

"瞧你说的!"千代笑起来。伊右卫门竟然会说这种话,还以为他是个木头人呢,这可差得太远了。"倒是油腔滑调的一丰夫君更让人担心呢。也不知道在人家见不到的远州挂川会如何折腾。"

"这你不用担心,俺没问题。"伊右卫门一脸郑重其事的样子。

第二天伊右卫门出发了。千代留守伏见,偶尔去京城的寺庙拜拜佛,日子过得很是轻松自在。

有天早上,大门前突然喧嚣起来,有人飞奔来报:"太阁殿下驾到。"

"小声点儿。"千代命人很快做好准备,包括年长侍女。随后她立刻来到白洲庭,素足换上草履,快步走起来。

从城内过来的秀吉是微服出行,只带了十来名小厮。他刚一进山内家门,家老们便按千代的指示率众出迎。

"夫人在吗？忽然想聊聊以前的事儿了。"秀吉在家老的带领下来到书院，可秀吉坐也不坐，道，"这么硬邦邦的地方还怎么说话儿？没有茶亭吗？"

"那就这边请。"家老即刻领着秀吉移步。千代早就料到秀吉不乐意留在书院，于是吩咐家老可直接领至茶亭。在前往茶亭的途中，这位家老对千代的料事如神很是吃了一惊，不由得啧啧称奇：

（真不愧是我家夫人！）

只见他们来到府内一扇木栓门前，推开便是庭院，一条小石径像是早就在等候客人的到来似的，早已洒上清水。

"噢，还以为山内对州（对马守，伊右卫门）只是一介武夫呢，没想到府邸竟这么曲径通幽。"喜欢品茶的秀吉很是中意。

不久，秀吉来到修葺完好的候茶间，在凳上坐定后，闲适地观赏起周遭的风景来。周围放着矮松盆栽，茶亭背面影影绰绰是些翠绿的孟宗竹。"今天可有眼福啦。"秀吉思忖间，见千代沿着庭中石径走来，以主人的口吻行了见面礼。

"我家主人对马守不巧远赴挂川，今日只好由千代来奉茶说话了。"

"哦，千代，好久不见哪！"秀吉笑道。从他脸上丝毫看不出任何的盘算。

"香茗正在准备，还请殿下稍等片刻。"

"哦，好好。对俺这种不速之客，千代你都能即刻备好茶亭，想是利休[3]、织部[4]也不及啊。"

"殿下说笑了。"千代宠辱不惊地笑笑，"只是，正客另有其人。"

"哦？俺不是正客？"秀吉吃了一惊。自己以天下之主之尊，竟不是正客，这是怎么回事？

"以前就说好要招待邻家堀侍从的高堂，恰巧就是今日，想是不久就该过来了。殿下屈尊，做个伴客如何？"

"啊哈哈，有趣。"秀吉反倒来了兴致。

邻家堀侍从，就是以前跟随伊右卫门攻打小田原城时的堀久太郎秀政。久太郎在数年前已过世，如今是第二代堀秀治子承父业。千代早就料到会有今天，于是就跟堀家商量，请堀久太郎的母亲在这种时候出面做正客。如此一来，秀吉见有他人在场，定不会乱来。

可是，千代的计划落空了。就在让秀吉等待之时，邻家遣人来急报，说老夫人病了。估计是堀家见到如今这情形，实在不敢妄为，怕拂了太阁殿下的意。于是千代只好单独一人面对秀吉。

（麻烦了，一丰夫君！）

千代在心中念道。她就要独自面对秀吉,那位当代首屈一指的好色之徒。

(不怕!)

千代潜心静气。不久,只见秀吉跪着从茶室躙门[5]进来。此刻,已有茶香飘逸。

"好香!"秀吉一副心旷神怡的满足模样。

亭主千代微笑着,只稍稍低了低头。

开始品茶了。"千代,真是好久不见!"秀吉捧着茶碗,脸上神情像是想起往事了一般,"北政所也常常说起你的事。"

"多谢挂怀!"

"别见外。可是千代,是不是感念往事的人——就老了?"

"殿下多虑了,您还不到年纪呢。"千代露出开朗的笑颜,望了望秀吉的脸。可那张脸远比六十岁显得苍老得多。脸颊消瘦,皮肤张弛无力。

(究其因,与其说是因为年轻时太过操劳,不如说是因为得天下后荒淫无度。)

"你可是越来越美了,是不是喝过什么龙宫的仙药啊?"

"若有那种仙药,定是要第一个献予殿下的。"

"说起这事儿——"秀吉曾听说虎肉可以强精,于是就让出兵朝鲜的诸位将士捎点儿回来。可没想到众人竟争着猎虎，用盐腌了就装桶送来，结果弄得储藏室里全是腌制虎肉。

"吃是吃了，那可叫一个难吃。"

"还是有些滋养的效果吧？"

"不清楚。"秀吉显出寂寥的神色。

想当初秀吉锐气勃发之时，听说信长在本能寺被明智光秀所害，便即刻调转大军，取道山阳，来到摄津尼崎，并在此地做好了会战准备。那段时间因为要为信长服丧，所以不进鱼肉只吃素斋，但为了强精健体，他们都吃了大蒜。千代曾听伊右卫门说起过此事，于是便提了一句。

"对了对了，是有这么回事。那时俺可是天下第一精神饱满的人啊，可如今虎肉、大蒜之类都没用啦。"

"殿下就爱开玩笑。"千代只好笑着搪塞过去。

"如今哪，"秀吉捶了捶肩，"是到处筋骨疼痛，还没来由地发烧。不过今天倒还神清气爽。大概是喝了你亲手沏的茶的缘故吧。"

"呵呵……殿下真会夸人。"

"千代，俺有一事相求。"秀吉起身。

纸格窗上的阳光暗淡了。千代在主位上抬起头来，微笑的双目显得更长："请问何事？"

"敢问何事相求?"千代再次问道。

秀吉脸上发红:"也不是什么大不了的事,俺就想借你的主位坐坐。"

"那千代呢?"

"你是客。"秀吉站起身道。

"那就互换座位吧。"

"你陪着就好。"秀吉笑道。千代单膝撑起了身子,正要起来,却见秀吉的手伸了过来。忽地,右手被他握住。千代的表情好像在说——这可麻烦了。

"千代,俺很喜欢你。"

"承蒙厚爱——"千代顺口答道,脸上的微笑里没有丝毫阴翳。

"你可真傻,这种时候怎能露出这样无情的笑?"

"那该怎么办?"

"一垂首一低眼就好。就像雨天庭院角落里的一朵花,微带雨露。"

"一朵花……"重复这句话只是因为千代已经穷于应付。若直截了当拒绝,则对方下不了台;若稍不留心,对方难免会趁虚而入。

"看,花湿了。"不意间,秀吉的手伸向了千代裙裾。

"不要——"千代宛若小姑娘一般叫起来，声音亮得连自己都吓了一跳。

"声音挺高嘛。"秀吉饶有兴致地取笑道，"千代，你不知道俺是拥有整个天下的秀吉吗？"

"可是女人并不由您支配。"

"什么？"

"女人属于她们所心爱的人。千代是属于山内伊右卫门一丰的，不属于任何其他人。女人在任何时代都不是天下之主一个人的。"

"看你，说得这么可怕。"

"可怕的是殿下。殿下……"千代抓住了裙裾上面的秀吉的手，"殿下在马上开拓天下，成为世上男人们的支配者。可是女人，自太古以来，自混沌初开以来，除了所心爱之人，是不属于任何别人的，殿下！"

"说什么呢！"秀吉抱住千代的肩。

"殿下的伏见城，若是有百万大军大概也能被攻破城门的吧？可是，哪怕是天下之主的手，也不能强行掀开一位女性的裙裾。"

"你就那么喜欢那个伊右卫门？"秀吉顿觉扫兴。

"不是喜欢或者讨厌，是心爱。"

"不都一样吗？"

"不,当然不一样。年轻时或许可以说喜欢或者讨厌。可如今,我看夫君,是以一种悲切的宿命的爱慕来看的。大人难道不明白这种男女之情么?"

"自然明白。"秀吉只能如此回答。

"那就请高抬贵手。"

"千代,你的手……很柔软。"秀吉的声音不自觉地颤抖起来。丝绢之下的千代,成熟得如此诱人。"千代,俺要你,是天下之主在求你。俺会跟伊右卫门低头赔罪的,只一次就好,俺要你的心你的身子。"

"不,不行!"为摆脱秀吉,千代挣扎起来。可秀吉不让。

近来秀吉已瘦得皮包骨头一般,也不知是哪里来的劲道使得千代无法动弹。他右臂扣住千代腰身,左手径自伸入裙裾下摆,触到了千代的身子。

"千代,感觉如何?"

"不要!不要!"千代怒极而泣,可秀吉的手还在往里走。

"不要!都说不要了!"这时,千代的脚触到茶壶,壶身倾斜,里面的沸水洒落炭火之上。只一瞬的工夫,茶室里已是炭灰弥漫。秀吉见状,只好放开千代,任她逃进旁边的水屋【6】。

当她拿了抹布再次出现在炉前时，炭灰已经沉寂下来。秀吉只呆呆坐着，一脸难堪。千代不由得怜悯起眼前的人来，对他"哇"地扮了个鬼脸。秀吉猛地吓一跳，接着又笑又乐道："千代，千代是名将啊。"大概是赞许千代能洞察人的内心，而且能自由驾驭别人的心理吧。秀吉自身也大有被拯救的感觉。

"名将啊！可惜没射中，让她跑了。"

"是呢，眼见着都走到马鞍旁了。"千代也顺他的话继续玩笑道。

"对，都对打起来了。"

"可惜还是让人家跑了。"

"真是个滑头！"

"才不是呢，人家是被茶壶救了一命。要是没有茶壶，千代怕是早被殿下一枪击毙了。"

"找借口！现在还是让茶壶替咱们泡上一杯吧。"

千代应了一声，明快而丝毫不含阴郁。她知道这种时候决不能使气氛变得沉重。

很快，秀吉面前放好了茶碗，他端起来，徐徐轻啜几口，道："好香！虽然刚才闹得不成样，可千代的茶还是这么澄澈入心。"

"呵呵，是殿下口渴了的缘故。"千代微笑回道。而她内心里是巴不得能早一刻用清水洗刷掉身上那些被秀吉的手玷污的痕迹。

这日夜，千代进了浴间。浴间有三套设备。左端是桧木制成的小馆，内侧有蒸气漫出。进去后让蒸气浸润肌肤，待脂质溶了，便出来让侍女洗去肌肤上的污垢。用拧干的毛巾仔细擦拭后，再用米糠包让肌肤变得细腻滑润，最后用热水冲洗干净。

千代在想秀吉的事。

（恨不起来。）

大概很少有像秀吉那般一直为世人所爱的人物吧。千代遭遇如此惊险，却不可思议地恨不起来。不过，稍微肮脏了些。

（总之——）

他是个占得到便宜的人，千代思忖。就算是调戏，都有一种顽童对母亲撒娇似的感觉，总让人不由自主着了道儿。

（定是这样了。）

千代想到这里，不免暗自好笑，喉头深处咯咯笑了两声。

"夫人怎么了？"正替她擦背的侍女一惊，停了下来。

"没什么,挠得有些痒痒罢了。"千代觉得侍女很是可怜。

"这样还痒痒吗?"

"不了,怎么挠都不会痒痒了。"

"……"

侍女开始冲洗。

千代喜欢秀吉的阳光之气。如今的天下,是因为有秀吉的开朗,才勉强维持下来的。她想起一件事,是早在文禄二年(1593)秀吉还在朝鲜渡海战的大本营肥前名护屋城里的事情。

那年六月二十八日,正值盛夏,天气炎热,又因长期驻扎的无聊,名护屋的将士们都有些士气低沉。秀吉对这种情绪十分敏感,很快便察知到了。可他并不会为了提升士气而板着脸训人,于是转念一想,道:"大家知道有什么好玩的吗?最好是能让城内所有人拍手言欢的那种。"他问的是御伽众与内庭的女官们。于是一时间众说纷纭,可秀吉没有一个中意的,道:"不行,都是已存于世的东西了。"他不愿意去搞已有先例的事,想做的是"奇绝"之事,能让人眼前一亮拍手跳将起来的那种。

终于,被他想到了——化装游园会。他让武将们个个奇装异服,相互取笑游乐。而且还专门为此设立一处奉行,全权准备相关事宜。这便是日本最初的化装游园会。此会不仅想法奇绝,而且化装登场的人物也是日本史上最为绚烂多彩的一次。包括德川家康在内,经历战国混战而幸存于世的各位英雄豪杰们,便随心所欲化装登场了。

总之,秀吉在肥前名护屋城所举行的化装游园会(当时倒是没有这么正式的名字)极受欢迎,连在京城的千代都一五一十知无不尽。千代听说时都笑弯了腰。

(真是个玩乐的天才啊!)

名护屋城外有一片广袤的瓜田,一直延伸到海岸。会场就设在这片瓜田里。丰臣家的红白家纹帷幔在四周挂起,参加者不管是大名、旗本还是内庭女官,均不分尊卑礼仪。另外还有临时搭建的茶店、旅馆等,瓜田俨然变作了初具规模的"市街"。而市街的住民们便是游园会的参与者。

家康等只觉得秀吉的这番玩乐傻乎乎的。

(真是蠢到家了。)

他悄悄对随从吐露了心声。这位实用主义至上的男人,恐怕实在难以理解秀吉脑子里的这些怪主意。

(没办法,俺也找个什么来扮一扮吧。)

他终于不情不愿地准备起来。

游园会开张了。某个茶店门口放了个极大的茶壶,茶店主人是秀吉的旗本三上与三郎，因化装的缘故，乍一眼是看不出来的。店主还有老婆，是内庭女官常夏所扮，她上身穿着艳丽的单层和服，下面一条绢质的宽筒裤，头上还戴了南蛮头巾，在不停地嚷嚷着招呼客人："来喝茶咧！来喝茶咧！那位远道的客人，过来坐坐喝杯茶吧？"

隔壁旅店也是一对夫妇在经营，店主是茶博士莳田权佐，老婆是素有美女之称的内庭女官藤壶，也在一个劲儿招揽客人。

不久从街道那边来了一个卖土筐的老汉。所谓土筐，就是搬运土石用的筐。老汉用一根扁担前后挂了好多个土筐，腰身矫健，脚步沉稳。

此人眼大体胖，正是家康。秀吉把家康搞成这番尊容，也不知家康心里作何感想。大概在秀吉的有生之年，他是打算像一只温驯的猫般规规矩矩的吧。

家康中气十足地边走边叫卖："土筐买否！土筐买否！"意思是"买不买土筐？"

一群人正在莳田店里喝茶，只听有人道："那不是江户大纳言吗？"于是，众人大笑，同时又佩服万分："简直跟卖土筐的一模一样啊！"可家康却不笑，只挑着扁担一晃一晃吆喝着"土筐买否"走了过去。

随后有个年轻人晃荡着货兜过来："脆生生的泡瓜，脆生生的泡瓜！买瓜啰买瓜啰！"原来是卖泡菜的。可是这位小哥跟刚才的家康相比，不免让人感觉演技拙劣。

"嗨，那不是大和中纳言（丰臣秀保）吗？"一群人顿时没了兴致。

"到底是年轻了些，什么事儿都做不踏实。"也有人这样评价道。不过，对家康而言倒不单单是年纪的问题，这人的表演才华是天生的。

化装游园会仍在进行。茶店里的一拨人看见对面田埂道上走来一位僧人。

"那不是织田常真入道吗？"一人问道。不错，这位僧人又名织田信雄，是信长的次子。他曾仇视秀吉夺了父亲信长的天下，与家康结盟对战秀吉，而后独自跟秀吉讲和又做上了内大臣。可在小田原之阵时，因传言他私自外通敌军北条氏，官位在战后被罢免，领地亦被没收。如今他已经削发为僧，改名常真，成了秀吉的一名御伽众，食俸仅一万七千石。

这是个与其父迥异的平庸男子，也不知是否是其性格拖泥带水的缘故，内庭的女官们也都极为讨厌此人。只见这位常真穿着一件肮脏的黑衣，护手与绑腿也都脏兮兮的，旁边跟着一个贼眉鼠眼背着书籍的随从，仿佛正在修行途中。

人人面面相觑,道:"就是条穿衣服的蛇嘛。"这是在讽刺他明明笨得出奇,却还蛮横无理。

随后前田利家走来。前田是个清瘦的老人,此刻扮作一名被称为"高野圣[7]"的行乞僧人,背着信匣,一副老态龙钟疲惫不堪的模样。前田利家颇受爱戴,在丰臣家是与家康并列的两大势力。

只见这位利家在茶店前驻足,左顾右盼,满面哀戚,一声声叫着"借宿,借宿",就像是在哭诉一般。此番情景不禁让人想起歌谣里所唱的最明寺入道时赖[8]的故事,"佐野雪原已入暮,驹乏人疲何处留?"茶店的一位看客不由得叫住他,道:"和尚,借与你住了。"

接着来了一个卖弓弦的,穿了一件红色短单衣,戴着头巾。他大声吆喝着:"卖弦咧,卖弦咧,其他的也有求必应!"

而后经过的是摄津有马一地的领主——有马中务卿法印,即后来久留米藩主的祖先。这位扮的竟然就是有马温泉的店小二,一个劲儿地念叨着"汤文",内容都是些有马温泉的功效等等。一众看客们听了简直佩服之至:"这是在吸引游人入境呢!真是半点机会都不浪费啊。"

这天最为荒诞绝伦的是奉行前田玄以,他竟扮作个老尼姑蹒跚而来。身形臃肿,面目可憎,怎么看都像是久经历练、洞穿尘世的老尼。这位尼姑板起面孔,对聚拢在身旁的众人说教道:"常念经,必成佛。倘若经难念,昼寝亦犹可。精气一焕然,修心成正果。"

再看看当时的秀吉。

秀吉在这个游园会上可是彻彻底底乐了一回。他开了一家瓜店,头顶规规矩矩戴了一张黑头巾,身穿一件柿子黄单衣,背上还背了一个菅草斗笠,腰上缠了一件短蓑衣,无论怎么看都像是个卖瓜老汉。

只见他坐在铺好的筵席之上,双手抱膝,大声吆喝道:"又香又甜的瓜咧,来一个尝尝吧!"秀吉老汉的瓜,堆成两座小山,都是熟透了的样子。站在远处观望着的一众女官们,听得如此地道的吆喝声,均想:

(听说大人小时候卖过绣花针,保不定还卖过瓜呢。)

化了装的诸位大名可不会放过如此好的机会,"今天大人也只是个卖瓜的,可得好好捉弄他一番",于是走过瓜店,各逞口舌之能要砍价买瓜。秀吉狠命大叫:"不讲价不讲价!"可人家却道:"老爷子,真不巧,俺只带了这点儿钱。"说罢,拿起瓜来就啃。秀吉老汉茫然无助望着他们一个个离去,怅然叹道:"这还让人怎么做生意啊?"

远处的女官们见了实在乐不可支,互相打打笑笑个不停。

过不久,一个三十多岁满脸苦涩的卖茶小贩担着茶水过来。女官们霎时噤了声,那位就是在内庭妇人之间人气最高的会津宰相蒲生氏乡。

蒲生氏乡是利休的七位高足之一,素养颇高。大军的指挥才能亦是出类拔萃,除了秀吉、家康,就当属此人了。而且他性格豪爽颇有人缘,可谓这个时代的完美男子。

"喂,忠三郎,"卖瓜的秀吉老汉叫了一声他的小名,"你来得正好,俺口渴了,来一杯给俺尝尝!"

"谢谢惠顾!这么热的天儿,老爷子也挺卖力嘛。"蒲生微笑着放下担子,拿出茶具熟练地点起抹茶来。

"点得漂亮!不愧是利休和尚的高徒啊。"秀吉喝光抹茶,把茶碗递还给蒲生,接着问道,"这多少钱?"

"黄金一两。"

"多……多少?"秀吉双目圆瞪,"太贵啦!区区一碗茶要黄金一两?你信口开河哪!"

"哪里!忠三郎点的茶就值这个价,并非信口开河。若是不愿意,把茶还回来便是。"

"都喝到肚子里了,怎么还?"秀吉挠了挠头,从钱袋里取出一两黄金递给对方。

"多谢!"蒲生氏乡收了金子,重新担起茶具,悠然自得走远了。女官们望着他远去的背影，还有秀吉垂头丧气的样子，再次乐得花枝乱颤。

后面又来了一位行乞僧人，是织田有乐斋所扮。这位是织田信长之弟，信长过世后便跟着家臣秀吉，无怨无悔，是位颇为脱俗的老人。现在他拿着一万五千石食禄，是秀吉的御伽众之一。而且，这位有乐斋跟刚才的氏乡一样，亦是利休的七位高足之一。

有乐斋踽踽独行而来，在秀吉的瓜店前站定，望了半晌却欲说还休。终于他手握念珠，颤颤地道了一声："老人家——"

"哎呀这位旅途中的行者，可是要光顾本店买个瓜去？"

"唉，"有乐斋黯然神伤道，"俺一介行乞僧，身上可没有买得起瓜的钱。您就行行好，赠我一瓜，就当是与佛结缘了如何？"

"哎呀！天可怜见！"秀吉好像真的可怜起眼前的老人来。也难怪，他就是这样的性子，见不得别人苦。于是立时拿了两只瓜给他："给！拿着！"

有乐斋却不伸手，只摇了摇头。

"和尚，怎的？"

"这两只又小又涩，那边的好像熟透了。"最后他硬是让秀吉换了两只又大又熟的，乐颠颠抱了去。

围观的女官们又是一阵哄笑。卖瓜的秀吉老汉这下真怒了："这还怎么做生意！"于是气呼呼扔了瓜店走到街上，彷徨之中，来到最先的那个茶店门口。扮作店主夫人的常夏见状道："这不是瓜店主么？来喝一杯茶吧？还有刚蒸好的点心呢。"

"噢！甚好甚好！"他被拉着坐到茶店里，美美地喝了杯茶吃了些点心后，一出门又被对面旅馆夫人藤壶拉了过去。"客官可要用餐？咱这儿刚好有甜酒，还有面条呢。"

秀吉对美人的拉拉扯扯很是中意，轻飘飘地任由她们拉来拉去。此番情景，之后有位作者小濑甫庵在《太阁记》里这样描述道："……竟是异常喜悦，笑得跟布袋和尚[9]一般没了眼睛和嘴巴。"

喜欢玩乐的秀吉一旦玩乐起来，便忘了自身与周遭，完全沉浸在玩乐之中。人们就是喜欢这样的秀吉。他是这个时代绝对的领导者，虽然因为外征让大名与庶民们颇有怨言，但他高涨的人气仍然丝毫未减，究其因，无疑是因为他彻彻底底的开朗性格。

当秀吉被女官们围着拉来拉去之时，"卖土筐"的家康正坐在茶店里，默然注视着这一切。他化的装比秀吉还要惟妙惟肖，怎么看都是一个"卖土筐的"，但正因如此，才更让人不可小觑。

千代觉得这次游园会将群雄的性格一一暴露无遗。

总之，千代在浴房想起了这桩游园会的事情，觉得很是有趣，不由得一个人笑了起来。

（这种化装会，倒真是想亲眼见见呢。）

拭干身上的水滴，她出了浴房，来到擦得很干净的木地板房间。小窗外有翠绿的南天竹，刚洒过水，很显娇嫩。上了三段台阶，便是化妆间。

千代进去后在镜前坐下，化妆这种事，除非特别情况，她几乎从不让侍女们帮忙。她觉得如此有趣之事，怎能被人夺了去？与制作小袖一样，化妆也是她所钟爱的。不光自己给自己化，有时候还会把年轻的侍女拖过来，"什么也别说，坐着就好"，然后也不管人家乐不乐意，将人家一张脸化妆成另一种模样。

不可思议的是，经千代的手后，年轻的女孩子们都像变了个人似的娇美可人。说到秘诀，曾有侍女说："这都因为夫人身份尊贵，能从堺市买到最上等的脂粉和口红。"千代听闻后即刻否定道："浑话！有一百个人，就有一百张不同的脸不是？化妆也须得千变万化各不相同才行。抓住每个人的特征，再把好的特征夸张地表现出来就好。"

不多久,她化妆完毕回到起居间,在灯下看了会儿书,忽又觉得无聊起来。

(唉,一丰夫君不在,这一天的时间就像破了个窟窿似的,填也填不满。)

现在就寝还嫌太早,她一面思忖着如何打发时光,一面用手指轻轻敲击书案,忽然发现背后的门被拉开。

"谁啊?"她转过身来,却惊奇地发现一个穿着帅气的武士站在那里,正是六平太。

"夫人很无聊吧。"他一语猜中千代的心思。

"六平太无礼!我是说过你想来就可以来,却没有说过你想来我的房间就可以来!更何况是一丰大人远在异地的此刻!"

"是吗?"六平太仿佛全不在意,径自在千代的背后坐下。

不过千代对六平太的到访也不全是怒意,还有些许钦佩。她转过身子对他道:"你简直跟夜里的凉气儿一样嘛,都不知道是什么时候给吹进来的!莫非是有十万火急的事?"

"不是。倒是今天在茶室,太阁殿下仿佛很惨哪。"

"你,竟知道?"千代诧异,不会是侍女们传出去的。

"在下那个时候就藏身在房顶之上,打算万一夫人陷入危难便出手相救。"

"你撒谎!"千代笑出声来。这种事怎么可能?茶室房顶的设计,根本无法让人藏身其上。"六平太,不可撒谎!"

"哪里,在下没有撒谎。"六平太苦笑道,却一眼瞧见千代脸红到脖子根,一个劲儿摇头。

"肯定是撒谎,绝对是撒谎!"若非如此,那可太难堪了。千代在茶室遭受了秀吉的调戏,虽说未酿成大错,但若是那种光景被六平太看了去,怎么都是出羞丢脸的。

"六平太,你撒谎有何好处?那间茶室的房顶之上装的是细梁,横横竖竖像是蛛网一般,无论是谁都无法藏身。你却偏要说自己在那儿,真是傻得出奇。"千代显然是急了。

"那,就当是在下胡说。"六平太觉得若是一再否认,千代也太可怜了些,"那幅光景,或许是在下的一个梦。"

"肯定是梦!"

"不过,倒是个十分有趣的梦。"

"你又想说什么?"千代斜睨他一眼。

"不不,只是——太阁殿下触到夫人隐秘处时,在下也在想,要是夺了天下就能那样,在下倒也想夺了试试。如今一想起那幅光景,胸中就不免悸动得厉害。"说罢,这个男子也是面红耳赤。

"今天你是为何而来?"

"只是为了把这个梦亲口告诉夫人。不好意思,冒汗了——"他拿出手绢擦了擦脖子上的汗,而后又卷起手绢,不经意望了望门口,"老鼠——"

他短促叫一声,马上回头看千代的脸。走廊上的确有老鼠爬过的声音响起。而且不知为何,这只老鼠竟钻进房间,四处穿行,在榻榻米上蹦了几下,眼见着就要爬到千代的膝盖上了。

"啊!六平太!"千代惊得一跳。老鼠一下子逃开,在房间里到处乱窜,不多久又冲着千代猛奔过来。千代甚是讨厌老鼠,惊得差点哭出来:"六平太!老鼠——"

这只老鼠其实只是六平太用手绢制成的幻象,此时的千代是怎么也想不到的。

"六平太——"千代又是一跳,六平太说了一声"在下明白",便一把抱住她。被抱的瞬间,千代的身子也不知怎么回事,竟一下子失了神,只静静躺在六平太怀里。

幻术完成!

不过六平太并非是要对千代无礼,这个男子一直对千代心存暗恋,或者用"钦慕"一词更为合适,他很敬重千代。可是,自从在茶室房顶上看到秀吉的狂态,不巧又看到了千代受难的肢体,有些耐不住性子了。

(一次就好。)

六平太只想这样好好抱一抱千代。秀吉想利用手中的天下之权达到目的，而六平太，可以用自己的幻术。

六平太的怀里躺着千代。她的手腕低垂，双目紧闭，除了还在呼吸之外，什么反应都没有。她红唇微启，露出又小又白的门牙。

"千代夫人！"六平太凑到千代耳旁小声叫道。只见她的眼睑微动，不是即将醒来，而是转入了另一个梦境，在浓郁的蓝色天宇下，她的心微微一荡。

"老鼠呢？"千代问道，没有出声，只是嘴唇在动。

"已经赶走了。在下六平太。"

"这是哪里？"

"天上。"六平太道，"六平太陪着千代夫人乘云飞了上来。咱们现在飞在高高的天宇之上。"

"啊！"千代微笑着，原来是飞了起来。只见下界如过眼云烟般逝去，千代的心飞得比光还要快。千代听说天有九重，他们一重重飞过之后，来到一个金黄与朱丹构筑的龙宫般的楼门前。

"这是哪里？"千代停住飞翔的脚步，茫然望向四周。天宇是异样的紫金色，一道道光线不停地回旋往复。有风吹过时，便有音乐轻轻响起。道路上有穿着天衣的男女来来往往。

"这里是弥勒净土。"六平太道。六平太不知何时,已穿了一件白净的天衣在身上。千代也是,而且她耳朵、脖子、手腕上还有闪亮的各色宝石在熠熠生辉。

弥勒净土的国王是弥勒菩萨。千代从前就很仰慕弥勒佛,而且不光是她,在战国时代有知识的人中,很多都认为弥勒佛是人类未来的救世主。据说,释迦牟尼过世后,经五十六亿七千万年又将重新降临大地,会成为普度众生的弥勒佛。这之间,便一直在弥勒净土日日夜夜替众生念经祈福。

这片弥勒净土有个别名,叫兜率天[10]。处于海拔三十二万由旬[11]的虚空密云之上,有八万由旬之宽。在这片国度里,一昼夜就相当于人世间的四百年;所住之民的寿命,长达四千年。

这些是千代脑子里的记忆,她问:"六平太,这里真是极乐净土么?"

"夫人若是怀疑,请尽管伸出手来。"

"这样么?"千代朝六平太伸过手去。六平太双掌合起,捧住了千代的手。

"啊!"千代叫了一声,身子竟软了下去,就仿佛是要在琉璃光中溶化了一般,一股异样的感觉油然而生,很是受用。

千代顿时醒悟过来,她知道自己在干什么了。原来在这弥勒之国,"男女握手即淫事"。

忽地,千代醒了。她双膝弯曲,矜持地横卧于榻榻米之上。

(我这是怎么了?)

千代想坐起身来,可身上还留有欢悦的麻痹之感,竟无法起身。

"夫人可是醒了?"

"啊,六平太!"千代发现了这个近身而来的男子,"你还在?"

"不只在,还陪夫人去过三十二万由旬之上的虚空密云。"

"六平太!"千代渐渐红了脸。在弥勒之国,男女间握手便是淫事,那千代的手被六平太握住,不就是痴痴地做了一回淫事么?

"六平太,"千代甚是难堪,"我做了个梦。"

"是吗?"六平太脸上很是少见地露出一层透明的微笑,显得近乎神圣而庄严。千代感觉轻松了些。

"在我——"千代并未意识到自己是被施了幻术,"失神的这段时间……"

"嗯?"

"你……什么都没做吧?"

"没做什么?"

"比如……冒犯什么的。"说罢,千代再次红了脸,手无意识地伸向裙裾,想要确认没有异常。可是,她心底里却"啊"的一声吃惊不小,因为她发现裙裾凌乱,而且某处好像还湿了。

"六平太!"千代一双就要落泪的眼眸望向这个男子,"你……有没有冒犯?"

"绝对没有。"六平太伸手替千代抚平凌乱的裙裾,千代想拒绝,可无奈身子动不了。

"在下不会做如此无礼的事情。"六平太仍是一脸微笑,"不过,在下倒是握过夫人的手,而且并非在地面,是在三十二万由旬之上的弥勒之国。或许是这个原因,令夫人的身体受惊了。"

"退下!"千代生气了。一生气,她的身子便从麻痹之感中苏醒过来,能正坐如初了。

六平太顺从地后退数步,并拜倒在地,道:"在下要感谢夫人,成全了六平太近年来的恋情。"

"又在撒谎。"千代从容笑道。若是显得慌乱,倒真是成全他六平太的恋情了。千代甚至以玩笑的口吻道:"好了六平太,退下吧。我拍十下,十下之后你就得消失了。"

六平太起身作舞，千代拍手数数，十声之后六平太真的消失了。

注释：

【1】道服：室町时代起，公卿、大纳言以上身份的人所穿的家常上衣，腰身以下有褶子。不是指的道士服装。

【2】熊野誓纸：即熊野牛王符，可作护符，也可作宣誓书。据说若是宣誓者不守誓约，则会吐血而亡，坠入地狱。

【3】利休：即千利休，日本千家茶道的鼻祖。千家茶道以简素、清净为特点。

【4】织部：即古田织部重然，日本古田织部茶道的鼻祖。武人尤为喜好此茶道流派。

【5】蹦门：日本茶室的客人出入口，高65厘米，宽60厘米。因为狭窄，只能跪着出入茶室。

【6】水屋：是茶室里用以清洗茶道用具的地方，备有收拾储存茶道用具的柜台。

【7】高野圣：在高野山上隐遁修行的僧人，近世多指以行乞为生的僧人。

【8】最明寺入道时赖：即镰仓时代的北条时赖，镰仓幕府第五代执掌人，后于最明寺出家，又称最明寺入道。

【9】布袋和尚：布袋和尚是唐末后梁的禅僧，名契此。

因肚皮肥硕，又常背一个大布袋，生前常被誉为弥勒佛祖化身。在日本被尊为七位福神之一。

【10】兜率天：梵语音译，亦称"兜术天"。佛教谓天分许多层，第四层叫兜率天。它的内院是弥勒菩萨的净土，外院是天上众生所居之处。

【11】由旬：梵语音译，古印度计程单位。一由旬的长度，在中国古代有八十里、六十里、四十里等说法。

淀
姫

伊右卫门从远州挂川回来不久，有一天提起了淀姬的事，他称淀姬为"幼主的母亲大人"。

"千代，听说幼主的母亲大人想跟你谈谈小袖的事儿，你去吗？"

"是哪位告诉一丰夫君的？"

"大藏卿。"伊右卫门说罢，略显忧虑。大藏卿、飧庭局、正荣尼等几位都是淀姬的年长侍女，虽是侍女之身，却掌握着异常的权势。

在殿中，大藏卿对伊右卫门道："对马守大人，您家太太可是盛名远播啊，我家淀夫人也听说了，希望能见上一面。"

"贱内何德何能……"伊右卫门警惕地低下头来。

"等着召见吧。这对府上来说，难道不是好事一桩？"大藏卿一副高高在上的模样，全无一丝笑颜。

（说什么呢！狐假虎威！）

伊右卫门愤懑不已。他很讨厌这种长着一张狐狸脸的老女人。此人是丹后的当地武士大野某的妻子，淀姬出生时便被召为乳母，之后其子大野治长、大野治房双双当了丰臣家的旗本，从此一路青云。

（不过是个乳母而已。）

伊右卫门等人开始都这么以为，可最近却发现远不是那么回事。她的主人淀姬，自从生了秀赖幼主之后，便在丰臣家要风得风要雨得雨。而侍奉淀姬的这群女官自然也掌了极大的权势，有些大名还特意赠送礼品来巴结大藏卿。

大藏卿之所以对伊右卫门摆出这副"你得感恩戴德"的姿态，是因为她平常几乎都不会跟伊右卫门这种低级别的大名说话。

"千代，怎么办？"

"——丰夫君觉得呢？与淀夫人还是不要过于亲近才好，对不对？"

"是啊，毕竟北政所夫人对咱们照顾有加。"

北政所是正妻，这段时期丰臣家的后宫形成了两个派别：北政所派、淀姬派。而两个派别都在各自笼络大名。

属于北政所派的，有浅野长政父子、黑田长政、加藤清正、福岛正则等，与北政所是尾张同乡的人占大多数，自然也包括伊右卫门。若是要说此派的特征，可以说大都是身经百战的武将。

淀姬是近江出身，所以笼络的大名也大多是近江出身，以石田三成为首，包括增田长盛、长束正家等。与北政所派相比，此派则大多类似于文官。

"那样会对不起北政所的。"千代道。

可是，一旦淀姬明言召见，就难以拒绝了。

"只能去了，没办法。"伊右卫门道，"就算北政所夫人知道千代去见淀夫人，以北政所夫人的器量，断不会怪罪下来的。"

"真是这样么？其实北政所夫人只是不愿把嫉妒心表现出来罢了，她毕竟不是神佛，若是后来听说这事，定不会感到高兴的。"

"难办哪！"

丰臣家的家坊事，总是剪不断理还乱。秀吉作为大权在握者，却有着过度丰富的情感，这是他的魅力，也是他的缺点。他没有家康那般冷峻的意志力，也根本无意去统御后宫化解纷争。北政所陪他甘苦与共，从织田家的下士一路走来，他自然也对她怀有十分以上的敬爱。而对淀姬的情爱，同样也是倾注得满满的。

曾在小田原征战时，秀吉给北政所写过一封信，有一句这样写道："合我意者，汝（北政所）之下，当属淀姬。"

秀吉除了淀姬外还有其他侧室，包括京极长门守高吉之女松之丸夫人、蒲生氏乡之妹三之丸夫人、前田利家之女加贺夫人这三位。另外还有些侍女，但从未给过她们侧室的名分。

总之，五位妻妾之中秀吉对北政所说"汝乃第一，淀姬第二"，等于是对宠爱定了格。而秀吉宠爱的深浅，同时又是丈量权势高低的凭证。实际上淀姬以外的三名侧室全无权势，大名们无须去巴结讨好。需要巴结讨好的，是淀姬。淀姬敬称有二，有人称她淀夫人，有人称淀君。秀吉曾在"淀"这个地方造了一座淀城供她居住，由此她便被称作淀姬。之后，她移居过大坂城，伏见城建成后又移至伏见，现在正在伏见城内。

"能集太阁殿下万千宠爱于一身的淀夫人，是位怎样的女性？"

"此话还真难以启齿，"伊右卫门压低嗓音，"是个无聊的女人。"他毕竟是心向着北政所的。"跟北政所夫人比起来，那脑瓜简直一个在天一个在地。更何况，人品也没什么格调。"

曾有传言说淀姬与大藏卿的儿子大野修理（大野治长）私通。

"俺是认为不太可能，"伊右卫门倒没信这样的传闻，

"可无风不起浪啊。"伊右卫门所指的是,淀姬一见到俊俏的武士总会变得有些骚气。

"那可是没办法的事,"千代咯咯笑出声来,"要是有见到清爽的年轻男子却不喜欢的妇人,千代跟她也是话不投机啊。"

不久,大藏卿派人来给千代传话——明日登城拜谒。

那天千代天未亮就起身,点着烛火化妆,太阳初升便进城去了。进城后,先在三之丸的大野府邸休息。然后由大藏卿领着去了淀姬所在的西之丸。

"你是明白人,"大藏卿道,"没问的话请不要多嘴。"

"是。"千代在等候间点了点头。许久后,才被带到书院,又是等待。庭院里有非应季的黄鹂在婉转鸣叫。起先还在树间跳跃飞翔,可后来不知是否因为啼得倦了,叫声竟忽地断了。

等了很久很久,千代想如厕,便对大藏卿提出了请求。可大藏卿正眼也没瞧她一下,只当做没听见。

(真是个讨厌的人呢!)

千代思忖。大藏卿或许也在暗自生怒——这个不知礼节的女人!到这个份儿上,千代反倒想笑话这个大藏卿一番了。

"大藏卿，我说我想去如厕来着。"她又大声重复了一遍。

"不行。"大藏卿一声否决道，"千代夫人，这是在殿中，那样的无礼之事有损您家对马守大人的名誉。"

"是。"千代顺从地点头，但心底里却笑开了。因为点头之后就该不失时机畅所欲言了。"大藏卿——"

"什么事？"

"我从没在城里做过事，想请问一下，若是大藏卿内急，那怎么办？"

"忍住。"

"要是忍不住呢？"

"那也得忍。"说罢，上下打量了千代一番，"千代夫人与传言里的大相径庭啊。"

"是么？"千代红了脸，"传言里，说千代内急时忍耐力强？"

"你——你是在找茬呢？"

"哪里哪里。要是有那样的传言，千代要羞死了。"

"千代夫人在传言里是位贤淑有德的贵妇人。我以为不会是在书院等了片刻就吵着要如厕的粗俗之人。"

"可是——"千代的脸越发红了，"内急也是没有办法的事。若是让我如厕，千代宁愿把贤淑妇人的名衔还回去。"

"这——"大藏卿拿她没有办法。

对这位太过质朴天真的千代,大藏卿似乎也开始有了好感,道:"你大概是太不经事了,你好好想想,万一淀夫人现在就大驾光临了怎么办?"

"可是——"千代不免愁容满面。

大藏卿见了笑道:"那你快去吧,快去快回知道了吧?"

"是,明白。"千代连忙退出房间,小跑至走廊,进了厕所。

(其实,要忍也不是不可以。)

她不免觉得自己太孩子气。为这点小事大动干戈,是因为她看不惯这种夸张的官僚主义,无意识地便想要反抗。

(人都变成那样了——)

千代想起的是大藏卿的模样。连女官们都变得趾高气扬的这种世道,千代觉得很是窝心。丈夫伊右卫门是身经百战的武士,千代作为丈夫的贤内助也是经历了不少的风雨。丰臣家的天下,不正是像伊右卫门这样的武将们驰骋沙场换来的么?可一旦天下平定,却是这种不知从哪里钻出来的大藏卿之类的女官们作威作福,实在窝心。

(我才该作威作福呢。)

千代很想给她们一点颜色瞧瞧。

回到书院，千代见到上座是灿烂一片。淀姬已经领着众多侍女，还有她的管家石河扫部头、木下周防守等来到书院，正襟危坐着等候千代。所见事实便是，千代以臣下之身，却迟到了。她只能跪着一步步挪到大藏卿所指定的地方，拜伏在地。

拜伏了很久，终于听到大藏卿出声了："淀夫人宽宏大量，让你抬起头来。"

于是千代稍稍抬眼，望了望淀姬。只见她将外层金银线织就的唐锦小袖脱下一半来缠在腰际，里面是一件纯白质地的小袖，上面绣有大朵的金丝红梅。实在花哨张扬得让人瞠目结舌。

"你是千代？"淀姬的声音细如蚊虫。

千代又一次拜伏在地。

"听说你做小袖很是能干，且说来听听。"

"这个……"千代没法儿说下去。让她"说来听听"，可说什么呢？淀姬想听什么？有这么问问题的么？

（是个脑筋不好的。）

千代忽地发现了这一秘密。

"说些什么好呢？"

"说小袖。"

"在下知道是说小袖……"

"那就说好了。"淀姬催促道。千代没有办法，只好静默。

旁边的大藏卿见状，似乎生起气来，敬称也不用，急道："喂，千代！"

"什么事？"千代对大藏卿道。大藏卿对千代愣头愣脑的无礼反问，与其说是恼怒，不如说是拿她全无办法，心里大概在想：

（这位山内夫人虽说也是大名夫人，可毕竟只是下级武士出身。但就算如此，也太不知礼节了！）

不过对千代来说，这位淀姬也好，大藏卿也好，现在这种因时运而得势的女流当权者们油里油气的模样才是最让人受不了的。而且，这种感情实在难以掩饰。

"千代，你看我适合什么样的小袖？"淀姬问道。这是位平凡而无甚才气的女人，却美艳得惊人。皮肤白皙，体态丰满。唯一不足之处，是圆润的脸上嘴唇略显太小。

"若像淀夫人一般的美女，什么样的小袖穿起来都是漂亮的。"

"什么样的都漂亮？"

"是的。比如，仅用树叶儿撺掇而成的衣服，您穿起来也会很漂亮。"

"说什么呢！太无礼了！"大藏卿恼得眉眼都竖立起来，"你要让淀夫人穿树叶儿？"

"哪里，"千代不耐烦了，"那只是一种比喻。若是美人，就算什么都不穿，只拿一枝南天竹，那南天竹看起来都会跟玉似的。不过比喻而已。"

"千代夫人！"大藏卿口气变得刁钻。当然，她是想趁此机会把千代好好羞辱一番。丰臣家大名现在俨然已分作两派，北政所派与淀姬派。大藏卿早就听说千代与她丈夫山内对马守都是跟北政所亲近。虽说大藏卿曾想今日借小袖的话题把千代与伊右卫门拉入淀姬派，可眼下这般情形，令她不得不丢掉幻想。大藏卿口气刁钻，其实只是她本来的性格使然。

（这人反正是北政所派的，今天就给她点儿颜色看看。）

不过，千代也不是省油的灯，她早就察知到了。其实，可以说是千代挑起了大藏卿的怒气，甚或是故意挑起的。

（我才不愿意被拉进淀姬一派呢。）

千代思忖。而最行之有效的方法莫过于惹怒对方了。

"女人的姿容天生多少总有些缺陷，比如黑皮肤，平肩……"千代一一列举，并着意打量了一番大藏卿。没错，她就是黑皮肤、平肩啊。

大藏卿气得面色酱紫，道："千代夫人，那又怎样？"

"不怎么样,不过举例而已。人家又没有说大藏卿您。"

"太无礼了——"大藏卿险些气得站起来。

这时上座的淀姬道:"大藏卿,你嚷嚷什么呢?冷静些。"大藏卿听见被嗔怪,这才收敛不语。

"这些缺陷,不要去掩饰。"千代继续道。掩饰无用,只需凸出自己漂亮的地方,在小袖花色、穿法方面下功夫才是正道。千代道出了她的正统小袖论。

"那么,什么样的袖子好呢?"淀姬又问。

"袖子是形状美艳的好。"

"美艳?"

"袖子是灵动的,一件小袖上下只有袖子能动。所以一定要美艳、柔和、风情万种才好,才能更加缱绻惹人怜。"

"那是什么样的?"

"长袖比短袖好。"

"这个听说过。千代的小袖袖子总是很长。"淀姬道。

"在下喜欢长袖。长袖翩翩,则看起来又美又年轻。"一直以来,小袖的袖子都是又窄又短。就是从这时起,袖子逐渐变长变宽,成为德川时代振袖[1]的原型。

谈话结束后,上来一盘点心。通常这种场合所上的点心都是礼节性的,是让客人带回家享用的。可是千代偏头对大藏卿道:"这点心现在可以尝尝么?"

"不行。"大藏卿脸色可怖。

"哎呀，真可惜。看起来那么诱人，人家口水都要流出来了。"

"千代，"淀姬仿佛听见了，"吃也无妨。"

"太感谢了！可是大藏卿在旁边瞪着，在下还是忍一忍为妙。"

"大藏卿，你在瞪人家吗？"

"没有，绝对没有。这位对马守夫人，实在胆大妄为，最好小心看着。"

"怎么胆大妄为了？"

"如厕、吃点心……"

"哦，这些啊，我也常做呀。"淀姬很是不解的模样。这位在近江大名浅井家长大，又受织田家抚养的淀姬，就跟画儿里的公主一样，对人的心机全无概念。"大藏卿难道不做么？"

"呃，在下当然也做，但得分时间与场合，这才叫知礼。不知礼者不是人，是禽兽。"

"我是禽兽？"千代一下子把大藏卿看扁了。

"你，"大藏卿道，"出殿以后好生候着，我有话讲。听明白了吗？"

出殿经过走廊，千代发现庭院湿了。

（下过雨么？）

千代驻足而立，只见房檐很低，直逼栏杆，勾画出曼妙而轻快的斜线。檐角上挂着一盏春日[2]灯笼，正于风中摇曳。

"千代夫人，这边。"大藏卿催促道，她早就不耐烦了。

"知道了，这就去。"千代都说去了，大藏卿仍是抓住了千代的衣袖，那眼神仿佛在说："想干什么？才不会放你逃走呢！"千代微笑不语。

随着大藏卿的脚步，千代经过了好几个走廊。她以为会被带到某个书院或者茶室这样的地方，可到了才知道，竟是个三面是墙的杂物间模样的小屋子。没有窗户，没有推拉门，只有贴满金箔的墙壁，不像是普通的杂物间。而且金箔墙壁上没有任何图案与饰物。

"这是什么地方？"千代感觉阴森森的，望了望房顶、墙壁，还有大藏卿的脸。

"验尸间，"大藏卿平静道，"或者叫切腹间。不过至今为止，还没用过一次，平时一直空着。"

"是要让千代在这里切腹自尽？"

"哪里。"大藏卿似乎心情好了些，"要是让丰臣家栋梁之一的山内对马守夫人切腹自尽，那还得了？"总之，大藏卿是个开不起玩笑的人，她又道："现在有要事相谈，又找不到合适的房间，所以才来这里的。"

"什么要事？"

"千代夫人，你深得北政所夫人喜爱，这自是不错。但你却对秀赖幼主似乎很不忠诚啊。"

"此话怎讲？"

"别装了。你若是对秀赖幼主忠诚，定会想方设法讨淀夫人的欢心，因为淀夫人是秀赖幼主生母。可你倒好，就跟陌生人似的躲在一旁，完全不来参见，这就叫不忠。"

"这话可唬人不浅啊！"千代直盯着大藏卿道，"这就叫不忠么？千代与大藏卿可不一样，我又不是女官。若是女官，每日不侍奉左右便是怠工。可千代不过是一介武人的内室，千代要侍奉的只有夫君一人。难道不是么？"

"还强词夺理！？"大藏卿横着一张脸道。

千代内心很是吃惊，原来北政所与淀姬之间的矛盾竟已如此之深。大藏卿要说的无非只有一句："转到淀姬一派来！"千代在诸侯夫人之中享有贤淑的盛名，若是能说服千代入派，可是大功一件。不过，却反倒让千代察知了"现状"——

（很是激烈！）

现状指的是北政所派与淀姬派的对立。

"怎样?"大藏卿问道。

以千代之所见,北政所是位豪爽的女性,从她的言行上本就看不出对淀姬的嫉妒之心,更何况她那么深爱秀赖。因此,派别并不是她生造出来的。而淀姬也一样,虽然才气平庸,远不如北政所,但对北政所也没有出格的言行,更谈不上什么制造派别争风吃醋。

(总之,是下人的错。她们为了保护自己,为了自己的繁荣而不惜生造派别煽风点火。)

而且,比起北政所周围的人,淀姬周围的人更坏,就是她们为了延伸势力而擅自妄为、拉帮结派。后来的关原之战,无疑就是内庭派阀之争的结果,而导火线就是淀姬身边的女官们。可以说,毁灭丰臣家的正是大藏卿、正荣尼这一群人。

言归正传,千代被逼择主,实在为难。只听对方道:"这有什么难的?就是偶尔上殿来,跟淀夫人聊聊小袖之类的事情罢了。"

——是,如若只是小袖的事的话。

可一旦点头,便会一发不可收拾。淀姬一派定会闹得北政所知晓——山内对马守的内室跟淀姬打成一片了。到那时,可真是有口难辩。

"大藏卿,"千代道,"实在是非常抱歉,千代最近一想到小袖就觉得烦不胜烦，这种心境想是帮不了淀夫人什么忙。"

"哦，是吗？那就换个话题，上殿来也不一定非聊小袖不可。"

"恐怕难以胜任呢，千代本来就非常讨厌外出。"

"这么说，"大藏卿眉毛一扬，"你讨厌淀夫人啰？"

"哪里。世上之人我都喜欢，连大藏卿也不例外。"

"嗯？连——？"

"是啊，大藏卿。女人一进入权力社会就会很不如意，您看看您自己就明白了，脸上写得清清楚楚的嘛。"

"你！"

"呵呵……鬼婆子似的。"千代终于吐出这样一句。要想摆脱这种反应迟钝的邀请，一般的稳妥手段是无法奏效的，该吵架时还须吵。

"千代，你真敢说啊！"伊右卫门脸色都青了，"真说大藏卿是鬼婆子了?!"

"可是，她就像个鬼婆子嘛，有什么办法？"

"拿你没辙。早就说你不通人情世故，不料竟闯了这么大的祸事。那大藏卿跟石田三成是人称双璧的当代权贵，俺的领地说不定会被没收的啊！"

"不是说不定，是肯定会被没收的。"

"那如何是好？"

"跟以前一样，做个浪人好了。无妨，反正咱们本就出身贫贱。千代给人做小袖换钱养家好了。"

"开什么玩笑？"伊右卫门额上青筋浮现，"到时候是死是活还不知道呢。"

"一丰夫君。"千代伸手靠了近来。

"做……做什么？"

"让我摸摸夫君心脏。"她手掌捂在伊右卫门胸前，脑瓜微倾，"有些偏小呢。"说罢笑出声来。"重新变回浪人有什么不好？男人若是纠结于富贵，就什么都干不成了。一定要有随时被打回原形的觉悟，这才最重要。况且，还有聪慧又可靠的千代陪着呢。"

"你哪里聪慧哪里可靠了？就是你自己惹的祸！"

"也是。可怜啊，受罪的却是一丰夫君。"

"喂，看你说得这么薄情寡义！女人就喜欢自以为聪明！"

"对对！聪明反被聪明误，是吧？"

"就是！女人就该老老实实的，出什么风头！"

"可是，太阁殿下的天下现在就悬于两个女人之手呢。"

"想想就憋气。丰臣家就要被那两个女人毁了。"

"不包括北政所夫人的,她例外。"这位秀吉正室,是千代现今最为喜欢的女性,"难道不是?"

"俺也这么认为。"

"那么对讨厌的女官,叫她鬼婆子又何妨呢?"

"傻瓜!妇人之见!她们是掌实权的,惹恼了可没什么好处。对大藏卿来说,俺这种小大名的脑袋瓜,要削起来毫不费力。"

"我说——"千代作深思状,"我知道一丰夫君是双方都不愿得罪,可今非昔比,那种态度已经不合时宜了。必须得抓牢一方才能活下去。"

"喂——"

"夫君你听我说,那时若是不撕破脸叫声鬼婆子,她会抓着我不放的。也幸亏如此,才让我坚定了立场。"

"叫声鬼婆子,挂川六万石就泡汤了。好昂贵的一声鬼婆子!"

"可是,也说不定正是这声鬼婆子救了挂川六万石呢。"

第二天伊右卫门回家道:"千代,这可奇了,北政所夫人也让你去一趟。你人气够旺啊。"

"又是小袖么?"

"不。北政所夫人说是要请你喝茶。后天能去吗?"

"就后天吧。"千代回答道。与淀姬的邀请不同,她感觉轻松得像是回老家一般。

"还有啊千代,你那声鬼婆子的事,在殿中评价甚高啊。"

"都知道啦?"

"传言总是跑得最快的。"

今日大名们聚集在伊右卫门所在的一个殿头偏房内,有人用扇子捂着嘴道:"真是最近一大快事啊!哈哈哈……在殿中直呼鬼婆子,也只有尊夫人办得到。真是爽快!一定要代我向尊夫人问好啊!"除了些看热闹瞎起哄的以外,还有人无不担心地告诫他道:"鬼婆子睚眦必报,你们可得小心点儿。"跟伊右卫门关系不错的远州浜松城主堀尾吉晴也是响当当的北政所派,道:"怕什么?!要是淀夫人那边有人要找茬,北政所夫人一定会为咱们出头的。"而此时,北政所的传信使恰好来到伊右卫门跟前,跟他说:"北政所夫人请您夫人过去叙话。"

这日来临了。千代穿了件朴素的衣服,只带一个侍女就进伏见城了。

北政所本来是住在大坂城的,近日遵从秀吉的意思搬到了伏见城内。她跟秀吉的关系极好。或许对秀吉来说,北政所不仅是妻子，也是盟友。在移爱淀姬以后，秀吉也常给她写信，用"淀姬排在你后面"这些话，来表明她在自己心中所占的地位与爱，无论怎样永远都是第一位。

进城后，前来接待的是一位女尼——北政所的年长管家孝藏主。这位孝藏主人很胖，性格稳重谦和，与大藏卿刚好相反。

"在下与千代夫人，这是第二次相见了。"老尼一面走在山里廓的石阶上，一面说道。

"是啊，是在两年前见过一次吧。"

"那个……千代夫人——"老尼在石阶中段停下脚步，满脸严肃道。

千代以为又是派别相争的话题，心里咯噔一下，问道："什么事？"

可老尼忽又换了张有福气的笑脸，十分认真地问："跟那时比，我胖了多少？"说罢自己也禁不住笑出声来。"虽已非尘世之身，可毕竟是女人，女人都在意自己姿容的嘛。"

"嗯，可能稍微胖了一点点吧。"

"真是一点点？"老尼踩着石阶，已经气喘吁吁了。

山里廓里有座被称为"学问所"的独立茶庄。千代听说那是秀吉用来与近臣们相聚的私人性质的招待所，布置得极为奢华。

"北政所夫人在学问所等候大驾呢。"孝藏主嘴角带笑道。

千代深吸一口气，回答道："那是我做梦都想一睹为快的地方，真高兴！"

"说起来，北政所夫人其实也是第一次去学问所呢。"

"当真么？"

"那可是太阁殿下喝茶的地方。孝藏主今天也是第一次进呢，肯定会延寿的。这都是托了千代夫人的洪福啊。"

"为何？"

"哎呀抱歉，我竟忘了先告诉夫人了。北政所夫人向太阁殿下禀明要见千代夫人，于是太阁殿下就说，哦，千代啊，那就带她去学问所吧，那可是个有品位的女人。而且太阁殿下还亲自指派了学问所的茶坊主来为夫人沏茶呢。"

"这——"千代只有惊诧。

"在下说句不合身份的话，太阁殿下与北政所夫人可是很中意千代夫人呢。"北政所的这位老管家仿佛不经意言道，全然没有丝毫使人不快的感觉，反倒让人的心都变得暖暖的。

（与淀姬周遭的气氛完全不一样啊！）

若是说得夸张点儿，这让千代感觉活着真是一件幸福的事，连心都会雀跃起来。

"真让人受宠若惊，开心得都快落泪了。"

"都是因为夫人贤德。"孝藏主努力登着石阶道。

"怎么会呢，像我这般不入流的……"千代心底里很是高兴。人世间的幸福虽然有很多种，但受到如此这般体贴入微的热情照顾，感觉如春风拂面的客人的幸福，无疑是极为特别的。而把这种热情艺术化的，就是茶道。因此，这种热情倘若是伪善的，那茶道的真髓也就跟着变了味儿。北政所与孝藏主这两位，或许是因为与生俱来的人品的缘故，她们无须做作便自然地将千代引入天下第一的茶道氛围里。

"孝藏主，千代现在开心得有些害怕呢。"无意间，千代把这种幸福的感动用"害怕"来表现，大概她说的是实话。被对方热情招待的确开心，而正因为太开心了，所以就不自觉地愿意把自己所有的一切都交给对方。千代所说的就是这种可怕的感动。人世间这种故事自古就有很多。

登完石阶，便是本丸。天守阁顶的瓦片上都贴了金箔家纹，熠熠生辉的华丽景象全然不似这个世界的东西。不过千代更感兴趣的是天守阁后方的一片自然林，闲静而恣意，正与天守阁的奢豪相得益彰。

孝藏主领着千代踏入这片树林，走在一条蜿蜒逶迤的林荫小道上。途中，周遭景色换做一片翠绿竹林，一个人影在林中显现。

竹林的绿荫道上，伫立着一位乡姑模样的女性，千代细看之下，发现竟然就是北政所。

"千代夫人，好久不见！"随着一声问候，天下最高贵的女性就这样朝她走了过来。千代即刻就要行跪拜礼，却被北政所伸手拦住。"这样就好，不要拘束。今日咱们只是主人与客人，没有身份的区别。"

"是。"千代顿时涨红了脸，"可是北政所夫人，您为何会在此处？"

"在等你啊。就按乡下规矩，千代好不容易还乡归来，这草深人稀之处，总得有人接应嘛。"北政所是快五十的人了，因肤色白皙身材圆润，看上去要年轻五六岁。千代忽然注意到，身居从一位的北政所特意穿了件乡姑似的粗布小袖，脚上是双露出脚后跟的"半挂草履[3]"。

"您这一身打扮——"千代吃惊不小。虽早有严令嘱咐千代要穿平常服饰，但北政所也实在太过朴素，朴素得让千代都感觉不自在。

"喜好罢了。"北政所咯咯一笑，"这样感觉更轻松。我本来就是乡里长大的嘛。"

不久后，千代便坐进茶室，成为品茶客人。茶室不大，仅有四叠[4]半与两叠的两间，看起来十分简约朴素。可是所用材料却是单价比黄金都昂贵的沉香木。千代坐于室内，只觉得有暗香涌动，仿佛空气都澄净了许多。茶炉的炉缘也是沉香木所制，每每加火时，便又是一阵芬芳。

"我啊，"北政所甚为腼腆，"点茶并不拿手，所以就请了茶坊主来，还望见谅。"

"您太客气了！"千代咧嘴笑道，是北政所无邪的借口诱发了千代的笑，"太阁殿下不就是天下最棒的茶人么？"

"那是，棒得没话说——"北政所没再说下去，自己的丈夫毕竟是天下之主，不便背后置喙评判，于是笑了笑。

秀吉总喜欢邀请近臣光顾他的这间学问所，并亲自为其沏茶点茶，大讲茶道的学问。

"信长主公曾应允他涉足茶道，他现在还常提起那段时光，说那是他最开心的日子。"

北政所说的大概是秀吉得到唐伞，并成为征伐毛利的司令官那段时日吧。那时，他得到应允可以亲自主宰茶事。信长不仅喜好茶道，而且对茶道器皿都十分讲究，家臣们常因"不够格"而无缘茶事。当秀吉知道自己可以主宰茶事，那就等于平步青云了，他自然十分开心。

"这可不好，要是只顾着讲过去的事儿，人就老啦。"北政所接过茶坊主点好的茶，放到千代面前。

闲聊片刻后，北政所像是想起什么似的，道："真好笑。刚才还因为好强，不愿多说过去的事情，怕自己显得老了。可跟千代这般尾张的昔日好友相聚，我却感觉特别开心。难道是年纪的缘故？"

开什么玩笑？千代一直认为自己才二十多岁而已，北政所为何一口一个年纪？"您别总是年纪、年纪的嘛，您不是连五十都还不到么？"

"千代你看起来还是跟以前一般年轻，而我的心境似乎却比年纪更老，我也知道不能老是念念不忘过去的那些事。"

"过去那些事情的快乐，并非卑下得不可提及。能这样回望自己所走过的路，玩味其中的点点滴滴，不就跟经历了两次人生一样么？"

"你可真会说话。"

"千代要是老了，就在京城市中结一个小庵，招呼一些摆摊儿的女孩子，整天给她们讲那些陈谷子烂芝麻的事。"

"不错啊，有意思！千代真是会过日子的人！"

"您过奖了。"

"看你无论什么时候总是无忧无虑，开开朗朗。千代夫人——"

"是！"

"以后可以常来吗？想跟你聊聊尾张呀长浜什么的。"北政所提及长浜，是因为她们两人都曾做过长浜城主夫人。

就这样，北政所好像只顾闲聊了，可她却以自己的方式在政治上着力。她虽然没有明确目的，但却达到了笼络旧知的诸侯及夫人的效果。当然，她是不会说什么"别去淀姬那里"的话的。本来北政所对淀姬就没有敌意，至少在表面上看不出来。她是从一位的官阶，是女性的最高位，作为丰臣家的夫人，她有资本有能力统率后宫，连淀姬也得听从她的指挥。所以，她完全无需争风吃醋。但是美中不足，她没有孩子。

不过她也是淀姬所生的秀赖的母亲，秀赖为了区分这两位母亲，叫北政所为"政妈妈"。北政所对这位丰臣家的幼主秀赖关爱备至，这种爱直到丰臣家灭亡也未曾改变。

总之，她是位了不起的女性。不过，在保护丰臣家方面，她过于接近德川家康，对德川家康十分信任，这与淀姬有着不同的政治色彩。

千代与北政所交好，同时也意味着加入了丰臣家地位特殊的大诸侯德川家康的阵营。

注释：

【1】振袖：即袖子宽而长的和服类型。现今，振袖和服多是未婚女子的礼服。婚后女子的和服衣袖是窄而短的。

【2】春日：是对奈良市春日神社一带的称呼；或是对奈良市及其附近的称呼。

【3】半挂草履：一种长度只有一般草履一半的草履。脚后跟通常是裸露在外，直接着地而行。

【4】叠：榻榻米的数量单位。一张榻榻米即一叠大小，约 1.65 平方米左右。

醍醐赏花

秀吉的健康状况堪忧。与其说体弱多病，不如说是生命力衰竭之象。他还只有六十三岁，这个年纪很多人都还生龙活虎，可在千代等人看来，他已经是老态龙钟了。少年时代的辛酸，一直以来的攻城野战、喜好女色等等已将此人的精力过早地耗光了。

他让侍医们研究养生与长生不老，并尝试了很多。有个侍医说"虎肉不错"，理由是，虎乃百兽之王，与狮子不分伯仲，很是强悍。于是秀吉就命在朝鲜的将士送一些盐渍虎肉回来。这盐渍虎肉味道实在不敢恭维，秀吉勉强吃下，且尝试了好多次，不但丝毫不见效果，还腹泻起来。最后不得不放弃。

去年在京极高次的府邸做客时，秀吉因为茶喝得太多，很快便不舒服起来，称"筋痛"。马上回到伏见城后，整整一日没能吃东西，第二天也是一粒米都未曾下肚。就这样过了月余才渐渐好转。这段时间，他的衰老之色愈加明显，看上去犹似八旬老翁。

"为一扫阴郁，得做点儿快乐的事。赏花如何？"秀吉在这年正月里萌生了这个点子，并计划让其成为史上最大的赏花会，即醍醐赏花会。这是秀吉最后的一次游乐。秀吉本人是希望丰臣家族成员都到场欢娱一堂，于是让北政所领着诸侯着意准备。

孝藏主作为使者去大坂城淀姬处禀明此事时，道："赏花会定在三月十五日左右，请好好准备。"淀姬却一口回绝了。她与大多妇人一样有忧郁的倾向，并且十分严重，平素也不喜欢参加类似的活动。因此，淀姬、秀赖打算缺席。

秀吉很是喜好这种盛事，连计划都想亲自拟订。天气还很寒冷的时候，他就跑到赏花会的中心——醍醐三宝院去视察，把正堂、宴席间、厨房都看了个遍，说"人数极多，厨房的灶台得增至三倍"，另外还指出建筑物的老旧不足之处，吩咐着意修葺。

可是当他回城之后，对赏花会的构想又大了一圈，于是七天后再次光临醍醐，道："建筑物太小气。要办就要办好，干脆建一座有鲜花装饰的地上极乐殿。"他命令新建一座壮丽的殿堂，造围墙、建金堂；"索性庭院也一同翻新"，又命在庭中之岛上设置了护摩堂；假设是乘船摇橹而去，于是让人弄出两条瀑布来，俨然是个建筑家兼园艺师，兴奋地跑上跑下。

这天终于来临。当然千代也属被招待之列。秀吉是前无古人的园游大家，此会规模之大，设计之巧，实在让人叹为观止。

千代去了醍醐赏花会后，真切地认识到，玩乐也是需要"企划能力"的。

（难怪此人得了天下！）

如果把秀吉的构想能力比作月亮，那家康连鳖都算不上，只能算土鳖。夺取天下其实靠的也是构想能力。把梦与现实穿插交织进去，那边压一压，这边抬一抬，摧毁右边，再养育左边，就这样一步步向成功迈进，时机成熟时再摧枯拉朽一气呵成。实现这一切的基础，就是构想能力。

千代丈夫伊右卫门缺少这种构想力，只是一名耿直仗义的武官。丰臣家的诸位其他大名也一样，都是在战场上跌打滚爬过的粗人。若让其领军，必定比任何时代的武将都出色，可就算加藤清正、福岛正则、藤堂高虎、池田辉政、浅野长政、黑田长政等，有足够的构想能力烹饪天下吗？

没有——他们能爬上大名之位，已属不易。

家康呢？在信长死后，与秀吉对峙的那段时期，家康迅速夺得东海、信州、甲州，扩大了自己的势力范围。可后来却因性格太过谨慎，只盯着自己脚下的那片地，并没有大的作为。若以对赌打比方，家康至多拿出自己财产的一成做赌注，决不会赌上身家性命。所以，便没有大的作为。这也是缺乏创造力的原因。

家康的天下是继承来的，而不是凭借自己的力量打拼下来的。不过，在丰臣家其他普通大名的眼里，家康就算远不如秀吉，也是超凡脱俗的存在。

（看来，以后是家康的天下了。）

千代思忖。她正带着一位侍女在道上的樱花树下走着，天气晴朗。最近这段时日绵绵细雨不停，今日的天气本也十分让人担心，还好天公作美，风住雨停，天地间祥和一片，是绝好的赏花天。

醍醐分作上醍醐与下醍醐两地，方圆五十町，山地占二十三町。里面挤挤挨挨种植了无数的樱花树，山上樱花开了八分，平地开了九分。远望去，只见翠绿的松林里飘过一袭粉霞，殿舍、堂塔、茶屋等等都淹没在花团锦簇之间。

从伏见到醍醐的街道两旁用竹席作围墙，众旗本们正全副武装列队站岗执勤。秀吉的家人们就坐着轿子一一经过此街。千代与其他小大名的家人一道，属于陪观客，远远跟在后面徒步行走。

女性队伍的最前端，是正室北政所，轿旁有她的手下大名——小出播磨守、田中兵部大辅跟随。随后是当时被称作"西之丸夫人"的淀姬。淀姬起先不愿参加，结果还是来了。

轿旁有木下周防守、石河扫部头等大名跟随。后面接着是三位侧室。众人行装比花朵还要艳丽。

下醍醐到上醍醐这一段路是上坡路。经过三宝院御殿门前时，千代发现在这一带执勤的是丈夫手下。

（正好！）

她走近队长福冈市右卫门，道："市右卫门，辛苦了！"

"是！"市右卫门全然没有料到千代会出现在面前，有些慌乱。

"你为何拿着断弓？"

"用来指挥下属。"

"赏花会这样拿着可不雅呢。"千代笑道，她让市右卫门干脆把断弓借给她，好当拐杖拄着上坡。

"可是夫人，若是女人拿着，别说不雅了，会被指责彪悍的。"这个时代的武士说话没什么顾忌。

"那，这样可好？"千代取出怀中短剑，从披衣的边缘割下一条细长的红布，随后在断弓上打了个蝴蝶结。本来弓上就缠绕着一段段黄色、黑色的弦，如今新添了一个红色蝴蝶结，顿时显得华丽起来，哪里还看得出来是断弓？

武士们都笑了。这些山内家的武士们都对千代充满好感，对美丽聪颖的千代夫人或许比对伊右卫门还要恭谨顺从。

千代拄着新拐杖,从门前离去,不久见到路旁有座"一茶屋"。秀吉近臣——大名益田少将,为此次赏花会锦上添花,特意修筑了这座茶屋。少将自己当亭主,为前来的客人提供酒、茶、点心、菜肴等。

"呵呵,对马守夫人,您的手杖相当别致啊!"少将的声音从里面传来。

过了一茶屋,是条溪流。千代从拱桥走过后,便是陡峭的斜坡,逐渐深入山腹之中。

"好累!"正觉疲乏时,二茶屋出现了,亭主是大津城主新庄骏河守。这位骏河守最近息影,隐居不出,自号"杂斋",以茶为乐。

"挺不错啊!"千代对茶屋的氛围大加赞赏。茶屋前只种了三棵树:松、杉、米槠,旁边的岩渊水池里养了些鲫鱼鲤鱼,十分简单朴素。饮茶在某种意义上,饮的是一种感觉。客人们上得坡来,大都汗涔涔口干舌燥,所以才特意将茶室布置得如此清爽。

三茶屋在南面当风口处放置着茶具台子,还挂了一幅缰马图。此处到四茶屋有十五町远的山路,之后还有五茶屋、六茶屋,都是由好茶的大名们担当亭主,均是匠心独运,各领风骚。

这样的茶屋共有八座,可以说简直就是一次展览会。每位好茶的大名都用看得见的形式将自己深刻的人生观、自然观一一呈现。

（太阁殿下的主意实在妙趣横生！）

在这段艺术斑斓多样的桃山时代，大概也只有秀吉堪任主宰啊！

离山顶不远处，有座柴庵，上了旁边的阶梯，可见到一座大茶屋。

茶屋前，朝道路方向搭起了大棚子，正贩卖各种物品。当然这只是模拟贩卖，无需用钱。千代凑过去，见台子上摆满了布偶人、纸老虎、梳子、针、叠纸、丝线、麻线、扇子、播磨纸、杉原纸、美浓纸等等，大都是女孩子喜欢的东西。

旁边，茶屋檐下，有烤年糕、蒸笼等卖。女官们扮作茶屋女，吆喝着："来尝尝吧，来尝尝这个！"

"去坐会儿吧。"千代对侍女道，随后坐上一个铺好绯色毛毡的长凳。前方是山谷，景色极好。右手边是一条小道，一直通往远方的樱花林。樱花林中有座大殿，还有秀吉。他与北政所、淀姬以及百余位盛装的妇人一道，只围着一个幼童欢笑着。这个幼童又跑又笑，时而拍手跳舞，正是秀赖，虚岁六岁。虽然年幼却已是中将之位，众侍女称其"中将大人"。

"真是好快乐的样子啊！"千代将串在两根竹签上的烤年糕送入口中。这是丰臣家的大团聚，从千代这里望去，是一片令人叹为观止的欢愉之象。

"中将大人好可爱！"千代的侍女语音哽咽。

"怎么了？"千代吃惊地看了看侍女的面庞，她眼里浸满泪水。

"看起来实在是太快乐了……"所以就忍不住掉了泪，侍女不好意思地含泪笑笑。这个时代的中心就是丰臣家族，任谁看着这番美好的团圆景象，都难免会一时感慨万千。

千代也被感动了，也泪眼婆娑起来，不过她的泪要比侍女复杂得多。

（这种团聚的欢愉，能持续到何时呢？）

此念头久久萦绕于她的脑海之中。秀吉的衰老已经十分明显，连远处都能看得真切。这段生命，想是离结束不远了。

——在他过世以后，这位中将大人会怎样？

秀吉曾经在征服天下的过程中，逼死了故主信长的遗孤之一，让其他几位成了自己的家臣。有这种先例。秀吉亡后，执掌天下之人大概不会允许那个家族像现在一般欢愉吧。

千代不祥的预感应验了，这场赏花会成了秀吉的最后一次盛会。这年秋，他的肉体消亡了，这是千代赏花时所不曾预见到的。

赏花时节的阴天持续了好多日。醍醐的赏花会圆满结束。可结束之后,总感觉剩了一抹淡淡的哀愁与寂寞。

(难道只是我自己?)

千代歪头思忖自己的感觉。她问丈夫伊右卫门,他回答"是吗",全然不明白她的心思。

"太阁殿下——"千代开口言道,可就算是关系再好的夫妻,下面的话还是说不出口。

"什么事?"

"没什么。"千代的面庞写满忧郁。她只觉得太阁是为了世上最后的快乐而举办了这场赏花大会,她预感太阁离去的日子近了。

"最近,太阁殿下怎么样?"

"哦,太阁殿下啊,"伊右卫门表情寻常,"很是健康呢。前段时间说是身体欠佳,不过又好起来了。"

秀吉如今不在伏见。他去了京都,在京都府邸待了一段时间。又或许是想起了什么,前天他忽然说要去江户大人的府邸玩儿,于是在附近的家康府邸跟家康下了一整天的围棋。这绝非常事,他到底是想起什么了呢?

据说,秀吉一进大门便嚷道:"内府大人(家康),你可想死俺了，俺好想看看你的样子！"他让家康准备了一间看得见庭园的房间，问一起下围棋如何。可秀吉自己并非围棋高手，也不甚喜欢围棋，而家康也一样。不过要长时间相处，又没什么话题，大概没有比围棋更方便的道具了。

（正如他本人所言，太阁是想看家康的样子才去的。）

千代思忖。她是女人，直觉要比男人强烈，更何况千代从年轻时起就有仿佛巫女般的预感，有时连自己都困扰不已。

（据说人死之前总会去各位旧知家里转转，莫非这就是？）

太阁访问家康是在四月十日。八天后的十八日，他带着秀赖去拜谒天皇。此时的天子是后阳成帝，喜好学问且心性纯朴。他十分敬爱秀吉，一直当秀吉是伯父。而秀吉也深爱这位天子，每次拜谒都不会只流于礼仪形式。这次他道："俺好想听听陛下的声音！不听就寂寞得发慌。"这样一对尊崇对方长处，互敬互爱，和睦无争的君臣，恐怕古今少有吧。

说句题外话，后来的家康就不一样，他只是利用京都朝廷，对其余的采取彻底的镇压政策。这大概是性情不同的缘故。

"也不知怎么回事——"千代头颅微倾。

"什么？"

"我总觉得大乱将起……"

之后一段时日，都是相安无事。

若说有事，也只是伊右卫门的鬓角白发被发现，小小地闹了一场。那时千代真的吓了一跳。伊右卫门的头发本来发质极好，她以为就算年老也不会有什么变化。可没想到岁月不饶人。

"白发而已，谁都会有的。"伊右卫门很是无奈，他困惑地看了看千代，心中感慨：

（这家伙怎么老是这么年轻？）

千代皮肤光鲜，嘴唇润泽，哪怕假称二十八九，也会有人深信不疑的。

"咱们也老了呀！"

"或许吧。"伊右卫门懒倦答道。

"可是，我年少时可从来没想象过长了白发的夫君啊！"

"说什么蠢话，你以为自己就不会老？真是自命不凡。"

"可是——"千代靠近伊右卫门，仔细查看起他的头发来，"好吓人！还不止一根两根呢！表面的还算黑，可里面的好多都白啦！"

"千代，俺身上的毛还是黑的呢。"伊右卫门意外地嘟囔了一句，而且是一脸耿直的模样。

"身上的毛？"千代不由得重复了一遍，随后变得满脸通红。这一红脸,反倒把她的顽皮劲儿勾了出来。

"怎么可能?夫君连头发都这么白了,身上——"千代瞟了一眼伊右卫门的腰带下方,"肯定已经雪白啦。"

"浑话!你难道还不清楚?"

"哪里啊,"千代顿时慌了,"人家才不清楚呢。"这也并非假话,千代的确不清楚,因为每次都是在暗淡灯火下或者黑暗之中。

好想一探究竟!此念头一起,千代不由得拍手一乐——对了,就在这般白昼里,在夕阳照亮窗格子的此刻,真真切切看个明白。

"快,把腰带解开。"

"喂——"伊右卫门困惑不已,"你要作甚?"

"看看就好。快,还是乖乖解开好了。"说罢,千代凑到伊右卫门跟前,帮他把腰带、小袖一圈圈解了下来,最后只剩了兜裆布。

伊右卫门在屋中逃来窜去,千代则笑声朗朗不愿放弃。终于再次被她抓住,兜裆布也被一圈圈解开。

"真是呢!"千代恍惚地看着伊右卫门壮硕的身体,的确见不到白的。

"怎么样?俺没骗你吧。"伊右卫门仍是满脸较真的模样。

说到伊右卫门的耿直较真,还有一件轶事需要提及。

伊右卫门虽然从年少时起便在战场拼命,可他自知自己并没有超人一等的武艺,也没有经纶济世的才华,之所以能当上大名,他一直认为是天运庇佑。

"这才是一丰夫君最可爱的地方。"千代心里明白,伊右卫门从不认为是自己的能力造就了现在的一切。

想想那些过往的同伴朋辈,很多都比伊右卫门战功卓越,也比他更懂调兵遣将。可他们却未能当上大名,如今都还只是大名家臣而已。伊右卫门把自己的幸运归功于千代与天恩。

(是托了千代的福!)

(是天恩!)

他是位谦虚到骨子里的人。因此,他若是在伏见城下碰见昔日朋辈,定会郑重其事下马招呼,决不会摆大名的架子。不过对方终究是陪臣的身份,有大名给自己下马行礼,总会觉得过意不去。

"当了一城之主,却跟原来一样谦虚。"这是旧相识们佩服伊右卫门之处。可每次都这样,却弄得他们十分为难。所以后来他们在城下街上一见到伊右卫门的队伍,就早早躲开了。

"对那位只能甘拜下风啊。"这种评价千代也常听说。

现在千代看着伊右卫门耿直较真的面容和他没穿衣服的身子，竟怪怪的忍不住想要流泪。是这怪怪的感触让她想起了这段轶事。

"知道了，快穿上吧。"她又帮他重新穿上衣服。其间，她开玩笑似的提及路上下马行礼一事。可伊右卫门却不笑，道："当然得下马了。"

"夫君当然做得对，不过世间其他人会觉得为难的。所以他们才远远躲开的嘛。"

"哦，原来他们是躲开了！"

"是啊，为了避开你的下马礼，他们一见到你的影子，就躲到武士家门角，或者百姓家门后，闹得鸡飞狗跳的呢。"

"看你说得这么夸张！"

"真的！"千代咯咯笑道。伊右卫门让人感觉害怕的，也只有这种事了。

"千代，俺这样是否不对？"伊右卫门极其认真地问道。

"也是，毕竟让人家难堪了。"

"俺是问对与错的问题。"

"那自然是没错的，只是——"

"只是什么？"

"若是太阁殿下见到过去织田家的同僚，比如细川幽斋大人、江户内府大人他们，也这样每次下马行礼，那世间的秩序不就乱套了么？"

"千代是反对这样做？"

"哪里。千代很喜欢呢，这种一丰夫君奇怪的地方。"

"说什么呢！"伊右卫门对千代这一开口就没完没了的玩笑话全然招架不住，道，"俺可不愿跟你多费口舌。"

"好了好了，你赶快把腰带系上吧。"

千代夫妇的养子国松，这段时间并不在京城与伏见，而是在远州挂川城。这座城如今由伊右卫门弟弟修理亮康丰在把守，而国松是他的亲生儿子。千代觉得孩子还是应在亲生父母身边长大才好。

"真有些对不住国松这孩子，"暮春的一日，千代忽道，"不在一块儿住，还是难以培养感情啊。"

"的确。"伊右卫门道。他虽对物对事都很诚挚正直，可却有些健忘，如今连国松的样子都想不起来了。

"真拿你没办法。"

"有什么难的，见一面不就想起来了？"

"那当然！要是见面都认不出来是国松，那你还算是父亲么？"

"千代，"忽然伊右卫门郑重其事道，"你还能生孩子吗？"

"不知道。"一聊到这个话题，千代就有说不出的悲哀。

"常听人说,上天不予二物。若是从你肚子里生出的孩子,或许是个绝世的智将呢,可惜了。"

"对不起。"

"等等,俺又不是在指责你,说不定是俺没有种子。又或许是上天不喜欢咱们夫妇有孩子吧。"

"试试如何?"千代这样说,是因为她最近一直都在考虑这个问题。

"试什么?"

"试试一丰夫君有没有种子——跟我之外的女子。"

"喂——"耿直的伊右卫门慌了神,"说什么蠢话?难道你忘了新婚之夜的事了吗?"

"什么事?"

"是你发誓说要努力让俺当上一国一城之主,而俺则只能对你一人好。你的确这样说过的不是?"伊右卫门面露愠容道。

真是个怪人,这个时代的大名大都是荒淫的,就算不荒淫的大名,为了子嗣也总会多娶几房侧室。而伊右卫门却全然不碰,所以被称为——怪异的对马守大人。不光诸侯们知道,连伏见城内庭的女官们都没有不知道的。

"你是说要娶侧室?"

"是。"千代干脆地回答道。若是丈夫自己不娶侧室,由妻子建议迎娶在这个时代是很正常的事情。"千代夫人也太爱吃醋了"——这种在殿中与城下的谣传，千代自己也多多少少知道一些。

"千代会继续守约，会辅佐夫君当好一国一城之主。不过一丰夫君可以不必遵守后半段誓言了，夫君可以解脱了。"

"千代，你确定是真心话？"

"当然是真心话。"千代尽量开朗回答道，可内心难免苦楚。无论当时的社会风气如何，人情应是万古不变的。

可是，伊右卫门却耷拉着一张脸，道："不要。俺不要其他的女人。千代，此事休要再次提及。"

"是夫君没有兴趣？"

"俺对千代以外的女人——"他脑子里忽然浮现出小玲的容颜，于是连忙转了念头，断然道，"没有兴趣。"

"一丰夫君！"千代忽而正色道，"你还算是男人吗？是男人就会追求新人，这种例子我已经知道得够多了。"山内家的家老、上士等也是，或是与女官有染，或是娶了侧室，唯一没这样做的大概只有家主伊右卫门一人。

"都说男人有两种类型，猎人型与农夫型。在上古时代国土还未成形之时，男人们上山去追野猪、野兔，为了多猎取一些收获，竭尽全力在山野之中奔跑往复，又绞尽脑汁想出各种各样的方法，这才使得世间不断进步。农夫型的也一样，很久很久以前，他们为了多获取一片田地而披荆斩棘，开垦荒原，还从众多的杂草里甄选出新的农作物，并苦心养育，这才使得国土愈来愈富足。这都是男人们的进取心带来的结果。"

"这跟女人有什么关系？"

"欲望并非只限于野猪或者田地不是？见到新人，男人的本能会促使他们去想方设法得到她。"

"你是说，见一个要一个才像男人？"

"这说得也太极端了点儿，不过大致应该是的。"

"那千代，"伊右卫门怒气勃发，"你是在说俺不像个男人？"

"没有啊，一丰夫君是——"

"闭嘴，千代！"伊右卫门眉梢倒立，"俺年少时便各处去攻城野战，踏过无数战场，总是手持长枪冲入敌阵之中，或在枪林雨弹中攀爬敌军城墙，或与强敌对打把生死置之度外，从未害怕过，从未有过一次临阵脱逃。"的确，这种经历不是是个男人就能有的。"可你，千代，却说俺不像个男人？"

说话间，伊右卫门伸手"啪"的一声打在千代的脸庞上，千代应声而倒。

"千代你再说一遍,是不是玩儿女人的像男人,纵横战场的俺就不像个男人!?"伊右卫门抓住千代衣襟,并拖过来按倒在膝下。

"原……原谅我!"千代哭了起来,"我道歉!请夫君原谅!"

"是俺在问你,回答!"

"千代想要一个山内家的嫡子,实在太想要了,所以才那样说的。"

"傻瓜!"伊右卫门又抡起了拳头。

千代自结婚以来,这还是第一次被伊右卫门打,而且还源于这么个窝囊的理由——身为妻子的千代劝说自己的夫君跟其他的女人睡吧,娶一房侧室吧,结果还被自己夫君揍,这也太不划算了。

(不过——)

千代的心底里可是高兴的,只要想到伊右卫门竟这么在意自己——

(可是,山内家的家系可怎么办?)

让挂川城的养子国松继承也没什么不好,但总不如夫君亲生的孩子。这不仅要对得起山内家的祖先,还应对得起子孙后代。千代想到此节,想到自己所身负的使命,不禁很是感动。而这种感动只有这个时代的千代能懂。数百年后的读者们就算能都理解这种义务与风俗,但对着手义务的这种感动,定然是陌生的。

(只要是——)

千代思忖。

(我想做的,就一定会做好。)

千代开始在自己身边物色人选,她要替丈夫挑选侧室。不过这个时代,一个普通女人要想成为侧室也并非易事,如果一直没有孩子,就只能是位女奉公人。而无论是女奉公人,还是侧室,都是家臣的身份,必须听从正妻的指挥。家主伊右卫门如若总是不愿意,那么寻找特殊"家臣"的义务就得由千代来完成了。

阿里。

对了,有阿里这样一位侍女。她是徒士山田四郎五郎的女儿,去年成为奉公人,在千代身边当差。年方十八,且有一张男人喜欢的漂亮面孔,她通晓文字,脑子也不笨,而且很健康。综合考量之下,可以判断出她能生出个好孩子来。

(阿里不错。)

千代思忖。第二夜,她叫来阿里问道:"如果有位主人那样的徒士,年纪也跟阿里相当,阿里愿意嫁么?"

"阿里怕是配不上。"阿里仿佛有所顾虑,不愿多说。在千代半开玩笑地追问下,她终于回答道:"若是如此,阿里会很开心。"当然,这兴许只是一时的玩笑话,她的真心还无从查知。不过,她对伊右卫门这位"异性"没有负面的情感这点,已经可以肯定了。

接下来便是穿针引线。千代突然对伊右卫门提出"要去京都的寺庙拜访"。京都寺庙极多,她说要仔仔细细一一拜访,所以自己得搬到京都府邸去住。"一个月就够了",她这样请求,而伊右卫门也并没当回事儿,准了她的假。

说点儿题外话,笔者想起一段相似的故事。

德川幕府末年,伊右卫门的土佐山内家,与萨州、长州两藩国一起,并称萨长土三藩,都出现了许多勤王的志士,成为明治维新的原动力。

幕末土佐藩勤王党的总指挥,是威名远播的坂本龙马。而在藩内活动的领袖,是武市半平太。这位严谨律己的武市半平太,也是独爱妻子富子一人,两人没有孩子,却也从不添侧室。

因此,武市的友人与学生十分担忧武市家绝后。若是没有孩子,无论大名还是家士,死后其家禄都只能上缴,这是当时绝对的法律。大家一同替他物色人选,可他却总是一笑了之。大家不甘心,老想替他出谋划策,于是他怒道:"此类无稽之谈休得再提!"他这点与山内伊右卫门一丰十分相似。

被斥责的学生们说服了富子,照藩祖夫人千代所做的那样先斩后奏来了一手。结果亦与千代一样,这里暂且不提。

言归正传。

千代临时搬去了京都的府邸,在离去前,她对阿里叮咛了一句:"只要你愿意,请务必求得种子种下。"阿里把夫人的话牢记在心,认为这是对山内家最大的贡献。千代让她去伊右卫门的寝屋铺被褥,其他事宜也都一一交代清楚了。

对此事,阿里自己到底是怎么想的呢?虽说是"奉公",可她毕竟是姑娘家。那夜来临之前的一段时日,她明显瘦了。也正因为瘦了,反而看起来更成熟更有女人味儿了。薄唇、单眼皮、眉眼细长,面颊上有少许惹人爱怜的雀斑,整体看来有种淡然的美。不错,她是个美人。

阿里在寝屋走廊前跪下行礼道:"在下阿里,前来伺候主人更衣。"伊右卫门仍然跟平素一样,只淡淡应了一声,哦,是吗,换人了吗。

阿里进屋来,快手快脚熟练地帮伊右卫门铺好被褥,却不离去。她坐了下来。

"你下去吧。"伊右卫门道,可只听见她说"是",却不见她起身离开。于是就问:"怎么了?"

"夫人命我伺候主人一个晚上。"

"不用，值夜勤的有其他武者。难道你也会使薙刀？"

"……"

"也不用回答了，"伊右卫门婉言道，"反正如果真有坏人来，女人的薙刀也没什么用。你下去吧，休息去。"

"夫人说，如果被勒令退下，就去死。"

这不过是千代的一句玩笑，可伊右卫门当了真，他惊道："啊?!"

伊右卫门不是木头。在铺好被褥的房间里，跟年轻姑娘共处一室，实在难为情。而且，姑娘的神情又非比寻常。

"夫人真那么说了？"

"是的，夫人说若是被勒令退下，就静悄悄回房间去自杀。"

"愚蠢透顶！"伊右卫门犯愁了。事情到这个份儿上，再无动于衷的男子也该明白千代打的是什么主意了。

（要俺跟这个女孩子睡？）

他频频打量着阿里，的确是个秀色可餐的姑娘。身姿实在惹人怜，拉拢来抱抱就仿佛会融化了似的。

"阿里，"伊右卫门道，"好好说说夫人到底是怎么跟你说的。"

"这……"阿里神情羞赧。

"说，这是命令。"

"嗯……夫人说，务必求得主人的种子。"

"种子……"伊右卫门仰望房顶，他简直想对千代这位老婆砰砰叩几个响头，承认自己彻底败了。老婆连求种子的女孩儿也亲自调教送过来，这叫什么事儿啊?!

"阿里，俺从来就不会打自家奉公人的主意。"

"那，您是要打别家女孩子的主意么?"阿里大概是已经习惯了伊右卫门的温文尔雅，说话也调皮起来。亦或许她纤弱的外表下藏着的本来就是个活泼的姑娘。

"不，不会。俺心目中只有千代是女人，现在要让俺看别的女孩儿的肌肤，太可怕了。"

"可怕？您是说怕千代夫人么？刚才也说过，是夫人要我来侍奉主人的呢。"

"俺说的可怕——"伊右卫门像顿悟了一般，道，"是对一般的女人而言。"

"您指的是——?"

"比如说，俺也怕阿里。"

"啊?"阿里吃了一惊，"我怎么会让——可是，阿里什么地方可怕呢?"

"肌肤。"

要说伊右卫门怪，也的确是怪。若不是熟悉的身子，哪怕欲求与常人无异，可自己却合不上拍。可以说是对未知事物的恐惧。如果说好色的男子是对未知肌肤有过强的冒险心理，那伊右卫门就正好相反，他这种人很是少见。

"阿里，不如来给俺揉揉腰。"伊右卫门道。他还是有寻常男子的一面，愿意跟年轻女子接触。

"给俺揉一揉。"就是此等程度的接触。

"是！"阿里跪拜下去，等着伊右卫门的命令。

"没关系的，过来吧。"伊右卫门说罢，趴在了铺上。

阿里开始揉腰。她的按摩术让伊右卫门吃了一惊，实在高超。

伊右卫门睁开眼睛问道："阿里，你什么时候学过按摩治疗？"

"没学过呢。我这是第一次给人按摩。"

"奇怪。"她的按摩拿捏很准，感觉实在舒服极了。

"不过，我学过灸，听说下灸的穴道与按摩穴道是相通的。"

"怪不得。"伊右卫门感觉很是受用，阿里的手指恰到好处地把腰间的瘀血散开。"阿里多大了？"

"十八岁。"

"那你是天正九年出生的吧。正好是太阁殿下受信长公之命，远攻毛利氏，并修了居城姬路城的那一年。俺也随军出征，攻打鸟取城来着。"

"哦。"年轻的阿里就像是听一个遥远国度的故事一般，全无实感。

"攻打播州等等，还以为刚过去不久，没想到时间过得这么快。当年出生的婴孩儿都长成这么个大姑娘了。"

"人生苦短，总是匆匆而逝。"阿里老成地咏叹了一句。在这个时代，极乐净土的庄严安乐，比现世的愉悦更让人向往，而此种流派的思想更是枝繁叶茂，形成一种唯美厌世观，成为男女老少的思想基调。

"信长公在本能寺被明智光秀所害的那年，你刚好两岁。秀吉主公一得到消息便从毛利处撤军回来，在山崎战胜光秀，为信长公报了仇。那时天下的骚动，你还记得吗？"

"不记得了。"

"你自然是不记得的。恐怕当时你还喝着娘亲的奶，咿呀学语吧。"

当时阿里的父亲在四国岛的伊予，是镰仓时代以来的名门河野氏的家臣。此地毕竟离中央甚远，阿里就算那时已经长大成人，恐怕也只能在本能寺事变、山崎合战等结束数日之后，隐隐约约听个大概而已。

"听说伊予一地多有肌肤润泽的美人，看来果真如此啊。"

"哪里啊。"阿里羞赧道,"旧主河野家灭亡之后,父母便离开伊予去了京城。我对先祖故国几乎一无所知。主人知道伊予么?"

"很可惜,我不甚清楚。听说是个风光旖旎人情厚重的地方,特别是道后那片地儿,有玉石溶化了一般的温泉涌出呢。"

"您知道得真多!"

"这算什么,天下周知的一点儿事儿罢了。"

"还未曾记事时见过的那片伊予河山,阿里有时候会在梦里梦到。"

"梦里?"伊右卫门突然说了句不搭边的话,"你好像有颗极其温柔的心啊。"

"那个——"渐渐地,阿里仿佛不再显得拘束。这个时代的主从关系,与德川时代那种被非人的阶级制度割裂的主从关系不同,更为轻松随意一些。

"你要问什么?"

"那个——我想问伊予的事。"

"伊予的什么事?"

"能否更详细地给我讲一讲?"

"阿里真是傻啊,俺没去过伊予,刚才不是说了吗?"伊右卫门笑起来。阿里说在还未曾记事时便离开了伊予，可那片不在记忆里的遥远河山却偶尔会于梦里出现。她大概是想用现实的故事来印证梦境吧。

"可是，难道主人不是什么都知道的么？"阿里的确把伊右卫门当神仙似的，认为没有他不知道的事。

伊右卫门又笑了，阿里的天真无邪实在可爱。伊予的知识他多少知晓一点儿。当时武将的第一大素养便是通晓诸国各地的自然地理与人文地理。

"千代曾给俺念过《源氏物语》，记得《空蝉篇》里有这样一句话：'伊予汤桁[1]多犹能数。'在伊予的道后那片土地上，到处都有温泉涌出。在涌出的温泉上架起汤桁，再踩着桁板进入温泉之中。平安时代的宫廷女官们连这个都清清楚楚，还写进了文章里，由此可见她们对伊予温泉是极为熟悉的。道后温泉所在的汤筑谷，建了一座汤筑城，也称道后城，那便是北伊予十郡的名门——大御所[2]河野氏的居城。河野氏的旧臣，你的父亲、祖父、曾祖父他们应该都在这座城里住过。"

"是。"阿里听得明眸生辉。

据说此城的规模极大，外设两条护城河，还筑有长一千多丈的土垒，本丸高达九十丈，东西设有两处出入口，东部边界上是佛教真言宗的名刹——石手寺。本来河野氏是在遥远处的高绳城这个要害之地，后来势力安定下来后才开始在平野里筑城。要说筑城的目的，并非单纯为了攻防战，而更多考虑的是居住。

"河野家原本就是尚武之家，元寇来袭时更是出了一位河野通有，他砍了小船的帆柱，朝着对方的楼船冲去，英勇过人。不过代代名门之后，血也淡了，野性气味都没了，如今都成了京都公卿那样儿的。而且，城里有温泉涌出，泡温泉泡得久了，肌肤也白了，肉也软了，气性都变了，诗歌、管弦什么的倒是拿手。你父亲旧主伊予守通直等人是不是就是那样？不幸的是，还有南方蛮族攻来。"

"蛮族？"

"就是土佐的长曾我部元亲。现在此人在伏见城下的长曾我部府邸养老，壮年时可是日本屈指可数的英雄，就是他率领不要命的土佐兵进攻伊予的。河野氏就此灭亡啦。"

河野氏败北灭亡后，阿里的父亲浪迹各国，最后来到山内家。

"若是没有土佐长曾我部元亲这号可怕的人物，伊予的河野氏就不会灭亡，那你父亲就不会成为浪人，也不会来俺山内家了。你自然也不会在这儿给俺这个尾张人揉腰啦。人世间真是变幻莫测啊。"

说着说着，阿里的手触及伊右卫门大腿，让他痒痒得紧。

"阿里，好痒！"伊右卫门感觉不妥，可阿里却只管揉捏，于是一股异样的情愫渐渐萌生。

"阿里，不用再揉了。"

"您痛么？"

"呃不，是有了点儿想女人的感觉。"

他这样一说，阿里不再言语，手却不愿停。此时若是普通男子，一把将阿里抱在怀中也未尝不可，可伊右卫门却不知是太聪明还是太笨，竟岔开话题聊起了别的。

"太阁殿下建立了很多前无古人的丰功伟绩，其中之一就是平定天下，使人们可以去各国自由走动。你说是吧——阿里？"

"是。"

"自古以来，尾张人在尾张，伊予人在伊予，就这么代代住了下来。可是天下统一之后，大名可以易国而守，志士可以异地而仕。有堺市的人去了大坂，有京城的人去了伏见，也有博多的人去了大坂。大名也一样，从北部奥州到南部萨摩的岛津都有大名赶来京城。这都是前所未有的事情啊。"

"是。"阿里只有点头。

"你也一样，生在伊予，又将在伏见嫁给一个他国出身的男子，以后还会生下混血的孩子，这都是拜太阁所赐啊。"

"是。"阿里答道，她觉得简直无聊得很。

终于，伊右卫门困极了，道："阿里，俺困得厉害，你下去吧。"接着马上就睡着了，并打起了与颜面极不相称的呼噜。阿里没有办法，只好退下。

第二天，阿里又来寝屋伺候，道："是夫人的命令。"伊右卫门只好又让她揉腰。一夜相安无事。

第十日夜，伊右卫门嘟囔道："阿里，俺也是男人。"的确，连姑娘家阿里都能明显看出他身上与平时不一样的地方。

"看样子，不给你种子都不成了。"

"阿里明白。"

"不过，还是忍一忍。"

一听此话，阿里哀伤道："主人，是阿里不够让您喜欢么？"

"不是不是。不过俺从来就是个克己律己的人，心很沉重罢了。"

"啊？"

"这是俺唯一的优点。可是阿里，俺的身子不听话啊。"

"您就随心所欲一次吧，禅家不是说需要'放下'么？"阿里似乎还有这方面的素养。

"对。这句禅语俺想起来了。明天妙心寺的南化国师会来俺这里玩儿,俺去问问国师,若是国师说可以,就劳烦阿里把身子借来一用。"

平凡之至的伊右卫门在色事上却是奇怪之极。

伊右卫门极信禅。

此事说来话长。当他还是长浜城主之时,天正十三年(1585)的地震夺走了他的女儿与祢。之后数年,山内家在府邸门口附近捡到了一个弃婴,并起了个小名"拾儿"抱回府中养育,后经妙心寺的南化国师点化,成为国师的弟子。以前也提到过,这孩子便是后来的湘南禅师,是土佐第一名刹——五台山吸江寺的中兴开山祖师,最终成为本山第一高僧,披上了天皇赐予的紫法衣。其师尊南化国师,亦是居士伊右卫门的禅门之师。

翌日,南化国师到访府邸。伊右卫门一大早便按平素惯例,亲自拿起竹扫把清扫了一遍庭院,又在茶室里准备好茶壶,在露地上洒好水,专候国师来访。

在茶室里,听完禅家箴言后,伊右卫门把自己没有亲生孩子的事与千代的恳求,还有阿里都一一说与国师听了,询问道:"俺该如何是好?"

南化国师吐出一句"傻乎乎的",而后又笑着反问:"这种事，是一个大人应该拿来与人商量的吗？"

"对州大人，"南化国师这样称呼伊右卫门道，"您喜欢阿里吗？"

"呃，谈不上喜欢，就是——"

"老衲明白，不是您喜欢阿里，是您的男根喜欢。世间男女之爱，若是说穿了，其实也都一样，不是喜欢对方，而是喜欢对方的那一部分。"

"国师，"伊右卫门困惑道，"俺想问的不是喜不喜欢，而是应不应该在千代以外的女人肚子里生孩子的事。"

"不要拿诡辩来搪塞。要生孩子必然要跟女子卿卿我我，而喜欢不喜欢的情愫也自然会萌生。"

"这样的话，可能是喜欢。"

"那就不要顾虑了，"南化国师道，"无须束缚自己。老衲是出家之身，就算见到喜欢的女子也是爱莫能助，您是俗世之人，无须顾虑。"

"可是国师——"

"还有难处？对州大人，您有男根吗？"

"有。"

"若有就用。这又不是非跟老衲商谈不可之事。"

"原来如此。"

看到伊右卫门心悦诚服的样子，南化国师笑道："对州大人,芝麻大的事儿您也这般心悦诚服,您这大名到底是怎么当上的啊?"

这天夜里,阿里来到寝屋。

"那个,阿里,到这边来睡。"伊右卫门站在房间中央,把阿里唬了一跳。只听他又道:"俺给你种子。"

"我说主人,您说话能否再温柔一点儿呢?那样阿里才欢喜。"

"吹灯。"他竟让阿里吹熄了烛灯。而后脱掉衣服抱过来,忽道:"千代——"

阿里虽是奉公人身份,一听此言也不免伤怀。

数日后,千代从京都府邸回来了。傍晚,她透过庭院草木,瞧见了刚刚下城归来的伊右卫门。

(嗯?)

千代心里像打翻了五味瓶,她看到的是丈夫的那张朝气蓬勃的脸。

(这——)

千代明知是自己促成的,明知不该有嫉妒,她也一直以为自己能把控此类情感。可如今,堤防崩溃了。大概是气血骤然下沉的缘故吧,她只觉得眼前一黑,手足也麻木起来。此刻虽然艳阳高照,她却如坠冰窖。

这种体验还是第一次。千代在庭中石阶上颓然屈身。

侍女见到吓了一跳,即刻跑来问道:"夫人怎么了?"

千代双膝已经触到了石阶上的青苔,却没有作答。她无法发声。

"夫人!"侍女惊叫道。三四位侍女听见动静,从檐下木台上一个个跳下来,飞奔而至。千代仿佛身上筋骨都冻僵了似的,全不能动。她很想朝侍女们微笑,可惜无法抬头。

"叫医生!"年长侍女命道。一位侍女急速离开。之后又有几人过来,七手八脚把千代抬回了寝屋。

(丢人!)

千代苦恼极了。她的自尊心比常人强上一倍,如此没有颜面的事情即便是让侍女看见,也是相当难为情的。

(这种事,以前从未有过的呀!)

这样一想,她更觉窝心,只眼泪扑簌簌而落。

医生来了,摸了摸脉息,偏了偏头。

(咦?)

脉搏正常,也没有发烧,没有病象啊。

医生叫来年长侍女,问了一下餐饮,侍女也一一如实作答。医生再次偏了偏头,面上一副极为困惑的神情,道:"在下想请问夫人,您自己觉得有什么地方不舒服的吗?"

"没有,没什么地方不舒服。"千代勉强答道,"只是手脚酥麻，感觉很冷。想是很快就会好起来的。"

"感觉冷吗？"医生第三次偏头——可是没发烧啊。随后他仿佛想起什么了似的，点了点头。他知道了，是癔病，用现在的话说就是"歇斯底里症"。

（不过这位夫人，不像是会得此病之人啊。）

他是山内家的家医，对千代是极为熟悉的。

"啊哈哈，在下明白了。"医生开了些镇静药剂，勉强让千代喝了下去。

医生也是这个时代的人，对家主也没有那么多客套，笑道："夫人是跟家主吵架了吧。"千代一听连忙摇头。她替自己辩明，说伊右卫门今天才从京城回来，如今还没见过一面呢，怎么可能吵架？

这天夜里，千代进了伊右卫门的房间，见自己的丈夫跟不久前朝气蓬勃的样子判若两人，脸上是一种极其严肃郑重的神情。

"千代，俺决定了。"他像是在宣告。

千代才只听了这一句就已经受不了了。

（……他终于要宣布立阿里为侧室了……）

"是咱们家后嗣的事。"

"明白。"兹事体大，在武家，特别是大名家，后嗣的问题往往是最大的问题。

"俺决定了,俺的血脉就在俺这一代断绝。千代你要承受得住。"

"啊?"

"还是遵从原来的计划,等远州的养子国松长大成人,继承山内家业。"

"为何要这样?"她这样问,并非是问选择国松的理由,而是想知道伊右卫门特意宣告的理由。

"那本来就是既定方针。咱家是你和俺俩一起打拼出来的,要俺跟另外的女人生孩子,让那个孩子继承家业,俺办不到,是无法办到。"

"怎么办不到?"

"千代,实在抱歉,俺抱过阿里。也只是抱过而已,最要紧的事怎么都没法做。"

"?"

"习惯真是可怕。阿里是个好女孩儿,不过就一个地方跟你不一样。"所谓一个地方,仿佛所指便是女性私处。

——不一样。

男人对女人来说也有猎人型与农夫型两种。

猎人型男人可以称之为好色之徒,总是不停地物色新人,总是认为"下一个猎物更大",憧憬心与冒险心相辅相成，促使他们跋山涉水永不知疲倦。喜欢女人其实也并非道德败坏，他们只不过是比普通人有更为强烈的未知探求心，有更为出格的冒险行动。

而农夫型则不同。他们十年如一日地在自己的田地里耕种，熟悉自己田地里泥沙的粗细、气味。对这种千篇一律的生活，他们没有丝毫怀疑，若是让其迁徙至别处村落，反而还会红了眼睛跟人急。

从整体上看，农夫型男子很少，不过其余的也并非都是猎人型。

伊右卫门毫无疑问是农夫型。当他发现阿里这片田地的风貌并非自己所熟悉的，于是大吃一惊——

（这……这不一样！）

如若夸张点儿，可以说是感觉恐怖。虽然也觉得阿里很可爱，可无论怎样都难以踏足这片不同的田地。

"不一样？怎么会不一样？"千代甚觉不可思议，而伊右卫门自己也觉得蹊跷。

"反正不一样。"他有个铁定的标准，就是千代的那片田地。若是别样的风景，他怎么都觉得不如意。以一知万，他就是这样的人。

五月五日端午节这天，诸位大名得一齐登城向秀吉拜贺。上午八点，随着伏见主城太鼓楼上传来的太鼓声，各诸侯顺次登城。

那天，伊右卫门一大早便带了侍从出门，可不知为何到了夜里也没见回来。

（出事了？）

千代不由得担心。日落后，家老之一的乾彦作跑回来，对千代的年长侍女道："急报，需面见夫人。"

说点儿题外话。这位乾彦作，是美浓池田郡东野村出身，与千代是同乡。先祖土岐氏、父亲作兵卫都曾是织田信长麾下勇士，后来在信长的越前金崎退却战中不幸殒命。那是伊右卫门在首坂斩杀勇士三须崎勘右卫门之后的事。千代慧眼识才，在长浜时代招来其子乾彦作。而后者也不负众望，骁勇善战，逐渐升至一千三百石的家老。

在后来的关原之战时，一位自称"武田家武将板垣骏河守信形的遗孤板垣正信"的年轻人来到阵营里拜访乾彦作。武田家虽然已经灭亡多时，但其麾下武将板垣骏河守可是天下响当当的名将，一直为人所敬仰。那位自称遗孤的正信，也是器宇不凡，虽是浪人之身，却率了旧臣三十人前来，观其言谈举止，怎么都不像是冒名。

正信是想"借阵"。每当有战事之时，浪人便寻访大名，求得暂时加入大名阵营的许可，这便是借阵——"借"大名的"阵营"来夺取功名。

乾彦作出来接见,道:"我会另寻适当的时机与家主商议,你暂时就以'乾'为姓,认作鄙人亲戚如何?"

就这样正信加入乾彦作麾下,夺得了优异的战功。伊右卫门对他大加褒奖,一下子就给了他一千二百石。之后,乾正信便没再改姓,归入乾家一族。乾彦作一系是本宗,乾正信是旁宗。这旁宗一系后来因事被减了三百石,从正信这代开始延续十代,到了幕末。

幕末时期豪杰云涌,乾家旁宗出了一位乾退助。在官军的关东征伐战时,他是东山道镇抚军的总指挥,率领土佐、萨摩、长州的将士进击中山道。

正当要从京都出发时,一位公卿岩仓具视提议道:"甲州城是幕府直辖之城,拥有一百万石以上。甲州人都有极强的叛逆心,很难屈从于官军。可是,据我所知,您虽姓乾,但先祖是甲州武田信玄的麾下名将板垣骏河守。甲州人至今崇拜信玄,您若是在甲州宣扬此事,那甲州人定会觉得亲近,事情就好办了。"

于是,乾退助舍去乾姓,称板垣退助。他连番战斗,夺取了甲州、关东诸城,还进入奥州,成为攻击会津若松城的总指挥。明治维新后,参与过自由民权运动,还得了伯爵之位。

言归正传。

家老乾彦作面见千代,报告称:"太阁殿下病危。"

"病危?"千代一下子脸色变得苍白。最近数年来,秀吉年老体衰,总是小病连绵,可从来没有病危过。

"家主一直在城里候着,看样子今夜是回不来了。"

"真的?"千代若有所思,该来的总会来,后世将会变成何种模样?

他们正说着,只听见道上喧嚣起来。无论大路小路都有奔来跑去的人,踏得地面直哆嗦。

"病情如何?"

"具体情况不甚了解。据说太阁殿下在见过诸侯以后,正要回后庭时倒下了。"

"脉象呢?"她是问由哪位医生主治。

"曲直濑法印[3]即刻登城拜见,不过,因这次非比寻常,病情与平素迥异,法印也不敢擅自切脉诊断,于是使人去京城请施药院大人、竹田法印、通仙院大人一同前来。据说他们正在前来伏见的路上。"

"这么说来,具体情况清晨就可以知晓了吧。"

"应该是的。"

乾彦作正要退出,千代问道:"彦作你困吗?"

"不。这种时候最易生变。为以防万一，在下去叫人在府邸门前、院中点燃篝火，再增加一批执勤的人。"

"多亏你想得周到。"说罢千代回到寝房，一个人点起香来闻。她打算这样一直等到天亮。

天刚亮，伊右卫门便下城归来。也不知是否因为昨夜彻夜未眠的缘故，还是由于伤心，这一夜之间他的脸颊掉了不少肉。

"怎样了?"千代问道。

可伊右卫门睁了眼却不立即作答，片刻后才道："先是曲直濑法印煎了一碗药送去，可并不见好转。后来夜半时分京城的三位医家到场，商议之后竹田法印又煎了一碗别的药送上，可结果仿佛更糟了。"

"然后呢?"千代身子微颤。这不单是一个老人的生死问题，它引发了天下存亡的危机。丰臣家的后嗣秀赖，实在太年幼。世道必乱。

"千代，若是太阁殿下万一有什么不测，会天下大乱重回战国时代吗?"

"不知道。"说实话，千代的确不甚清楚。没有比政治更难以让人琢磨的东西了。

"糟糕的是，朝鲜还有很多大名仍在战场。戾气未消的他们若是回国，再碰上一些闹心事的话，很可能轻易出兵以武力来一争高下。丰夫君——"

"什么?"

"战事随时可能爆发,请夫君做好随时出征的准备。"

"现在太阁殿下的病情最重要。"

"病情是一回事,天下形势是另一回事。夫君是大名,得同时顾及这两方面。"

人的命运是无法预知的。秀吉的春日醍醐赏花会才刚刚过去,结束时他还高兴地说:"明年春天把后阳成帝请来,再好好热闹热闹。"可明年的樱花,秀吉究竟还能不能亲眼看到?

一时间,城下流言四起,有人说秀吉在高烧中梦见了旧主信长。

梦里的信长面目狰狞:"藤吉郎,是时候回归冥土了。"说罢还上前来抓秀吉的手。秀吉不愿,高声嚷了出来:"等一等,等一等!看在俺杀了光秀,为主公报了仇的分儿上,让俺再多活几日吧!"可信长却不让步,道:"你虽然有功,但为何后来却夺了我的天下?把我的孩子们杀的杀,驯服的驯服?我绝不轻饶你!走!快跟我走!"他使劲儿拉秀吉的手。"啊!"据说秀吉醒时,身子已在被褥的两丈之外。

这在城下大名的府邸之间很快便传开了,也或许是家康的家臣们故意散布出来的。不过当时连滞留国内的宣教师，也因秀吉病危而明显感受到了天下情势的不稳定，留有一书道："秀吉担心这片原本就是夺来的天下，终将有一天又被他人夺去，因此在子嗣继承上煞费苦心。"

由此可见，一旦知道秀吉已离死期不远，总会有人对这第一代的功勋说三道四，这或许也是人之常情。

秀吉是个活得痛快淋漓的人，可说是日本男儿的代表，与沉默寡言的家康全然不同。然而秀吉却晚节不保，犯了功成名就者常在晚年犯的错。其中第一大错便是徒劳的外征，让大名们挥霍了极为庞大的一笔军费。第二大错是到处修建奢豪的城郭，使民力疲敝，物价攀升。

（这世道能早点儿变一变吗？）

这种悄然的怨叹声已经充斥街头巷尾。

千代山内家的家计也是苦不堪言。虽然他们不必出兵朝鲜，但秀吉为了显得公平，让留守国内的大名分担伏见城、秀赖的京都府邸等费用。那可是一大笔支出。为了筹措这笔费用，只能压榨封地远州挂川的百姓。压榨使得民心不安，而大名最担心的便是统辖地区的民心躁动。

（到底什么时候才能真正安顿下来？）

千代这样自问，各位诸侯的心思亦是相同。

如今秀吉危在旦夕。臣下百姓们无疑是爱戴秀吉的，愿丰臣家流芳；而另一方面却又不得不生出另一种情愫：

（大人什么时候才过世？）

这年的五月、六月间，数日里便有一次"病危"的传闻，而每次夜里的城下都是一片骚乱。

伊右卫门几乎一直在城内守候，他总是勤勉而守义。

世间多有奇妙事，咱们来点儿杂谈。

笔者写上篇之时正在土佐的高知市。那日在高知城内的酒亭饮酒，相伴的酒友之中有一位名叫乾常美的中年绅士。他是县里的观光部课长。

我无意间问道："乾先生，您是乾彦作的什么人？"

"后代子孙。"

听了先生的回答，我反倒吓了一跳，没想到竟蒙对了。而数日前我才刚提过乾彦作的故事。乾彦作家族作为山内家家臣，一直兴旺到明治维新。乾退助，即后来的板垣退助，其祖先也借了他家的姓同为山内家家臣。这些我都是刚刚写完。我哪能想到数日之后我就能与其子孙同坐一席，同饮共乐？

（活在这世上当真趣味无穷啊。）

我看了看乾先生的脸，很有几分岩上垂钓者的风骨。

"其实，给千代——"乾观光课长另外还提到了一件意外的事,"——塑一座铜像的计划正在进行呢。"

"噢——"千代也有铜像了啊。

高知城下在二战前似乎有一座伊右卫门一丰的铜像,不过现在城内那尊穿着长大衣的铜像是板垣退助。他曾在岐阜游说中被右翼刺客袭击,留下一句名言:"板垣虽死,自由不死!"而此铜像则正好诠释了那份昂然的姿态。还有一座坂本龙马的铜像,一直立在桂浜岸上,远眺太平洋的怒涛。这两人都是千代振兴了山内家后数百年,在后世的藩士团中脱颖而出的人才。

"无论怎样,就千代没有铜像也太不公道了。"乾先生很是感慨道。

"那就丰满点儿漂亮点儿,"我提了个要求,"塑一个才华横溢的女性艺术家出来。"

随后我又言及前篇所述的聚乐第小袖展一事,道:"那个展览不就是最初的展览会吗?仔细想来,千代就是最初的服装设计师啊!"

这时在一旁的老学者平尾道雄说话了,他是山内家家史编撰员,日本维新史研究员:"啊,的确!这么一想确实是啊。"他的眼神仿佛是在遥思千代。

同席的高知市中央公民馆馆长武田次郎道:"我的祖先说曾在远州挂川时代侍奉过千代。他是医生,说不定千代患感冒时，还给她煎过药呢。"

"为千代干杯！"同席的另一位道。

"为咱们永远的恋人干杯！"

听大家这么说，另一人又道："也为让千代牵着鼻子走了一辈子的伊右卫门干杯！"说罢，庄重地一口喝干。

七月的一天上午，一位园艺师来访山内府邸，对门卫道："在下想拜访家老深尾汤右卫门。"汤右卫门一见，发现是化了装的望月六平太。

"还以为谁呢，是你啊！"汤右卫门对这个甲贺者几乎没什么好感。不过六平太却全不在意。在意别人对自己有无好感的人，不过是世间平常人；像六平太这种走在世间暗道上的人，可没心思去在意这些，也没有必要。

"在下想面见夫人。"这是他被赋予的自由权利。

"那你先等等。"

"不了，在下直接去庭院，我也忙得很。"六平太说罢便径直去了。

千代走到檐下，见六平太正猫腰蹲着，于是打趣道："请问您是今日的园艺师么？"

六平太却丝毫不理会，单刀直入道："太阁殿下的身子恐怕拖不长久了。"

"你从哪儿来?"

"最近,"他做了个拿勺子盛药的手势,"在下常在城下施药院、竹田法印下榻之地,与曲直濑法印的府邸之间走动。"

"潜伏进去的么?"

"那也是在下的忍术之一,请自由想象。看情况,能不能再撑一个月都成问题。"

"是么……"千代神色伤感。

六平太好像是专程为了告知此事而来。随后便是杂谈:"有好多风言风语,还有的相当怪诞。"

"什么样的?"

"据说在太阁殿下梦枕边出现了好多白衣人。"

"别……我不要听。"千代连忙摆手,她极讨厌这类可怕的故事。六平太一见,反倒觉得有趣。

"那些白衣人啊——"他继续把故事讲了下去。

白衣人齐声说:"我们是伊势大神宫的使者,殿下十年前从大神宫拿走了黄金一百枚,是也不是?请速速还回!"不过梦里的秀吉记不起来还有这回事,困惑道:"俺不记得了。"于是白衣人顷刻间全部消失。

秀吉醒来后,叫来五奉行[4],让他们逐一查询记录。果然,伊势神宫的神官曾经因为犯了某罪,被罚黄金百枚。

据说秀吉勒令即刻归还:"赶快给俺还回去!"

(大人竟做了这样的梦……)

千代听得害怕,中途一直没有开口。原来秀吉竟衰弱至此,她不禁黯然。

"夫人,"六平太正色道,"如果太阁殿下归天……而且——"

"而且什么?"

"而且德川大人举兵灭丰臣,夫人打算站在哪边?"

千代心底里"咦"了一声,看来六平太的确不是省油的灯。作为毛利家的间谍,望月六平太一面透露一些情报给千代,另一面也想从千代这里得到回报。

这是个难题。在秀吉死后,家康若要夺取天下,那丰臣家的各位大名该如何站边?这事是他们彼此关心却彼此心照不宣的事。特别是位居德川家之后的大大名——中国地区的毛利家,更是需要全面把握其他大名的动向。

"这事儿难啊。"千代虽然很想据实告知六平太,但实际上她自己也并不很明白。"我是女人嘛。"千代摇摇头,表示不清楚。

六平太脸上是一副"你开什么玩笑"的表情,道:"在这伏见城下,听说没有人的脑瓜比得过夫人。请夫人放心,消息绝不外泄。所以还望告知。"

"丰臣家如今一分为二，这两派就好似猴子与狗一般，关系极坏不是？"

"正是如此。石田三成一派，还有加藤、福岛这些出身杂役的武将一派。"

"可是啊，"千代微妙一笑，"我们家只有远州挂川六万石，何况也没有奉行的名号，所以在哪边都不受待见呢。"

"那又怎样？"

"就是说，我也不清楚。"

"夫人！"六平太对千代的微笑极是犯怵。他琢磨不透，那笑容的后面到底藏着什么？"请夫人回答是或不是。您喜欢石田治部少辅三成吗？"

"不。"

"那夫人是喜欢德川家康啰？"

"还行吧。"

看到千代点头，六平太留下一句谢谢，这已经足够，便告辞回去。

（他这样子能当好间谍么？）

千代无奈摇摇头。政治是纷繁复杂的，怎能凭一时的喜好来确定将来的走向？那样往往会事与愿违。六平太虽然知晓许多世间之事，消息也灵通，但毕竟不过是一名间谍，对毛利氏的大国来说倒是不可或缺的人才。毕竟丰臣家的内幕、诸位大名的心思等尽可能多的情报都是毛利所需要的。但如若都是按这种方式得来的消息，一旦左右了藩国的方针，后果可是很严重的。

（自古以来的名将都会对得来的情报作一番选择取舍，毛利家有这样的人才么？）

毛利家当主毛利辉元，是个凡庸之辈。而在他左右辅佐的人，也并无大器量的人才。

（太阁殿下一旦归西，大部分大名其实都不知道如何自处，这才是实情啊。）

就这样，大约一个月时间过去了。

注释：

【1】汤桁：温泉或浴缸周围所铺设的横木。

【2】大御所：对亲王的尊称；对摄政、关白父亲的尊称；对退位将军的尊称。

【3】法印：中、近世里，赠与法师、画师、连歌师、医师等的称号。

【4】五奉行：丰臣秀吉为分担政务，设置了五位奉行，分别是浅野长政、石田三成、长束正家、前田玄以、增田长盛。

疑风暗云

庆长三年（1598）八月十八日秀吉过世。死讯一直秘而不宣，或许是为了避免冲击过强，引起天下骚乱。

千代与伊右卫门也不知道。他们后来才知，秀吉是在凌晨两点咽的气。遗体由高野山的木食上人与五奉行之一的前田玄以两人秘密抬到京都，葬在阿弥陀峰。葬后第二日，一群木匠被召集到阿弥陀峰，而他们也只是被告知要在此处建造一座"大佛堂"。

此消息兹事体大，连大老[1]德川家康、前田利家也是在第二天早晨登城，列队城下之时，由石田三成前来秘密告知的。家康得知后，中途放弃登城，打道回府。前田利家依旧进了城去，见到城内五奉行之一的浅野长政，问道："太阁殿下情况如何？"浅野长政回答："还行，今晨还吃了碗碎米粥。"

城内自然也同样是大多数人都不清楚。可随着时日的流逝，城下的百姓们却渐渐知晓。千代是在第三天从六平太口中得知的。其实连六平太也不敢断定，只说："好像是真的。"

守密竟守得如此严。最大的理由之一，是考虑到对出征朝鲜的将士可能波及的影响，若是被对方察知，必将陷入不利的情势中。

"城内跟往常一般无二呢。"伊右卫门对千代道。他依旧每日登城，被告知后一两日仍是半信半疑。

秀吉临死前，曾好几次召集五大老、五奉行来到枕边，反反复复叮嘱道："秀赖就全部托付给你们了。"还让他们写了多张誓纸，宣誓效忠。

可世事不会随誓纸而动。千代得知秀吉死讯的那天夜里，问伊右卫门道："今后的世道会怎样啊？"

"不知道。"伊右卫门疲乏得很，"俺不去多想。"

"这样最好。现在在这片云雾缭绕的时势之下，早早定下方向，箍死自己的想法，并不见得是好事。"

"正如南化和尚所告诫的'随处做主'，俺就打算这样。"伊右卫门最近热衷于参禅，会时不时迸出一两句禅语。"随处做主"一句，可以说是禅的精髓。无论何时、何地、哪个时期、哪个瞬间，自己始终是自己客观状态的主人，而不是奴隶。做到随处做主，才能真正得到内心的自在。也就是说，要拥有不为任何人任何事所束缚的智慧与心魄。

千代觉得这段时期在丈夫面前最好不要多嘴多舌，若是让伊右卫门有了某种怪异的先入之见，反倒麻烦。

奇怪得很，山内家虽小，毕竟也是大名之一，消息却反倒不灵通。或许是"不识庐山真面目，只缘身在此山中"的缘故吧。秀吉过世这些事，城下的百姓都比他知道得更早些。

千代准备打探消息，于是命负责资材的手下们多去街市各处打听打听，尽量做个善听者。千代自己也请来学者、禅僧等，以"听讲"的名义，从他们那里探听消息。之中，有位叫藤原惺窝的人，眼睛略有些斜视，是位有趣之才。

千代称呼他"先生"，并给与厚待。他虽是个民间学者，不过日本之中恐怕没人比他更有智慧了。

他出生于播州三木郡细川村，父亲是冷泉为纯。冷泉家本是公卿，战国时代为避乱回到自家领地播州细川村，并在此长居，成为拥有"参议侍从"官阶的一方土豪。不过，战国中期以后，三木城主别所氏在播州作威作福。冷泉家受其压迫，结果在别所长治这一代家破人亡。

在冷泉家破亡前，当时已经遁入空门的惺窝为挽救家业四处奔走，找到织田家的秀吉，祈求援助。秀吉是征伐毛利氏的司令官，拒绝他道："现在为时尚早。"于是冷泉家就此灭亡。惺窝讨厌秀吉，或许跟此事有关。

后来惺窝还俗，成为一代儒学家。他与懂学问的公卿、僧侣交好，其学问连五山[2]的学僧都自愧不如。

数年前，他曾受到自称"喜好学问"的丰臣秀次招待，列席了诗酒之宴。秀次知道惺窝的学识名满天下，于是命他"常来"，大概是想借这位"知识分子"列席酒宴，来装扮自家门面吧。未曾提及"留用"，是因为这时的大名还没有留用儒学家的习惯。说到底，惺窝也不过是个秀次的高级艺人罢了。

当他得知秀次的家臣之间出现了派阀之争，预感到"会近火烧身"，于是无论秀次怎么请，他都不再去。

后来惺窝受到家康与石田三成的喜爱，并可自由出入京都、伏见各位大名的府邸。

"当时秀次的家中，简直一派乱象，"惺窝一语中的，"就好似派阀的老巢。说不定，家臣拉帮结派互掐互斗，是丰臣家的家风啊。"他说话简单明快，从不拐弯抹角，三言两语便将秀吉过世后，派阀间的复杂状况说了个清楚。"可派阀相争，非死即伤，终归是要陨灭的。"

千代十分惊异于此人的大胆。这种话若是被谁听了去，难保不招来杀身之祸，可他却轻轻巧巧便说出了口。

"惺窝先生，您说这样的话，合适么？"倒是千代更为担心。

"鄙人会看人说话。"藤原惺窝微笑答道。意思是,他知道千代不会嚼舌根。

"太阁殿下——"惺窝平心静气道,"原不该出兵朝鲜。发动那种师出无名的战争,想去攻占文教之国,结果只能是自取灭亡。"

惺窝是学者,比起日本,他更尊崇朝鲜,比起朝鲜,他更尊崇大明,把大明奉为自己学问的故乡。所以,他才去接近身为朝鲜战俘的学者姜沆,对他说——日本的庶民因无用的外征而生活窘迫。如若朝鲜联合大明军反攻日本,庶民们定会高兴,很快便可平定大部江山,直至奥州白河。

他十分讨厌丰臣的天下,原因就在于丰臣秀吉不尊重学者,所有学者在秀吉那里都不受待见。而大明与朝鲜则不同,有"科举"制度,即选拔官吏的国考。只要有才便可参加考试,只要考试及第,自有发挥才干的一番天地,当大官亦有可能。

他有次还对姜沆说——遗憾啊!我为何不生在朝鲜或是大明?为何是生在这无聊的日本?他也尝试过渡海远去他国,可上船后便病倒了,最后只得作罢。

惺窝就是这样一位评论家,他连日本都不认同,更莫说丰臣的天下了。不过他对家康是另眼相待的。

"在众多的诸侯之中,只有江户内大臣不同。"

"怎么不同呢?"

"把学者当学者看待。"

家康数年前曾邀请惺窝前去江户,为其讲解《贞观政要》。惺窝对那时家康所给与的礼遇厚待至今感激不已。

"那位大人高禄聘请了学者林罗山,这是其他诸侯绝对无法模仿的。若是那位大人治理天下,一定会多兴文教之事。"

"先生觉得太阁殿下如何?"

"太阁殿下马背上得天下的心态始终改不过来。"

秀吉晚年在醍醐赏花会上,有事要给醍醐寺下令,于是叫来文书官。可文书官忽然忘了"醍"字是如何书写的,提笔在手却久久不敢落笔。

"哦,这个字啊,"秀吉拿过笔来,一挥而就,写了个"大"字,笑道:"这不就好了?"在他看来,只要这两字发音一样就行了,这种小事何必犯愁?仍是战国豪爽莽夫的做派。

"可是,这样治理天下是难以长久的。因为这种主公身边的诸侯,会一直改不了战国的杀伐之气,一旦起了争执,不会想办法从文的层面去解决,而只想以兵马决胜负。他们那些派阀之间,终归会有一场大乱的。"

藤原惺窝多用"党"字来称呼那些派阀。如以淀姬、石田三成为首的党，还有北政所、加藤清正、福岛正则为主轴的武将党。这两大派阀之外，另有两位超然于上的大老——德川家康、前田利家。

秀吉过世前，曾叫来两人，拜托他们"好好照顾秀赖"。他还为了均衡势力，同时升了两位的官阶。可以说，他们两人是丰臣家的摄政左右臣。

前田利家是个很有人气的老人。他是身经百战的武将，又是秀吉过去的朋辈。一旦秀吉把秀赖交给自己，他便会尽忠竭力辅佐幼主，哪怕家破身亡也在所不惜。他的人气是超越派阀的，石田三成跟他交好，武将派也当他是顶梁柱。

"只要那位老人，"惺窝道，"还健在，丰臣家尚可保得安泰。不过啊——"他停顿片刻，是因为想到这位老人已经卧病在床的事实，于是又轻巧吐出一句："怕是保不得长久啰。"

如此一来，剩下的只有德川家康。

"诸将如今都争着抢着敲开德川家的大门呢。"其中最积极的莫过于秀吉一手提拔起来的藤堂高虎等人，秀吉尚在病中，他们便常来家康这边，就好似家康家臣一般殷勤。其次便是黑田长政。

"太阁殿下刚过世，可看样子诸侯们是顾不上对丰臣家的忠义啰,只盘算着自家利益。"惺窝一张白净的脸上露出嘲讽的笑,继而话锋一转,问道,"对了,夫人您家属于哪个派阀?"

"跟先生一样,"千代微笑答道,"不属于任何派别。"

"啊哈哈!是了,没听说对马守(伊右卫门)大人拜访过德川家康府邸或是前田家啊。"

"真是什么都瞒不过先生。咱家只不过是个小大名罢了,无足轻重。虽然一丰对两位大老都是尊敬有加,但无奈身份低微,实在不配。"千代淡淡一句话避开了话题。因为她从惺窝的话语中隐隐察知了一件事,这位惺窝虽然自诩无党派民间学者,但实际上是偏向德川家康的。所以她又添了一句,道:"武士嘛,总是敬畏日本第一的勇士。太阁殿下隐去之后,要说日本第一,也只有德川大人了。同为武士的一丰,是把德川大人当做八幡大菩萨[3]呢。"

政情不安,或许是因为大家都焦灼紧张的缘故。

千代感觉秀吉去世后的这段时日,过得实在太快。秀吉是在中秋节的三日后归西的,之后也不知忙乎什么,转瞬却发现红叶凋零,已然是冬季。

耿直的伊右卫门还是每天早晨都带领侍从去登城。哪怕秋去冬来,在外界眼里太阁依然活着。临近除夕的一个晚上，千代跟伊右卫门夫妇俩饮茶闲聊。

千代问道："太阁过世的消息什么时候才公布呢？"

"若是让大明、朝鲜知道就麻烦了。得等外征将士都回国之后吧。"

"殿上的医生还是那么多吗？"

"毕竟对外宣称的是病重啊。"

"所以夫君也得每日探病？"

"是啊，每日登城探病。"

千代觉得实在好笑。不过细想来也对，如若秀吉的死讯漂洋过海，敌方便会发动总攻击，那远征的将士们就难有退路了。

德永寿昌、宫木丰盛两人已于秀吉归西的七日后，从伏见出发经堺市出海，到达朝鲜并把消息传达给了诸将。后又经历了一些战情，或战或和，诸军各路于十一月上旬南下至釜山浦，并依次渡海归国，十二月上旬在九州博多集合。从伏见远赴博多出迎远征军的大名有毛利秀元、石田三成、浅野长政等。

"这些将士总会回到大坂、伏见的。他们一直身处战场，身上戾气重，而且认为石田三成等五奉行总喜欢到太阁那里打他们的小报告。加藤清正就是他们的头儿。他们若是回到这里来，派阀之争就更激烈了。有本唐土的书，叫《战国策》,"伊右卫门最近与学者、僧侣相交甚多,言语间偶尔会学他们掉书袋,"书里有个鹬蚌相争的故事。岸边的鹤与蚌斗得你死我活,然后来了个渔翁,不费吹灰之力就捡了两个猎物。"

"夫君认为这渔翁是谁呢?"

"德川大人吧。"伊右卫门的所见还是精准的。德川家康是位处第一的大老,对下面的派阀之争从来不参与,但却跟从前一样总是巧妙地对伤者给予安抚。

"一丰夫君——"千代又问,"你是鹤呢？还是蚌？"

"哪个都不是。"伊右卫门的这句话是事实。作为"狱卒"看守关八州家康的伊右卫门等东海道一地的诸位大名,既没有参加外征,与以五奉行为中心的丰臣官僚团之间又无甚亲交,完全就是中立派。"这个立场不错。"伊右卫门虽说得轻巧,但实际上中立的立场是最难维持的。

"终有一天中立派也会消亡的吧。"

"是吗？"

"不得不选边站的时候总会到来。"

新年伊始,庆长四年(1599)正月的一天,秀赖遵从父亲秀吉的遗言,离开伏见,移居大坂城。秀吉在过世前便预见到有可能发生的政变,所以早早地把秀赖的居城大坂城做了一次全面的改建。

"咱们也得搬去大坂府邸吧?"千代问。

"诸大名也应移驻大坂,家人自然也跟着搬过去。"

"伏见城呢?"

"德川大人会进驻伏见城,作为秀赖的代官,处理天下政务。"这些都是秀吉遗言里所明示的内容。秀吉之后的天下,由德川家康与前田利家两位牵头打理,家康守伏见,利家守大坂,各自分驻值守。

秀赖是正月十日出发的,其余大名也都紧跟其后。前田利家撑着病体做了总指挥。伏见城的家康给各位送行,一直送到大坂。千代等诸侯的家人都于前一日去了大坂,分别回到了各自的府邸。

伏见至大坂,也就是说,政治中心转移了。

千代回到久别的大坂府邸,彻底把里里外外打扫了一遍。等伊右卫门也回到大坂安顿下来后,下了一场久违的雨。

"雨夜真是安宁啊。"伊右卫门来到千代的化妆间刚坐下,便听到外面忽然骚乱起来,侧耳倾听之下,发现动静非比寻常。"千代,打仗了!"

"一丰夫君,快做好准备!"千代这样说时,乾、福冈、五藤、深尾等家老们已经着手指挥,在门前门内燃起篝火,并让士兵们武装起来。

这时，突然一个影子像狗一样从外面一跃而入。

"什么人？"乾彦作叱道。

"六平太。"此人一副武士装束，道，"乾君，劳烦通传夫人一声。"

"家主也在的！"乾彦作对此人从来就无视家主的存在很是恼火。

"不用，夫人最好。重要之事还是让明白人来听最为妥当。请火速通传夫人，此事分秒必争。"

随后不久，六平太被带到千代居室的外间。

"六平太，有何事？"

"大事不妙了。据情报称，石田治部少辅（三成）等数位奉行，打算夜袭德川大人府邸。如今德川大人正紧张备战，情势刻不容缓。"

"那道上嘈杂的人马呢？"

"那是前去支援德川大人的诸位大名的兵马。夫人家呢？"六平太为山内家带来情报，同时也想向自己家主毛利氏报告山内家的动向。

"你指什么？"

"山内家也会前往支援德川大人吗？"

"不会。"千代摇了摇头，山内家不会这么轻率。

这一事便可明了当时政情到底有多紧张。那天夜里家康的大坂府邸是全员武装，连铁炮的火绳都点燃了，家康与众人是一宿未眠。第二天早上，天刚亮便见一个纵队簇拥着中间的轿子，离开大坂府邸朝伏见进发。

可是家康并不在轿子里，里面坐的是个替身。家康自己骑着马，混杂于诸位将士之间，急急忙忙离开大坂，经过枚方之后，更是加快脚程，一口气回到伏见城。

千代听到过各种各样的谣传。依她的判断，原因大抵就在于家康旁若无人的举动。

这位老人家康就好像盼着秀吉死似的，这边刚一断气，他就频繁出入各诸侯的府邸。而病中的秀吉曾让他两次写下誓言，与其他诸侯一样，"不可在诸侯间拉帮结派"。家康很随意便撕毁了这句誓言，常常有事无事便窜访岛津义久、增田长盛、长曾我部盛亲、新庄直赖、细川幽斋、有马则赖等的府邸。

很明显，他这是在为将来做准备。

而且，秀吉还曾明言禁止"私婚"。"大名间联姻，应秉承上意而行"，这条法令是以家康、利家之名昭告天下的。可家康却全不当回事儿，把自己外甥松平康元的女儿收作养女，嫁给了福岛正则的儿子福岛正之；又让自己第六子忠辉娶了伊达政宗的女儿；还把应是外曾孙女的小笠原秀政之女收作养女，答应嫁给蜂须贺至镇。

这也是很明显的经营私党的举动。

"太不像话！"石田三成等人群情激昂，而正是这群情激昂造就了那番"夜袭"的谣传，并致使家康远走伏见。

千代终于知晓，原来是场闹剧。她对伊右卫门道："江户内大臣可真不好当啊。"她想象着白发家康匆匆逃往伏见的样子，既觉得好笑，又心存不忍。千代也是女人，她很欣赏家康这种男人的沉着稳重，可正因为他总是一副沉着稳重的样子，碰到此种情形才更让人觉得怪诞。

"他原本那么耿直沉稳，可这太阁刚一隐去，怎么就仿佛变了个人似的呢？着急这些地下工作干吗呀？"

"或是年纪大了的缘故吧。"

"怎么说？"

"错过了如今这个机会，将来想夺取天下就难了。想到他自己也终有一天会老去，所以这才变得有些急了吧。不过，只一个夜袭的谣传就逃走，确实有失稳妥。"

"那，若是一丰夫君，你会怎么做？"

"俺是不会逃走的。为了武家名誉，俺会加强府邸周边戒备，若是不敌，也要堂堂正正撤退。"

"可是，或许智者本来就是胆小的。"千代转念一想，有志于得天下的人，无须如武士那般单打独斗，英雄们总会为了雄心壮志而珍惜性命。于是，千代转而又佩服起家康来。

二月间了。

庭院老梅树上的花苞今晨大了许多，六平太剃了光头，扮作医生前来。

"咦——"千代笑出声来。这回剃光头容易，但下回要扮作有头发的可怎么办才好？"六平太，光头很适合你嘛。"

"在下在大坂一直是这身打扮。进出诸侯府邸也方便些。"

"是街坊医生？"

"是，住在天满的街市上。在下稍通汉方内科，夫人要不要诊诊？"

"讨厌。"千代轻声笑道。

"夫人好像哪里都没病啊。"

"是啊，除了偶尔外感风寒，倒真没怎么病过。"

"可是美中不足缺了孩子。"

"六平太先生连这个都擅长？"

"呃不，不过仅限于夫人，倒是可以破例细细诊断斟酌一番。"

"真是个让人头疼的医生。"

之后又说了些不打紧的话，六平太话锋一转，提到德川大人。

"他好像是变了个人。上个月有马府邸的那件事夫人可有耳闻?"

"稍微听说过一些。"

那是正月十七日的事情。家康在十二日逃回了伏见,十七日到有马则赖的府邸去玩儿。迎接家康的有马家,叫来幸阿弥等人表演乱舞[4],好吃好喝招待了一天。两天之后的十九日,有马家请来交好的大小名,想欢聚一堂看看杂耍。

可是未被邀请的家康却又再次不请自来,道:"噢——好热闹的样子啊!我也是非常喜欢杂耍,不请自来,还望恕罪啊!"其实家康本来对这些杂耍根本不可能感兴趣,他就是个只中意武艺的人。

有马家诚惶诚恐,只好慌忙添了席位,让家康坐下。

这事确实可算作大事一件,大名之间不可私交的太阁遗训,就这么轻轻巧巧给废了。

"大坂城里都是愤慨一片,说太不像话了。"

大坂城,长老前田利家,其余各位大老、中老、奉行等顾问官、执政官聚在一起商讨对策。其中心势力是石田三成。

伏见的中心是家康。也不知是何缘故,深得秀吉喜爱的大名加藤清正、福岛正则、黑田长政、池田辉政、加藤嘉明、藤堂高虎等人却不去大坂,仍然住在伏见府邸,把家康视作主公一般。

这样伏见与大坂自然就对立起来了。

在大坂"无法饶恕家康"的三成,说服前田利家及他人,准备拿着把柄弹劾家康。而伏见的加藤清正等人则做好了家康方面的战备。

"伏见街上百姓们已经称呼德川大人为天下之主了呢。"六平太道。千代不由得对世间的薄情而怅然。

事态恶化了——也不知恶化一词到底正确与否,总之,除了家康的其余四位大老、中老,以及五奉行在大坂召开了紧急会议,他们"无法饶恕家康"。促成此番弹劾会的中心人物是石田三成。

其实,除他以外的丰臣家干部,都以保存自家为第一要务,一想到家康的实力便都畏首畏尾。只有卧病在床的前田利家,因秀吉托孤的重任在身,责任心已是强到了顽固的程度,他赞同三成的弹劾案,道:"若再纵容内府(家康),则家业将倾。"

据三成查明,家康"违反"了十三条法令。他们将逐条审判家康,"如果他无法自圆其说,就当问责。"也就是说,要罢去家康的大老职位。

使者是三位中老:生驹亲正、堀尾吉晴、中村一氏。他们前往伏见，与家康会面，并手持十三条罪状，一条一条质问家康。

家康傲然而立。"我的确有些大意了。"他承认在联姻上有些疏忽，但话锋一转，"但就凭这一点，说我在政道上有私心，讲得通吗？而且你们还要借此逼我卸职，真是吓了我一大跳啊！辅佐秀赖幼主的差事，本就是太阁殿下的遗命，我是依嘱行事。你们却要逼我卸职，这不是明摆着无视太阁殿下的遗命吗？"

千代最近听说，三位中老辩不过家康，灰溜溜回了大坂。而且在伏见向岛的府邸，家康让人修了箭楼，门前结好竹栅栏，夜里燃起篝火，已经是一派战时状态般的异常戒备。

大坂城也是。为了以防万一，也是集结好士兵，整备好铁炮，在戒备上丝毫不懈怠。双方之间流淌着一条淀川，密探们不停地往返两地，频繁报告且夸大其词。于是双方都认为——看来对方要动手了——进而又着意备战。

这天夜里，也就是六平太来访后的这天日暮之后，伊右卫门下城回家，对千代道："千代，俺听了件唬人的事儿。当然只是谣传——"伏见的家康让世子中纳言秀忠去了江户。大抵是家康为了跟大坂决战，命秀忠去江户着意准备。

"战事临近了啊，千代。"

"该来的总会来，只是早晚的区别罢了。"

"你可真是悠闲啊！"

也不知为何，伊右卫门从年轻时起就觉得千代是个——悠闲自在的人。无论怎样十万火急的事情发生，千代都是一副笑眯眯的模样，一点儿也不紧张。而且一经千代的口，无论什么事听起来都不那么紧张了，有时甚至会变成个笑话。

"俺说，要打仗了！"这天夜里，伊右卫门像是威胁似的加重了语气。

"是啊，好像是大坂的诸位要攻打伏见的家康吧？"

"不错。"

"不过，有胆量开战的大概只有石田治部少辅一人吧？所以，应该没事儿。"

"看你一副悠闲的模样！"伊右卫门苦笑道。

千代的本意是不愿伊右卫门在这种时候轻举妄动。她听到过一个谣传，是有关最近从海外归来的加藤清正的事。这位加藤清正，在远征时因勇猛异常而威名远播，是个出类拔萃的武将。虽然也有一定的行政能力，不过可惜的是看不清天下大势，缺少点儿政治觉悟，也不能收服诸位将士之心为我所用。如果他在政治领导上再多些魅力，完全可以在朝鲜外征之中动员诸位将士，掌握主动权，那样便有足够的实力起兵讨伐家康。

清正认为——太阁过后，就是家康。只能依靠家康来保护秀赖幼主。

清正的政治敏感度怎么看都只有小儿程度。他挑了这么个紧张时期，前往家康府邸探访。家康跟他叙旧，这样那样说了很多，然后命令侍臣："去把那个抬过来，让武家的肥后守（清正）大人瞧瞧。"片刻后，侍臣们抬来一副年代稍久的盔甲。

"这是过去，我跟太阁殿下在长久手合战之时所穿的盔甲，我穿着打了胜仗。最近听说有人胆敢向我挑战，那我也就不客气了，我会再次穿上这副盔甲打他个落花流水。"家康淡淡道。

清正忙道："还请大人把盔甲收好。如今决不会有人这么胆大包天想跟大人您作对。"

家康好好地威吓了一番，而清正好好地恭维了一番。

听过此事后千代就明白，不能让伊右卫门早早去攀附，人家根本不待见你啊。清正是肥后国二十五万石的大大名，伊右卫门只有挂川六万石。连清正去攀附都这样了，伊右卫门就算去阿谀奉承，人家也不一定给你好脸色看。

（只能等待时机。）

千代思忖。在时机成熟之前，就不要碰"政治"，只需行得正坐得直。伊右卫门应该在最需要的时候闪亮登场。她的直觉告诉她，时机将会来临。所以现在千代还是伊右卫门眼里的悠闲之人。不过千代也不知道这种态度究竟能维持多久，全凭情势的变化。

最近，伊右卫门的样子很奇怪，仿佛是心中忧郁，很是怅然的模样。

（夫君怎么了？）

千代悄悄观察着，却看不出头绪来。一天夜里夫妇俩少见地吃起了夜宵，伊右卫门喝着薯蓣粥，忽然筷子掉了。

"怎么了？"千代偏头问道。

"没什么。"伊右卫门捡起筷子，伸脖子去喝碗里的粥，这可把千代吓了一跳："哎呀！"

"什么？"

"你的碗早就空啦！"

"哦，是吗？"伊右卫门面无表情放下筷子和碗。

"一丰夫君最近神不守舍呢。"

"你一个女人家不会懂的。"

"人家是不懂——只要不是神佛，无论男女，都不会懂别人心里藏着的事情的。"

"也是啊。"伊右卫门认真点头道。眼神虚无缥缈，像是在想着什么，又像是在心疼着什么。

千代寥寥数语便叩开了他的心扉——原来这段时间，他去秀赖幼主处拜访过好几次，看着幼主一天天成长，觉得他越发水灵可爱熠熠生辉。而且还不自主地泛起这样的感情：

（得好好保护他！）

他还承认自己在梦里都会见到秀赖的模样，梦里的秀赖穿着红色锦缎的衣裳，十分可爱乖巧。

（夫君是累了。）

千代思忖。梦里出现色彩，便是疲劳的证据。千代觉得伊右卫门与当时其他武将们唯一不同的地方，就是他的道德观念。

秀吉过世前，考虑到遗孤秀赖，反反复复要家康等五大老、三中老、五奉行等丰臣家高官都写下誓言。可是，九成九的诸侯都只知道顾全自家，对前代主公的忠诚心什么的，可谓少之又少。

秀吉自己也是秉承实力替代织田氏，从而夺得天下。故而诸侯们都一致认为，之后该是家康了——咱得讨好德川大人才行。因此，任谁对家康都是毕恭毕敬，拜访家康府邸的人也很多，特别是曾经颇受秀吉眷顾的武士大名。或许是因为他们骨子里天生就是崇尚强者的俗物吧。

千代道："福岛正则小时候被太阁殿下叫做市松，一直是殿下照顾他提拔他。可他如今不一样违背遗训，跟家康大人联姻了么？听说从大坂来人诘问，他回答说，正是为了丰臣家才答应联姻的，还反问有什么错？夫君你跟福岛大人这般深得太阁殿下重用的大名不同，本身就是个丰臣家的局外汉嘛。"意思就是说，所以啊夫君，你得更加自由地考虑事情。千代安慰他，一个区区六万石的大名在这个世间是人微言轻，多想无益。

"这个世道上的事情，夫君还是暂时忘却的好。"千代很是担心他郁结的心绪。

初夏，家康夺取政权的动作越来越露骨了。

反家康的唯一强硬派石田三成，已被削去奉行之职，左迁江州佐和山城。而与家康同时位列大老之职，一直牵制家康权力的加贺大纳言前田利家，已于这年的闰三月过世。

因此，家康势力独大。他从伏见前往大坂去政敌前田利家处探病时，竟没有去拜见秀赖。伊右卫门听闻此事时，极为震惊。

（看来家康大人是打算撇下秀赖幼主了。）

大名们任谁都是这么认为的。

大坂城内有位豪放之士，叫中岛式部少辅氏种，任直属丰臣家的七手组组头，领两千石（后于大坂夏之阵时，城破自杀)。他跟同僚夜话时曾叹道:"天正时代,在信长公的本能寺事变后,织田家重臣丹羽长秀、池田信辉等许多大名小名都转而投入了秀吉公麾下。而信长公的公子三介少主、三七少主,还有排名第一的大名柴田胜家,以及泷川一益、佐佐成政等人,选择跟秀吉公兵戎相见,但无奈最终都是或死或降。造成这般结果的,都是因为他们不知道秀吉公是智谋无双之才。如今形势也是一样,秀吉公隐去后,无论是年龄还是官禄,无一能超内府(家康)大人,大家的心思似乎也都朝向了内府大人。就跟秀吉公并未把天下呈交给岐阜中纳言(信长嫡孙秀信)一样,内府大概也不会认秀赖幼主为主公吧。"

中岛式部少辅偶然间所说的这段时势分析,以及对家康真意的揣测,任谁都赞同,连伊右卫门的见解亦是一样。他们等人都曾在织田麾下做事,后来才转投丰臣家的。之所以他们的俸禄均不甚高,是因为他们并不像浅野长政、加藤清正、福岛正则等人一样是秀吉的亲戚,而且在颇喜俊才的秀吉眼里,伊右卫门等人只是木讷愚钝之人,定然"不可委以大任"。

无论怎样,伊右卫门是见过两度主家更迭与治乱兴亡的。虽然经验丰富,但在信长时代并未受过重用,秀吉时代的待遇也只是勉强与实力相当。

(连曾为秀吉所重视钟爱的那些人,如今都只考虑保全自家,常拜访讨好家康。他们都这样了,像俺这般并不怎么受重用的人,还替秀赖幼主瞎操什么心呢?)

他虽也这么劝慰自己,可因性格使然,怎么都无法释怀。

"从这种政局里抽身出来,出一次远门如何?回挂川城看看吧,那边需要处理的事情应该不少。"千代提出了一个不错的疗养方法,伊右卫门也觉得是个好办法。

更幸运的是,因秀吉患病的缘故很多诸侯都长时间未能回故里了,所以很快便传来一道命令:"允许归国。"

其实,在这道允许归国的政令中,藏着家康的深谋远虑。

家康在初夏的某日,把丰臣家五位奉行里的浅野长政、增田长盛、长束正家三位,从大坂召至伏见,道:"作为秀赖代官在处理天下政务之中,我意识到一件事。诸位大名在太阁殿下病重期间一直未曾归国,远征朝鲜的大名也大多是回了伏见却未回故里。因此,特许诸位回领国看看,直至明年秋冬。"

这道政令可谓深得人心,因为各地大名的本地事务都是堆积如山,急需处理。

"在下代诸位谢大老隆恩!"三奉行道谢退出。可是家康腹中却藏有别的主意——得趁诸侯缺位的好时机,妥善做好一切接管天下的准备。

总之,此令颁布后,伊右卫门也提出归国的申请并拿到了许可函。

"千代,加贺的前田利长大人、会津的上杉景胜大人、中国的毛利辉元大人、备前的宇喜多秀家大人他们都要回去呢!"

"哎呀,他们不都是大老职位的么?"大老里,只有家康自己留下。毫无疑问,他在筹划着什么。

"不止四位大老,还有三位中老(生驹、中村、堀尾)也一样。这些大人物都归国回乡了,俺们这些小大名更是几乎一个不剩,伏见、大坂都空了!"

"简直真——"是太明目张胆了!千代后半句批判家康的话眼看就要脱出口,忽然想到此话可能在伊右卫门思想观念中先入为主,于是转口道:"简直真是安静啊,大坂。"

"是啊,原先大坂城下诸位大名挤挤挨挨,这才起了不少纷争,今后大概会平静很多吧。"伊右卫门所说的,大抵是政治休战这层意思。

"对啊!"千代并不反驳,虽然她心里清楚所谓政治休战实际上造就了一大段政治空白期,难保家康不会预先埋下大战的种子。

"俺不在，这里的一切都拜托了。"伊右卫门七月初出了大坂府邸，踏上了远赴挂川的旅程，只千代留守大坂。

这段留守期间千代可吃了不少苦。山内家重臣大都跟伊右卫门一样，朴素而多少有些木讷，都不喜政治。每次从大坂城来了使者，家臣们都事无巨细拿来跟千代商量："夫人，这您看如何办才好？"千代也不厌其烦，一一作答处理。可长此以往，她竟有了"山内家女大名"的头衔。

偶尔来访的望月六平太有次提起这个头衔时，千代听了不由得叫道："什么呀？！讨厌！"的确是个讨厌的头衔。这样一宣传，就好比把千代推到了看板上，而家主伊右卫门反倒被衬作了无能之辈，对他们夫妇来说，简直是件尴尬异常之事。

"六平太，是你这样到处去乱说的？"

"怎么可能！"

"去把这头衔给灭了！"千代的口气很是严厉。

九月九日重阳节。这之前数日，家康像是想起什么似的，忽然派使者前去大坂城，说"要在重阳佳节拜贺秀赖幼主"。上次去大坂都不屑去拜访秀赖的家康，这次竟要去拜贺——实在出人意料。

千代毕竟是女人，她感动得泪眼婆娑：

（内府大人毕竟是位心地善良之人！）

老臣护幼主的模样，任谁看了都会大为感动。不过后来千代才发现，家康是为了某个目的才走的这一步棋。

家康进入大坂，九月七日那天借宿在石田三成的旧邸。可这天一个谣传在大坂闹得沸沸扬扬——有人要趁着德川大人拜贺之机，在殿中刺杀大人。这些居心叵测者就是受加贺前田利长指示的浅野长政等人。

当然无论是已经归国的前田利长，还是尚留大坂的浅野长政，都十分畏惧家康，想巴结投靠还来不及呢，刺杀之类简直是做梦都未曾想过。

（谣传可疑啊，难不成是德川大人自己放出的烟雾弹？）

千代思忖。她叫来乾彦作等家老，吩咐道："殿中若是出了事，城下便是战场。咱们山内家不帮衬任何一方，只需要部署好人马，保得秀赖幼主的安全便可。铁炮的火绳，千万别弄湿了。"

家康于九日辰时，带领麾下直属大名井伊、榊原等十二人做好严密防范措施后，登城拜贺秀赖。待面见结束后正要退出——这才是最不安全之时——他们并未从殿堂正门出去，而是选择经走廊大厨房的那条路。

殿中的各位正面面相觑不知所措之时，家康已来到厨房，立于中央，道："看那个！"他对部将榊原康政示意。

当时在厨房正中有一个天下闻名的大行灯，是一丈余长的方形灯塔模样，家康命道："关东人很少见到这种东西，也让手下们来瞧个新鲜。"于是榊原等人点头受命，连忙奔出，把在本丸外待机的人都领到了中门来。于是为数众多的兵将们鱼贯而入，都朝厨房涌去，到处都给围得水泄不通。刺杀什么的，决不可能。

趁着这片混乱，家康迅速撤离，下城去了。

回到伏见之后，他即刻召来五位奉行中的增田长盛与长束正家，道："大坂城内出现了很多不可不防的谣传，前几天的那件事便是明证。我受太阁托孤的遗命，一定要保得秀赖幼主的安全。万一有人在大坂暗中使坏搞乱，我一直身在伏见也是鞭长莫及啊。若是搬到大坂，那处理政务就会更加得心应手了。我想搬至城内的西之丸。"

无论背地里的心思如何，表面上是无可厚非的，于是两位奉行答道："如此甚好，我等这就去准备。"

九月二十八日，家康搬到了大坂城西之丸。在西之丸面见诸侯的规格形式，也都一一按秀赖所居的本丸做了改变。从此，他成为实实在在的"天下之主"。

千代留守大坂府邸这段时期发生了各种各样的事情。其中最大的事件便是家康入主大坂城西之丸。秀吉的遗言是命家康在伏见替秀赖打理天下政务，可家康以"身居伏见，诸事不自由"为理由，搬到了大坂。听到这个消息时，千代也不由得脸色一变。

（德川大人想要夺取丰臣天下的心思，渐渐表露出来了。）

这时其他这样那样的消息也都传到了千代耳中。有传言说丰臣家的官僚集团依然对家康心存疑虑，以滞守江州佐和山城的石田三成为中心的一派，很快就要举兵了。

——德川大人是如何处理此事的？他竟硬生生带着德川家诸将入主了大坂城西之丸。毫无疑问是家康占得了先机，因为丰臣家的大坂城是天下第一的坚城，反家康势力也是奈何此城不得。

（真是让人战栗的高招啊！）

千代亦是佩服之至。不过给人的感觉，不似秀吉打江山时的那种明快，而是一种森森阴冷。

其实这里还有一段插话。千代听说"德川大人入主西之丸"时，脑子里第一个想起的是北政所。北政所在秀吉过世后，落发为尼，法号高台院，就住在西之丸。半月前，千代还受邀前往，跟高台院絮叨了许久。

看到高台院的女尼身姿，千代的心中像是被堵住了似的。

（天哪！）

不过她的容貌依旧，更衬得这女尼的装束是多么刺眼残酷。

"千代，世道又一天天变得不安宁了啊。"身居从一位的高台院语气落寞，"做梦都未曾想到，自己竟会这样度过晚年。"这一句道尽了千言万语。她在女性中官阶最高，而且是太阁的正妻。可大坂本丸住的是秀赖、淀姬母子，自己偏居西之丸。更何况城内的侍臣们都是以秀赖为中心，自然都流露出一种心态，尊秀赖之母淀姬为事实上的大坂城主。

"来看您的诸侯们，"年长侍女孝藏主在一旁言道，"眼见着越来越少了呢。真是人走茶凉啊。"

可家康却风雨无阻经常派人前来问寒问暖，奉上一些时令之物。他依旧对曾经的北政所照顾有加，或许是想利用高台院潜在的政治号召力。可对孤独的高台院来说，无论他的心思究竟如何，有这番照顾的情谊已是最大的安慰。

"千代，太阁不在了，你要多帮衬一下德川大人啊。"高台院清清楚楚说了这样一句。

还有一事千代后来才知，高台院在听说家康要来大坂后，很快就搬离西之丸，住到京都的三本木去了。看样子高台院是想给家康留出一个可以尽量施展的舞台。

（不能辜负了高台院大人的期待！）

千代现在终于下定决心，要把高台院的话当做山内家的行动准则。千代其实早就看清楚了，今后是德川家康的天下。丰臣的诸将自然有各自帮衬与否的自由，但丰臣家正妻高台院都这样积极援助家康，情势就又不一般了。

淀姬那边千代是绝对不想交往的。或许这也是女性的正常心理。千代对仅作为性工具的侧室这种存在，其实一直是恨得咬牙切齿。淀姬身边有丰臣家执政官帮衬，包括奉行在内的文治派大名，主要有：长束正家、增田长盛，还有佐和山的石田三成。伊右卫门跟他们中的无论谁都无甚交情。而北政所所掌握的加藤清正、福岛正则等武将派大名，跟他不仅是故里乡亲，而且交往也更多。

千代明白家康拉高台院作后盾，是为了赢得武将派诸将的拥护。但如今高台院都明言叫她"万一若有不测，请站在德川大人一边"。也就是说，山内家这样的小大名从此便有了大义名分，她能安心了。

年末伊右卫门回到大坂，千代把这些林林总总种报告给他听时，尽量疏导他的情感，以引出他跟自己相同的结论。

"俺决定了！"千代话音刚落，伊右卫门便大声道。

"决定什么了？"

"丰臣家如果有一天闹得两派内斗，俺一定站在德川大人一边。千代你也要做好心理准备。"

"明白了！"千代可爱地点点头。

"其实啊，根本就无需多虑，武士自镰仓时代起就一直是站在能够保全自己身家的一方。"伊右卫门道。

有个成语叫做"一所悬命"，"一所"指的是自家的领土，为了自家领土而舍命相护，便是这个成语的原意。这是古代武士们的行为准则，无论天下之主是谁，他们只拥护能帮自己保全领土的主人。平家兴起跟着平家，源氏兴起便跟着源氏，武士们的行为准则的基础就是求得土地的保全。

"俺竟把这个给忘了。对秀赖幼主的事这样那样想了很多，但凭一个七岁幼童，是保不了俺挂川六万石的，还得跟随德川大人才行。决定了就要有行动，你说是吧？"伊右卫门跟千代说着这些话，脑子也逐渐清晰起来。

"今后如何帮秀赖幼主自处，这是另外一回事情。若是混淆了这两宗事，就不免会内心动摇，大信念无法筑成，而行动也不干脆利落。"伊右卫门继续言道，"待秀赖幼主成人了，德川大人会把他收作自家大名的吧，就像太阁曾经把信长公的嫡孙秀信大人收作岐阜十三万三千石的一方诸侯一样。"

庆长五年（1600）元旦来临。

跟秀吉生前一样，诸侯一齐登上大坂城，拜贺本丸的秀赖，并奉上新年贺词。而后诸侯又一齐转身往西之丸去拜贺家康并奉上新年贺词,那番情景是人来人往熙熙攘攘,好不热闹。对诸侯来说,或许拜贺秀赖只是附带的,拜贺西之丸的家康才是真正目的。

家康接待诸侯贺喜的态度,已经俨然是天下之主的架势了。他还专门请来杂耍等,让来访的诸侯们大饱眼福。诸侯们好吃好玩,好不快活。

(人心是会变的啊!)

看着杂耍,伊右卫门不由得思忖。

(真是时势造人。如今哪个大名都希望靠拥护德川来开拓自家命运。就像曾经秀吉公与明智光秀在山崎大战,大多数织田家诸将都站在秀吉一边,靠秀吉来开拓自家命运一样。)

不过,来贺的席位上,有个叫藤田信吉的,是上杉景胜之家臣,这次大老远专程从会津赶来。

(呵呵!)

不光是伊右卫门,不管谁都对这个会津上杉的使者很是好奇,好多双眼睛都在他身上扫来扫去。这是因为有这样一个传言:

(听说上杉景胜为了打倒家康,不惜拿百万石身家做赌注,正暗自备战呢!)

还有一种说法是,他与三成遥相呼应,准备从东西双方举兵夹击家康。

使者是从叛乱之地而来，自然是备受关注。

"而且啊千代，"伊右卫门回家后对千代说起时，声调里有藏不住的惊讶，"德川大人对那个使者藤田信吉，不但没有丝毫冷淡，而且还好吃好喝招待得妥妥帖帖，就跟对待自己家臣一样呢！"

"真是不可思议！"千代笑起来。她觉得自秀吉过世后，人都好像变作了狐狸或是狸猫一般。

"俺不懂这是怎么回事啊，千代？"

"会津上杉景胜的这位使者藤田信吉，是什么样的人呢？"

"以前好像听人提起过这个名字来着……"伊右卫门想不起来。不过也不打紧，日暮时分忍者六平太来访。他说他只是前来拜贺新年而已。

千代觉得正好，便问了问他上杉家的藤田信吉是怎样的人。不愧是六平太，他对此人所知甚多。

"是经常叛主的小人。"六平太道。

此人最先是甲州武田家的家臣，受命守护上野沼田的金刚院城。后来转而投入上杉家，中间还有一段时期与信州真田氏暗通往来。之后他又回到上杉家中，居越后一地，当长岛城主，率主家之兵征服佐渡氏；待上杉家转居会津之后，他成了大森城主。也就是说，此人很有能力，但不定什么时候就会出卖主家，具有一定的危险性。

（德川大人明知此人经常叛主，定会小心斟酌。看来是准备利用他一下了。）

千代判断道。而且她还隐隐约约意识到，这个经常叛主的人，说不定会在如今这番暗云密布的政局里，起到意外的作用，成为搅动政局的导火索。

数日后六平太再次来访，给千代报告政情："好像有趣的事发生了呢。"

原来那位会津上杉家的使者藤田信吉，果然如德川家康所料，跑来卖主乞怜说"上杉景胜正在预谋逆反作乱"。

"总之上杉家——"按六平太所说，上杉家已经做好了大部分谋反的准备。在领地里到处建设堡垒城，修整军事道路，还到处招兵买马，笼络了大量有名无名的浪人。

家康对藤田信吉的反叛极为高兴，给了此人无数的太刀、衣装、银子等等，甚至还为他提供了将来的保障，给他解了后顾之忧："回到你主家上杉那里以后，如果有人揭露你，走投无路之时，你随时都可以到江户来。"

"真是人心不古啊！"千代叹道，她觉得信吉此人极是讨厌。

家康能这么顺利招揽信吉，是因为德川家的家臣之中，也有很多原是武田家的遗臣，与信吉的旧知也不少。正是这些老朋友们，带着家康的旨意前去说服他的。

"总之，"六平太道，"德川大人好像是一直在等上杉氏谋反。上杉氏一举起打倒德川的旗帜，德川便立马请示秀赖公，要带领丰臣家的大名们讨伐上杉。"

不过，讨伐上杉并非真实的目的。家康最怕的是风平浪静，是和平。若是就此安安稳稳过下去，实际上就是稳固了丰臣体制，而家康自己，将在如今的位置上永不得翻身。得制造动乱。所以家康这才旁若无人般违背秀吉的遗训与法度，去刺激一些大名的反叛之心。

"反正，德川大人要的就是动乱。"六平太一语中的。只要有动乱，便可以征伐之名展开军事行动，从而一举夺得天下。这才是家康的方针。

"加贺前田家的那件事，想来也是一样吧。"千代怔怔言道。所谓前田家的那件事，是指在前田利家死后，其子利长当家，却不料无中生有出现谣传，背了个谋反的罪名。如今家康摆出绝不饶恕的姿态，要"讨伐前田家"。这还是去年重阳刚发生的事。

前田利长十分惊诧，任用巧舌如簧的家臣来家康这里好说歹说，这才渐渐平息了家康的怒气，未能酿成大祸。家康定是觉得这个机会丢得可惜。

可是,不管对方是上杉也好,前田也好,对家康来说都一样。反正,只要能率领丰臣军团展开军事行动,在军事行动中抢得先机夺取政权,这才是真正要紧之事。

"如果德川大人开始行动,您家准备站在哪一边?"

"我们家主对马守有保护六万石领地与整个家族的责任,一定要站在能帮我们保家护院的一方。"千代明言道。她不认为石田三成或上杉景胜有如此能耐。

不久,伊右卫门因领国事务不得不再次离开大坂前往远方的挂川城。千代也再次接手大坂山内家的外交与各项事宜。可是如今的政局十分紧张,全都维系在东北地区的上杉家身上。千代花了大力气去收集情报,包括上杉家动向、家康意向、诸侯反应、世间舆论等等。

上杉问题愈加严重起来。

上杉家使者藤田信吉返程归国时,家康让他带去一句话:"上杉景胜大人是丰臣家的大老之一,我极想跟大人畅谈天下政治,若大人下次来丰国庙(秀吉之庙,后来被家康销毁。明治时期,在原址上建成了官币社)进香,还请顺道来一趟大坂。"

不过上杉景胜没有去见家康。他觉得若去,定是凶多吉少。只要一踏入大坂，家康可以随便拿个反叛的污名就把他给抓去杀掉了。另一方面，他正紧锣密鼓地筹备战事，在若松城下西部，临近佐野川的神指原上大张旗鼓修建新城，而且连大坂人都知道，他为建此城郭，招募了足足八万名劳力。

三月十三日，正值上杉家亡父谦信的第二十三回忌日，上杉家以大追悼会法事的名义把领国内的大小城主都聚拢到若松城，实际上是要详细研讨攻防战的作战计划。可是这个消息却被家康知道了，告密之人是藤田信吉。

上杉家察觉很多领国内的情报都已经泄露，怀疑就是从大坂回来的藤田信吉做的好事——杀了他——领国内的此种声音不在少数。于是藤田再也无法独善其身，三月十三日法事当天便逃离会津奔往江户。

因此，大坂的家康对上杉家的动向了如指掌，他很积极地将这些情报披露给各大诸侯，并邀来毛利辉元、宇多喜秀家等大老，增田长盛等奉行，提出了"讨伐上杉"的主张。大老与奉行们十分惊愕，纷纷以常识论来反驳家康："太阁离去时日尚浅，更何况秀赖幼主还年幼无知，这种时候挑起战乱恐怕不合时宜吧？上杉家谋反之事也不过是捕风捉影，并非既定事实。要不然先派人前去探个究竟如何？"

这些意见听来都很正统，家康也无法反驳，于是只好依照他们所说派人前往。

上杉景胜冷淡回函道:"说我要反叛秀赖幼主?真是蠢啊!我有什么理由反叛?还说我在打造兵器?武士之家当然要打造兵器。看得出来,此事从头到尾定是有个谗言小人(家康)在从中作梗。不如把这位谗言小人揪出来对质一回,事实就清楚了。我虽是大老,但要我此刻跟德川大人共理政事,实在情非所愿。"

上杉景胜的这番回函可以说是无礼之至,甚至可以看作对家康公然的挑衅。

(好了不起!)

千代听说此事时,不由得叹息。

(真不愧是名将谦信公的血脉,会津中将大人实在了不起。)

千代眼前浮现出上杉景胜筋骨强健的样子。

(男人就该如此潇洒!)

千代看待男性美的基准就在于此。这位会津百万石的家主,哪怕明知自己不敌,也打算抡出铁锤砸向家康脑袋。此番情景完全可以写成一首诗。而那些无法成诗的男子,很可惜,均不在千代的美男子基准之内。

(我要是男儿身,就要像景胜大人一般有傲骨。)

她在心底里思忖。不过千代毕竟不是男子,而且还是完全不带一丝潇洒的伊右卫门的妻子。

（所以我只能选择其他的活法了。）

她不得不对自己的活法另作打算，另选一种明哲保身、踏实可靠的活法。

（我只能这样做，只能辅助夫君，把他的能力发挥到极限……）

上杉景胜的家老之一，直江山城守兼续，写了一封更让人惊愕的信函，通过丰光寺承兑交送到了家康手中。家康在看这封信时，喃喃道："我到了这把年纪，还从未收到过如此无礼之信！"这是封极长的信函，大意如下：

"说我家主人景胜反叛丰臣家，这简直就是蠢不可言。家康表里不一，说一套做一套。到底是景胜有异心，还是家康表里不一，世间自有公平论断。"

另外，"说我们收罗武器也很可笑。或许那些大坂京城的愈懒武士们喜欢收集茶具等唬人的玩意儿，可我们是乡下武士，长枪铁炮弓箭才对胃口。风俗习惯不同罢了。总之，天下知名的那位（家康），说的话掉价得很。"

文中还用"可笑之至"一词来嘲弄家康。家康曾经要上杉景胜"即刻前来大坂"，理由之一是"因为有提议说不得不再度出兵朝鲜"。他回信中称，那很显然是无中生有骗孩子的玩意儿，"出兵高丽云云，不过骗人的伎俩而已，可笑之至"。

总之，景胜是打算发起"义战"来对付准备盗取丰臣天下的家康。这种信，只谈利害关系是无法写出来的。在他们心中，大概正义之火正熊熊燃烧。

这篇"挑战信"递到家康手中时，举世骚然。

"我要替秀赖幼主讨伐上杉！"家康如此言道。丰臣家中老、奉行们异口同声劝家康不要亲征奥州，可家康不听，只道："若非亲征，公仪（丰臣政权）之威何在？"对家康而言，这可是等待已久的良机。

这日渐紧迫的局势，千代每天都详细记录下来，并令飞脚紧急送往挂川的伊右卫门处。

六月二日，家康以丰臣家大老之尊，命令自己领国内诸将："七月下旬前往奥州征伐上杉，诸位务必做好出征准备。"他同时也给大坂的诸将下达命令："请急速返回各自领国，并做好出征准备。"

"战事临近了！"千代对家老乾彦作道，说时身子不免战栗。

"不过——"乾彦作却好像并不当回事儿，"算不上什么大事儿，只是个会津百万石的大名犯上作乱而已。以天下之兵征讨，定然稳操胜券。"

"彦作君,并非你想象的那么简单。这个事件是导火索,会引起天下动乱的。"

不久,挂川的伊右卫门来信写道:"这边毫不懈怠,已准备完毕。特别是兵粮储备,足够守城三年之用。"

不愧是伊右卫门,做事小心谨慎,面面俱到。一般来说,城内粮仓的兵粮若有两年的储备足矣。而且远州之地不会成为战场,守城的设定也太过牵强。

他还在信末写了一句:"若有提议,请告知。"于是千代当天夜里就提笔回信,道:"内府大人所率之军都将从东海道挂川通过。三年的兵粮全都用来接待他们吧。诸将的宿舍,也要在各个村落里事前安置好。挂川城自然是用以接待内府大人下榻,不妨把本丸全部让出来交与大人。还有德川家旗本们,也要好好招待,设法让他们都在城内安顿妥当。"

把本丸全部让出,是明显有悖武将常识之事。千代的理由是:"既然抱定决心跟随德川大人,那就万事都做得彻彻底底一些。"千代认为做事不可半途而废,要有把整个城郭都让与家康的觉悟才最为重要。

"此番战乱无论结局如何,其性质始终是个决定天下大势的分水岭。"千代写道。乱世之局,若是不能走一步看数步,终将会祸及自身。

"此番战事,主宰着山内家的沉浮。"千代继续写道,

"既然把宝都押在了家康大人身上,那就全身心投入下注的一方好好干。"

迄今为止,明确表态站在家康一方的诸位大名,大都是受过秀吉眷顾的武将派。东海道上的各城大名,包括山内家,大都是持中立的态度。千代想说的,就是丢弃这种中立态度,明确站在家康一方。

放眼当今,即便不舍得抛弃中立,大概这天下形势也是容不得中立者存在的。

注释:

【1】大老:丰臣秀吉所设置的职位名。为辅佐年幼的丰臣秀赖,秀吉任命德川家康、前田利家、毛利辉元、小早川隆景(卒后由上杉景胜代替)、宇喜多秀家为五大老。

【2】五山:禅家寺庙的最高等级。

【3】八幡大菩萨:即八幡神。是最早的神佛习合神,原本是大分县的宇佐地区所信仰的农业神,781年被当做护佛教、护国之神,并加赠了大菩萨的称号,此后多被各个寺院请去做镇守之神。平安末期以后,更被赋予了武神、军神的内涵。

【4】乱舞:中世以后,在表演能乐时的跳的舞称作乱舞。